나를 마릴린 먼로라고 하자

한정현 장편소설
나를 마릴린 먼로라고 하자

초판 1쇄 발행 2022년 2월 16일
초판 2쇄 발행 2022년 3월 8일

지은이 한정현
펴낸이 이광호
주간 이근혜
편집 이민희 최지인 조은혜 박선우 방원경
펴낸곳 ㈜문학과지성사
등록번호 제1993-000098호
주소 04034 서울 마포구 잔다리로7길 18(서교동 377-20)
전화 02)338-7224
팩스 02)323-4180(편집) 02)338-7221(영업)
전자우편 moonji@moonji.com
홈페이지 www.moonji.com

ⓒ 한정현, 2022. Printed in Seoul, Korea

ISBN 978-89-320-3945-9 03810

이 도서는 2021년도 한국문화예술위원회 아르코문학창작기금지원사업에
선정되어 발간되었습니다.

나를
마릴린 먼로라고
하자

한정현 장편소설

문학과지성사

차례

초대장

*

　"또 주인 없는 얼굴들 속에 계시네요, 우리 원장님."

　연정은 고개를 들지 않은 채 가만히 미소를 지었다. 여전히 손과 눈은 찰흙으로 만들어진 얼굴에 집중한 채였다. 세 시간을 투자하고 나니 찰흙 더미는 요즘 여성 환자들이 가장 선호하는 일직선의 콧날을 가진 얼굴 형태가 되었다. 이 얼굴에 색을 입히면 원본이 찰흙이라고 누가 생각할 수 있을까. 연정은 그게 얼굴이 갖는 특성일지도 모르겠다는 생각이 들었다. 그러니까, 원본이라는 것은 없고 고정된 것 또한 존재하지 않는다는 것. 대부분의 사람이 아름다운 얼굴을 위해 성형을 선택하지만 그 아름다움이라는 것도 꽤나 유동적이라는 것 말이다. 사실 현재 인간의 얼굴만을 '얼굴'이라고 생각해버리면, 이 지구상엔 얼굴 없는 존재가 백만 종이 넘는 셈이었다. 그러나 생물학적으로 보자면 다른 종과 마찬가지로 그저 오랜 세월에 거쳐 진화한 결과물일 뿐이었다. 그러나 어떤 사람들에겐 이 얼굴이라는 건, 반드시 바뀌어야만 하는 무언가이기도 했다. 성범죄를 당한 여성들을 오히려 조롱하는 분위기인 한국 사회에서 피해자들은 종종 성형을 의뢰하곤 했다. 트랜스젠더나 인터섹스의 경우도 그러했다. 과거엔 전쟁 피해자들이 성형의 힘을 빌리기도 했다. 인간의 얼굴이란 그런 점에서 굉장히 중요하고 까다로운 신체 부위였지만 또한 매력적이기도 했다. 연정은 얼굴에 집중하면서도 상대로부터 이어질 말을 기다리고 있었다. 두 가지 의미에서였다. 하나는 '상담실장님, 원래 하시려던 말씀 해주세요'였고 또 다르게는, 지금 상담실장이 하는 말에 악의가 전혀 없다는 걸 인정하는 의미로서였다. 연정의 미소가 무슨 뜻인지 다 안다는 듯 상담실장은 어느새 연정 너머의 소파에 앉았다. 상담실장은 연정이 찰흙으로 얼굴 형태를 만들어 이리저리 살필 때마다 한 소리씩 하곤 했다. 상담실장은 이 바닥에서 벌써 20년 차였다. 젊은 미혼 여성을 주로 상담실장으로 쓰는 성형 업계에 흔치 않은 사십대 기혼 여성이었으며 당연히 베테랑이기도 했다. 그런 상담실장의 논리는 이랬다. 환자 얼굴을 중요

10

하게 생각하는 성형외과 의사 구연정의 태도는 너무나 존경스럽지만, 골프 라운딩과 같은 업계 사람들의 취미 생활도 중요하다는 거였다. 물론 연정도 알고 있다. 전체 매출의 50프로를 커버할 수 있는 사람을 그곳에서 만날 수도 있다는 걸 말이다.

"구 원장님. 강남 바닥 먹여 살리는 거 얼굴이 전부인 건 맞는데요. 여기는 또 얼굴 아래에 숨겨진 거 너무 많은 동네야, 그죠? 그러니까 우리 단골 언니들 가게 가서 술도 좀 팔아주시고 대표원장님하고 골프로 친교도 좀 하시고, 응?"

처음에 연정은 상담실장이 저럴 때마다 표정 관리가 안 될 정도로 기분이 좋지 않았다. 상담실장은 얼굴 아래 다른 게 많다고 하는데, 사실 연정은 얼굴로 보여지는 게 전부인 사람이었다. "연정이 너야 돈 많은 남편 있었으니까, 뭐. 세상에 웃는 얼굴 드러낼 필요 없었잖아." 주변 사람들이 그렇게 말할 때마다 연정은 더욱 자신을 단속하려고 노력했었다. 그 말은 마치 연정에게 치기 어린 아이 같다고 하는 것처럼 느껴졌다. 사람들은 솔직한 게 좋다고 하면서도 정작 솔직한 사람들을 좋아하지 않았다. 물론 솔직하게 산다는 건 친구들의 말처럼 무언가를 가졌을 때에야 가능하니 어려운 일이긴 했다. 하지만 시간이 지날수록 연정

은 얼굴 아래 숨겨진 게 많다던 상담실장 말의 의미를 알
게 되었다. 자꾸만 인맥을 들먹이던 이유도 말이다. 강남에
성형외과가 대체 몇 개일까, 수익적인 면에서도 광고 보고
오는 환자만으로는 한계가 있었고 무엇보다 사고가 많은
업계였다.

"여기는 원본이 없어지는 곳이잖아요. 원래대로 해달라
는데 말이 돼야지, 그게."

상담실장의 저런 넋두리에도 처음에 연정은 환자의 입
장을 최우선으로 생각했었다. 웬만하면 환불해주고 재수술
을 해주는 방향으로. 다른 곳도 아니고 제일 먼저 보게 되
는 얼굴이니까. 무엇보다 환자에게 책잡히기 싫어서 사고
를 봉합하려는 병원들의 행태가 싫었다. 하지만 병원 입장
과 환자 입장 사이에 끼어서 봉직의인 자신이 모든 위험을
감당해야 할 때가 많았다. 자꾸만 환자에게 문제를 넘기는
병원도 스트레스였지만 가끔 의학적으로 이상이 없는데도
본인의 기준에 못 미친다고 환불을 해달라는 환자들도 압
박감을 주는 건 마찬가지였다. 이해는 할 수 있었다. 다만
그럴 때면 또 어김없이, "뭐, 여기가 여자한테 더 가혹한 동
네잖아요. 웃겨, 아주. 어차피 다 여자들로 먹고살면서 말이
야" 하던 상담실장의 지난 넋두리가 떠올랐다. 겪으면 겪을
수록 부인하지 못할 사실이었다.

연정의 고객층은 주로 여성들이었다. 호스트바 출신의 '선수'들을 제외하면 거의 전부가 여성이라고 할 수 있을 정도였다. 다만 그들은 하는 일과 속한 집단에 따라 철저하게 구분되었다. 최고가의 귀족성형으로 맞춤 케어 받는 VIP들, 시술 직후에도 티 나지 않는 관리가 필요한 홍보직들, 이른바 화류계라고 불리는 텐프로와 쩜오 들, 그리고 아이돌 연습생과 이미 데뷔한 연예인들. 그중 연정에게 가장 탄탄한 소득을 보장해주는 사람들은 텐프로와 쩜오 들이었다. 상담실장 말마따나 여자들로 먹고살면서 또 가장 쉬쉬해야 하는 부분이기도 했다. 물론 가혹한 건 병원에서 일하는 여자들에게도 매한가지였다. 상담실장이나 코디, 간호사들이 감당하는 근무량만 봐도 알 수 있었다. 특히나 지금 연정의 병원에서 상담실장의 역할은 더욱 그랬다. 의사 한 명이 모든 걸 담당하는 의원급이 아니라면 병원에서 상담실장은 거의 '관문' 같은 역할이었다. 환자의 예약 관리부터 대기실의 티백에 소독용 알콜솜 하나까지, 상담실장을 거치지 않는 일이 없을 정도였다. 정서적인 부분에서도 마찬가지였다. 상담실장이 없었더라면 대표원장의 재미도 없고 분노까지 유발하는 농담에 연정은 수술 때마다 속수무책 기분만 상했을 거다. 사실 이 업계에 발 들이기 전까지 연정은 환자에 대해 이상한 농담을 하는 건 뉴스에서

나 나오는 특이 케이스라고 생각했다. 그래서 그런 일을 방
관하는 의사나 간호사 들은 다 뭔가 싶었는데 실제 그런 일
이 닥치자 연정의 입도 쉽게 움직이지 않았다. 그래서 여자
인턴이 산부인과 남자 인턴의 성추행을 고발했다는 기사를
보면서는 그 용기에 박수를 보내고 싶을 정도였다. 먹고살
아야 하는 데다가 여자 무시하는 게 당연한 이 업계에서 그
런 말을 꺼낸다는 것 자체가 대단해 보였다. 그리고 그제야
친구들의 말이 이해가 되었다. "남자 상사치고 마지막까지
괜찮은 사람이 없는 거 같아." 면접 땐 그렇게나 젠틀해 보
이던 대표원장이 이상한 농담을 할 때마다 친구들의 말이
무슨 의미인지 확실히 알 것만 같았다. 상담실장이 아니었
으면 연정도 다른 봉직의들처럼 몇 달 만에 병원을 옮겼을
지도 몰랐다. 하루는 연정이 마음먹고 상담실장에게 물었
다. 기껏해야 봉직의인 자신을 왜 이렇게 잘 챙겨주냐고 말
이다. "나 이 바닥에서 곧 끝장인 처지잖아요. 구 원장님 개
원할 때 나 데리고 가라고." 상담실장은 그저 그렇게 답했
다. 하지만 이 병원에서 가장 큰 고객인 텐프로들을 데리고
오는 것도 상담실장이었으니 정말 뭔가가 아쉬워서 연정
에게 마음 쓰는 게 다는 아니었다. 그러니 상담실장이 '주
인 없는 얼굴들' 운운하며 들어온다고 해서 이전처럼 왜 또
저러나 싶은 마음은 들지 않았다. 오히려 분명 무슨 중요한

말이 뒤따를 텐데 싶기도 했다.

"원장님, 이번 주말에는 추리소설 뭐 봐요?"

상담실장의 예상치 못한 말에 잔뜩 긴장했던 연정의 어깨가 조금 풀어졌다. 이번엔 연정이 고개를 들어 작은 웃음을 터뜨렸다. 연정의 또 다른 취미가 있다면 바로 추리소설 읽기였다. 평일에는 퇴근길에 지하철에서 휴대폰으로 보다가 주말에는 집에 틀어박혀 소파에서 쌓아두고 읽었다. 물론 상담실장에게는 역시나 속이 타는 취미였다. "아이고, 아주 흙더미에 책 더미에. 총 쏘고 막 사람 죽고. 사람 찾아내느라 생고생하고 그런 게 왜 좋아요?" 연정의 사정을 모를 때 상담실장은 진심으로 열불이 난다는 표정을 지어 보이며 말하기도 했었다. 물론 연정의 사정을 안 지금은 오히려 상담실장의 안타까움을 끌어 올리는 취미가 되어버렸지만. 그때의 상담실장 얼굴이 생각나 연정은 얼핏 웃음이 묻어 나오는 걸 참았고 이내 다시 얼굴에 집중하며 중얼거렸다.

"저 이번 주말에는 보던 영화 이어서 볼까 해요."

"이어서? 또 인기 없는 영화 보려고 하죠, 구 원장님? 뭐 보는데?"

"아, 이건 상담실장님도 보면 좋으실 수도 있겠다. 「피닉스」라는 영화인데요. 1940년대 제2차 세계대전 끝나고 수용소에서 살아남은 여자가 얼굴이 망가졌다가 성형으로 완전 다른 얼굴이 되면서 시작되는 내용이거든요? 여자는 남편을 믿고 얼굴이 달라져도 자길 알아볼 거라고 생각해서 찾아가는데 그 남자는⋯⋯"

연정이 숨도 안 쉬고 거기까지 말했을 때였다.

"아휴, 나 유럽 영화는 안 봐. 공감대 형성이 안 돼. 문화가 익숙하지 않아서 그런가."

'어, 그런데 이거는 결말이 중요해요, 실장님. 남자가 여자를 어떻게 알아본 줄 아세요? 얼굴도 아니고 여자의 말도 아니고 남자의 기억이에요. 자신의 아내가 생전 좋아하던 노래를 이 여자가 부른 거죠. 남자도 그걸 기억하고 있었던 거고요.' 상담실장의 말에 연정이 속엣말이나마 이렇게 웅얼거리고 있을 때였다. 상담실장은 갑자기 몸을 좀 낮추고 주위를 두리번거렸다. 그러더니 이번엔 환자용 의자를 끌어다 데스크에 바짝 붙어 앉았다.

"아니면, 그 일로 또 수술해요?"

연정은 그제야 찰흙 얼굴에서 손을 떼고 상담실장을 바라봤다. 이 얼굴에서 웃음을 지울 생각은 없었는데⋯⋯ 연정은 얕은 한숨을 내쉬었다. 사실 봉직의인 연정이 주말에 다른 병원에서 일한다고 해서 문제가 되는 건 아니었다. 개원했다가 실패했다거나 여러 이유로 돈이 다급한 의사들이 그런 식으로 일을 하곤 했다. 물론 연정도 차라리 돈을 위해서 주말을 반납하고 있었다면 이렇게까지 긴장하지 않았을 것이다. 게다가 질문은 누가 물었느냐에 따라 그 무게감이 달라진다. 다른 사람이면 몰라도 상담실장이 그 일을 직접 언급한 건 처음이었다. 자신에게 아무리 호의적이어도 상담실장은 대표원장님 사람이다. 연정은 상담실장의 표정을 살피며 곁에 놓여 있던 알콜티슈로 손을 닦아냈다. 급하게 마무리하면서 콧날의 윗부분을 덜어내지 못했고 그 바람에 찰흙으로 만든 얼굴은 연정이 처음 생각한 것보다 더욱더 딱딱하고 피곤한 인상이 되었다.

"저, 실장님. 이번 주는…… 사실은 도영이 일로 전남편 만나는 주예요."

"아아, 그날이구나. 깜박했네요, 제가."

"아니에요, 뭐 이것도 이제 몇 년째 하니까 저도 바짝 다가오지 않으면 잊기도 해요."

"그래도요. 가만있어봐. 아이가 그럼 이제 벌써 스물이 다 되는 거였나, 원래대로라면? 이제 옷을 안 사 입혀도 될 나이네, 여자아이면 특히나 자기들이 사 입겠다고 할 나이."

그런가, 도영이가 여자아이긴 했어도 원체 외모에는 관심이 없는 아이였는데. 연정은 전남편의 키와 단 한 번 보았던 전남편의 전부인의 키를 떠올려보았다. 그러다 문득, 연정은 지난 기일에도 도영이를 위해 추리소설 세트를 준

비해줬던 상담실장 생각이 났다. 어린애도 아닌데 무슨 추리소설을 그렇게 읽냐고 하도 닦달을 하길래 도영이 이야기를 꺼냈더니 그 뒤로 잊지 않고 챙겨주고 있었다. 연정이 이번엔 정말 괜찮다고 말하려던 찰나였다. 상담실장은 연정에게 바짝 붙였던 상체를 뒤로 젖히며 허리를 한번 쭉 폈다.

"근데 구 원장님, 나 이 말은 하고 가야 할 것 같아서. 원장님 그 일 하는 거, 나 알고 있는 거 아시죠?"

연정이 머뭇거리자 상담실장은 더는 못 끌겠다는 듯 연정이 대답도 하기 전에 접은 종이쪽지를 책상에 올렸다.

"일본에서 오신 분이 원장님을 찾더라고요."

원래라면 저 말은 하나 마나 한 말이다. 코로나 이전엔 일본인과 중국인 고객이 넘쳐났다. 명동에는 일본인과 중국인만 상대하는 병원이 따로 있을 정도였다. 하지만 코로나 이후에는 모두 한국인 대상으로 발 빠르게 움직였다. 그렇게 영업 방식을 제때 틀지 않고 코로나가 끝나기만을 기다렸던 병원들 중에는 폐업한 곳도 많았다.

"내가 생각하기엔 그 일하고 관련 있는 사람 같아요. 그래서 대표원장님께는 아직 말 안 했고. 애들 입단속 시켜놨고."

"저기…… 상담실장님, 그럼 이번 거래 조건은 뭐예요?"

다소 허술하게 접힌 종이쪽지를 보던 연정이 불쑥 그렇

게 말하자 상담실장은 당황한 기색도 하나 없이 눈을 굴리며 답했다.

"주말 골프 라운딩 1회. 회식 중 대표원장님 말씀 때 하품 그만하기. 언니들 프로포폴 대표원장님하고 상의 없이 용량 줄이지 않기."

연정은 접힌 종이쪽지를 상담실장 앞으로 다시 조금 밀어 보였다. 하품 그만하기, 노력해볼게요. 상담실장은 고개를 절레절레 흔들고는 다시 종이쪽지를 연정 앞으로 밀었다. 내가 언니들 스폰 비밀은 지켜봤어도 의사 비밀은 또 처음 지켜보네요. 상담실장은 유니폼 앞주머니의 휴대폰을 한 번 확인했다. 상담실장들은 업무 시간이든 아니든 고객 뒤처리나 응대에 생활의 대부분을 쓰고 있었다. 거기에 더해 대표원장들의 시시콜콜한 업무까지 챙겨주느라 바빴다. 아마도 또 그런 연락일 것이다. 상담실장은 자리에서 일어서려다 연정 쪽으로 다시 몸을 돌렸다. 뭔가 풀리지 않는 의문이 있는 표정이었다.

"그런데 구 원장님."

"네."

"그 종이쪽지 말이에요. 그거 원장님께 전해달라고 한 사람."

"네, 이거 왜요?"

"그 사람 자기 이름을 뭐라고 쓴 줄 아세요?"

연정은 종이쪽지와 상담실장을 번갈아가며 바라보았다. 상담실장은 웬만한 이름엔 놀라지 않는 사람이다. 여기 오는 언니들 이름이 워낙 천차만별에 수백 수만 가지였다. 그런데 이런 상담실장을 놀라게 한 이름이 있다니 대체 무엇이기에.

"셜록."

이번엔 연정이 고개를 갸웃하며 눈을 가늘게 떴다. 상담실장이 난감해하며 이어 말했다.

"근데 씌어진 이름이 한 명이 아니야."

"네? 그럼⋯⋯"

"한 명 같은 두 명, 그 왜, 나한테 전에 말해줬잖아요. 셜록하고 한 세트로 같이 다닌다는, 왓슨. 그 이름도 씌어져 있더라고."

연정은 상담실장이 눈짓으로 가리킨 책상 위의 쪽지를 바라봤다. 상담실장은 어깨를 한 번 으쓱해 보였다. 연정은 그제야 종이쪽지를 펴보았다. 상담실장이 어처구니없다는 듯 말했다. 그러니까 이게 대체,

"무슨 말이죠?"

죽은 아버지. 아니, 죽은 마녀. 특기는 죽은 척하기. 이름은 간텐바인. 얼굴은 여러 개. 요리는 젬병이. 장소는 화산 아래서. 우리의 언어는 마운트 아날로그. 기다리는 것은 도둑신부와 원본 없는 세상. 그리고, 죽은 자들의 백과전서. <u>1948년, 1963년, 다시 2016년, 2017년.</u>

· 제1장 ·

도착한 과거

＊

　설영의 시선이 순식간에 과녁 바깥으로 비껴 섰다. 설영
은 과녁을 향해 있던 총을 천천히 선반 위로 내려놓았다.
이 순간 총알이 나갔다면 설영의 어깨가 탈골되었거나 뺨
에 작은 상처라도 입었을 것이다. 세츠에 상, 괜찮죠? 부스
바깥에 서 있던 코치 메이가 가볍게 부스 유리를 두드렸다.
'세츠에'는 설영의 일본식 이름이었다. 설영은 메이에게 보
이도록 크게 고개를 끄덕였고 휴대폰을 내려다봤다. 꼭 받
아야만 하는 전화가 있어서 곁에 둔 거였는데, 정작 진동의
기원은 메일이 도착했다는 알람이었다. 작은 진동이 이렇
게 크게 느껴질 줄 몰랐다. 메이가 항상 강조하던 것, 총을
쏘는 데 가장 중요한 것은 말이죠, 그것은 참는 거예요. 그
고요를 견디다가 한 번에 정확하게, 탕! 고요 속에서 더 큰

울림으로 오는 거죠. 설영은 얕은 한숨 끝에 총을 내려놓았다. 어차피 곧 사격장을 나가야 할 시간이긴 했지만 오랜만에 즐기는 유일한 취미 생활의 마무리를 못 한 아쉬움이 남기도 했다.

"세츠에 상, 오랜만에 오셨는데 충분한 표정이 아니어서 저도 아쉽습니다. 하지만 선수가 아닌 이상 이 취미를 열정적으로 하라는 것도 좀 그렇긴 하네요."

바깥에서라도 총을 쏘고 다니라고 할 순 없잖아요, 하는 메이에게 설영은 조금 웃어 보였다. 한때 국가대표 선수였다는 메이는 이 동네 유일한 사격장의 코치이자 설영의 취미 생활 선생이었다. 처음 사격장에 놀러 갔을 때 설영의 재능에 흥분했던 메이는, 그러나 이젠 설영이 사격을 하는 시간까지 엄격하게 관리하며 일정 시간 이상은 총을 잡지 못하게 했다.

"세츠에 상의 내면엔 어떤 분노가 있거든요."

그런데 메이 상, 여자 중에 분노 없는 사람은 없을걸요? 메이 상도 그렇지 않나요? 설영은 그런 말을 밖으로 꺼내지는 않았다. 사실 최근엔 일이 바빠서 메이가 말리지 않아도 사격할 시간이 별로 없기도 했으니까. 하지만 그렇기에 더 집중하고 싶기도 했다. 설영은 사격장을 나오기 전까지는 그렇게만 생각했다. 그런데 사격장을 나오며 메일을 열었을 때 설영의 그 생각에는 약간의 변화가 생겼다. 왜냐면 그 메일에는……

죽은 아버지. 아니, 죽은 마녀. 특기는 죽은 척하기. 이름 은 간텐바인. 얼굴은 여러 개. 요리는 젬병이. 장소는 화산 아래서. 우리의 언어는 마운트 아날로그. 기다리는 것은 도 둑신부와 원본 없는 세상. 그리고, 죽은 자들의 백과전서.
<u>1948년, 1963년, 다시 2016년, 2017년.</u>

설영의 눈에 가장 먼저 들어온 건 강조 표기된 메일의 추 신 부분이었다. 설영은 길 한가운데 우뚝 멈춰 서서 그 부 분을 여러 번 읽었다. 대체 무슨 뜻이지? 그제야 설영은 다 시 메일의 처음으로 돌아가 보낸 이의 이름을 확인했다.

설영에게 메일을 보낸 사람은 약 6년 8개월 전 갑작스레 연락이 끊겼던 친구였다. 메일의 맨 아래 덧붙인 이 추신을 여러 차례 읽은 설영은 다시 스크롤을 올려 메일 주소와 이 름을 유심히 바라보았다. 셜록. 그는 언제부터인가 자신을 <u>스스로 셜록이라고 칭했었다.</u>

그러니까, 그래.

셜록이었다, 확실히. 의대를 졸업한 뒤 의학사를 전공하

던 친구 셜록. 이것저것 지식이라면 가리지 않고 관심이 많
았던, 그래서 소설 창작 수업까지 청강했던 친구. 풍부한 지
식에 비해 사회성은 빈약했던 그 친구를 설영은 그 수업에
서 처음 만났었다. 뜻밖의 메일 한 통이 설영을 셜록과의
기억으로 데리고 갔다.

*

설영이 셜록을 안 지 3년쯤 흘렀을 때였다. 그러니까 약
7년 전, 셜록은 박사과정을 마치자마자 의학사 연구소에 취
직했다. 대부분 자리를 잡지 못한 대학원 사회에서 셜록은
모두에게 부러움의 대상이었다. 정작 셜록은 한국에서 의
대를 졸업하고 의학사를 전공한 사람이 몇 명이나 될 것 같
냐며 자신의 취직은 대수로운 게 아니라는 듯 말하기도 했
다. 셜록이 그럴 때면 설영은, 아무리 친구라지만 배부른 소
리 같다는 생각이 들어 묻기도 했다. "너 퇴근 후에는 뭐 할
건데?" 설영은 곧 자신이 괜한 질문을 했다고 생각했었다.
설영은 그가 뭘 하는지 이미 알고 있었다. 셜록은 저녁 시
간이 되면 늘 커다란 텔레비전으로 좋아하는 아이돌이 나
오는 프로그램을 반복해서 보곤 했다. 차마 설영은, "야, 너
그 시간에 공부하면 되잖아"라고 말할 수 없었다. 대신 드

라마나 영화는 안 보냐고 말을 돌리곤 했는데, 그럴 때마다 셜록은 잔뜩 진지한 목소리로 자신은 인위적인 서사에는 관심이 없다고 했다. 그냥 자신이 모 아이돌을 열렬히 좋아한다고 하면 될 말을 셜록은 괴상한 논리로 포장하고 있었다. 그런데 약 7년 만에 셜록에게서 온 메일에 의하면 그의 생활은 여전한 모양이었다. 낮 동안 연구소에서 일하고 퇴근 후에는 좋아하는 가수들을 보며 시간을 보낸다고 적혀 있었다. 연구소를 갑자기 옮기게 되면서 연락을 못 했다는 말은 메일이 시작되고 나서 한참 후, 마치 좁은 서랍에 뒤늦게 구겨 넣은 양말처럼 반쯤 삐져나온 듯 씌어져 있었다.

"사실 여기가 좀 멀어, 나 지방으로 내려왔거든."

설영은 셜록이 앞에 있지도 않은데 고개를 여러 번 끄덕였다. 어차피 한국은 일본이나 다른 나라와 달리 재야 연구자를 거의 인정하지 않기 때문에 연구를 계속하려면 학교나 기관에 적을 두어야 했다. 하지만 설영이 셜록 같지 않다고 느꼈던 건 다른 이유가 좀더 컸다. 사실 셜록은 박사학위논문 심사를 앞두고 지도교수가 반대하는 현장 조사를 위해 지방행을 감행한 적이 있었다. 그때 셜록은 학위만 있으면 연구원이 아닌 의학사 조교수로 임용될 예정이었다. 그런데 갑자기 자료 조사를 위해 논문 심사를 미루겠다고 한 거다. 지도교수 입장에서는 다 된 임용을 거절하고 현장을 가겠다는 제자의 그 말만으로도 황당했을 텐데 셜록의 이후 계획은 그를 더욱 급체하게 만들었다. 셜록은 석사 때 한국전쟁 직후 미국의 보건의료 부문 원조를 바탕으로 한 공중보건의 대처 능력을 연구했었다. 군대 내 장티푸스나 결핵 같은 전염병 대처 부분과 미군이 전쟁 후 부상당한 군인들을 대상으로 시작한 언청이 수술에 관한 두 부분으로 나뉜 연구였다. 코로나19 이후엔 전염병과 공중보건에 대한 관심이 많아졌지만 당시엔 계보학적으로 그 주제에 접근한 사람이 거의 없었다. 성형 쪽도 마찬가지였다. 성형이라고 하면 미용 목적만 부각하여 비난하는 글이 대부분이었고 성형의 기원이라고 알려진 언청이 수술에 관한 의학사적인 논문은 거의 없었다. 한마디로 국가적 지원을 받기에 안성맞춤이었는데 셜록이 갑자기 1950년대 빨치산 내 공중보건 사례에 대해 연구해보겠다고 나선 거다. "빨치산이라니…… 빨치산이라니…… 그러니까 지금 2000년대 대한민국에서 빨갱이를……" 지도교수의 마지막 말이 저것이었다는 이야기를 들은 후 설영은 처음으로 대학원생 입장에서 지도교수를 딱하게 생각하는 시간을 보냈다. 하지만 설영이 생각해도 셜록이 왜 그러는지 알 수 없는 일이었다. 석사에서 박사까지, 그사이 셜록에게 변화랄 게 있다면 몇 학기 동안 소설 창작 수업과 제국 시기 문화사에 관한 수업 청강이 예전에 비해 부쩍 늘었다는 정도였다. 막상 셜록은 당시 무슨 생각이냐는 설영의 말에 아무것도 아니라는 표정으로 이렇게 중얼거렸다.

"선택은 충분하잖아. 이젠 배제도 좀 찾아봐야 하지 않겠어?"

그러더니 셜록은 공중보건 분야에서야말로 선택과 배제는 다룰 만한 주제라고 말했다. "여태까지 국가의 선택을 받았던 사람들을 무시하겠다는 건 아니야." 이어지는 셜록의 논리는 명쾌했다. 공중보건의 속성 자체가 국가가 인정한 국민의 의료적 혜택이기 때문에 자칫 국가폭력 피해자나 전쟁 시 여성, 어린이, 노인, 성소수자나 재외국민과 같은 소수자들은 배제의 대상이 되곤 한다는 거였다. 그런데 여태 그것에 대해 제대로 연구된 적이 없었다는 것. 그제야 설영은 셜록과 함께 들었던 문화사 수업 시간에 『남부군』과 『빨치산의 딸』을 함께 읽었던 장면이 퍼뜩 떠올랐다. 그와 더불어 잊으려야 잊을 수가 없는 장면 하나도 함께 생각났다. 소설 속 빨치산 퇴치 장면에서 미군의 전염병 살포 의혹을 제기하는 부분이 있었는데, 그 부분을 읽던 셜록이 갑자기 벌떡 일어섰기 때문이다. 하지만 설영은 당시 셜록의 기이한 행동에 대해 뭐라 말하지는 않았다. 설영 또한 선택과 배제 때문에 말문이 막혔기 때문이다. '선택과 배제', 그건 설영이 잡아놓은 석사논문 주제였다. 사실 설영이 국문학 대학원에 간 이유는 학과 안에 끼어 있듯이 개설된 문예창작 전공 과정 때문이었다. 소설은 쓰고 싶었는데 어느 과를 가야 하는지 몰랐다. 막연히 국문과 아닌가 하다가 모교 출신은 학과를 불문하고 입학금을 면제해준다기에 그냥 진학한 거였다. 당연히 연구보다는 등단에만 매달려 있었다. 하지만 등단의 길은 요원해 보였고 더 이상 졸업을 유예하기도 힘들어져서 논문을 쓰겠다는 핑계로 시간을 버는 중이었다. 하지만 설영은 좋은 자료를 봐도 그저 '아, 이거 소설로 쓰면 재미있겠는데?' 같은 생각만 하는 사람이었다. 그렇게 설영에게는 자동 배제되던 연구를 자꾸만 선택지에 올린 것은 역시나 셜록이었다.

"자, 준비됐지? 이제 터미널로 나오면 돼."

셜록은 자료 조사를 위해 지방의 대학 연구원으로 내려가면서 보조 연구원에 설영의 이름을 써넣었다. 설영은 그 전화를 받고서야 소설 밖으로 눈을 돌리면 소설을 더 잘 쓸 수 있다고 말하던 셜록이 떠올랐다. 하지만 설영은 등단하면 석사논문도 쓰지 않을 생각이었다. 게다가 소설을 쓰지 않는 시간에는 또 다른 것에 온 관심을 쏟았다. 그게 뭐냐고 묻는다면,

돈. 설영은 돈을 벌고 싶었다.

정확히 말하자면 돈에서 오는 안정감을 갖고 싶었다. 설영은 어린 시절 양친이 교통사고로 죽은 후 줄곧 할머니와 함께 살았다. 넉넉함과 안정감이라는 단어는 국어사전에만 있고 설영의 삶엔 존재하지 않았다. 설영은 등단만 하면 얼른 학교를 나가 취직해서 돈을 모으고 싶었다. 그 돈으로 갖고 싶은 건 단연 집이었다. 교외라도 좋으니 단지가 형성된 곳의 전셋집을 얻고 싶었다. 분리수거함이 따로 있어서 길거리에 쓰레기를 내놓을 필요가 없는, 툭하면 뜯어진 봉투 틈새로 삐져나온 생활 쓰레기를 민망한 표정으로 주워 담을 필요가 전혀 없는 그런 집 말이다. 그리고 그런 집을 조금씩 넓혀나갈 요량으로 적금을 붓거나 주식에 대한 고민 같은 걸 하고 싶었다. 누가 새로운 소설집을 내고 누가 어느 매체로 등단했고 그런 것 말고. 안정된 생활 속에서 셜록과 커피도 마시고 술도 마시고…… 원하는 지식을 구하고 거기서 기쁨을 얻는 것 외엔 아무 관심이 없는 셜록, 하지만 남에게 피해를 주는 일 또한 전혀 없는 셜록. 이런 친구와 함께라면 통장의 잔고는 몰라도 마음의 안정은 조금이나마 쌓여가지 않을까.

거기까지 생각했을 때 설영은 셜록을 따라가기로 결정했다. 물론 등단 때까지 시간을 벌고 싶기도 했고 보조 연구원비가 나온다는 사실도 이유 중에 하나였다. 그래, 그리고 셜록 너는 지금……

"네 유일한 소원이 이제 이루어졌군."

지난날의 기억이 조금이나마 떠오르자 설영은 그제야 메일 곳곳에 녹아 있는 셜록 특유의 말투가 눈에 들어오는 것 같았다. 셜록의 죽음을 목격한 왓슨이 셜록의 무덤을 찾을 때마다 자신의 유일한 소망으로 '셜록이 살아 돌아오는 것'을 꼽는 장면에서 나오는 대사. 편지를 보내온 셜록은 드라마 속 그 대사를 다시 한번 비틀어 보인 것이었다. 사실이젠 셜록 홈스의 여동생이 사건을 해결하는 〈에놀라 홈즈〉까지 방영되는 시기이고 이러한 메일이 아니었으면 설영 또한 그 대사를 아예 잊고 살았을 것이다. 하지만 설영은 그 대사를 자신도 모르게 따라 중얼거렸다.

"내 유일한 소망은 네가 살아 돌아오는 거야."

무심결에 소리를 냈던 설영은 누가 곁에 있지도 않은데 상체를 낮추고 주변을 두리번거렸다.

'셜록이 정말 곁에 나타난 것도 아닌데……'

설영은 자신의 행동에 작게 실소를 터뜨렸다. 다시 메일을 훑어보던 설영은 그제야 메일에 첨부 파일이 몇 개 있다는 걸 깨달았다. 두 개는 이미지 파일이었고 하나는 문서 파일이었다. 그런데 문서명을 보니 황당하게도 그건 셜록의 박사논문인 것 같았다. 〈RISS〉 검색만 하면 나올 텐데,

군이 박사논문을 보내는 셜록은 참 그때나 지금이나 연구에 자부심이 대단하구나 싶었다. 하지만 길에 서서 박사논문을 읽을 수도 없으니 설영은 첨부된 이미지들을 먼저 눌러보았다.

lovemm.jpg

1951.1.jpg

m1946.jpg

첨부된 파일 중 하나는 제2차 세계대전 당시 누군가가 쓴 연애편지였다. 흥미로운 건 그걸 보낸 사람이었다.

그걸 보낸 사람은 마릴린 먼로였다. 마릴린 먼로의 연애편지 사본을 보고 흥미가 생긴 설영은 곧장 또 다른 이미지 파일도 연달아 열어보았다. 다른 이미지는 한국전쟁 직후 한국의 군부대를 찾은 마릴린 먼로가 무대 위에서 노래를 부르는 모습을 찍은 것이었다. 그 사진을 보면서 설영은 미소를 지었다. 의도는 모르겠지만 일단 셜록은 설영의 관심을 끌기엔 성공한 듯싶었다. 설영은 마지막으로 첨부된 또 다른 이미지를 열어보았고 그건 조금 더 오래 들여다봐야 했다. 마릴린 먼로의 어린 시절 사진이었다. 설영은 사진 속 어린 마릴린 먼로의 주근깨가 굉장히 매력적이라고 생각했다. 난데없이 마릴린 먼로의 사진을 여러 장 보게 된 설영은 꽤 오래전 커다란 쇼핑몰에서 마릴린 먼로의 웃는 모습이 걸린 사진을 봤을 때가 떠올랐다. 사실 마릴린 먼로야 너무나 흔히 볼 수 있는 이미지가 되어버린 지 오래라 당시 설영은 쇼핑몰에 걸린 그 사진에 큰 관심을 두지 않고 있었다. 만약 한 무리 남자들이 마릴린 먼로의 사진을 보며 이렇게 말하지 않았더라면 말이다.

"그래 봤자 저 여자 성괴에 몇 번이나 남편 바꾼 여자잖아."

그들은 고등학교나 입학했을까 싶게 앳돼 보였다. 마릴린 먼로가 죽은 지 반세기가 다 되었는데 사람들이 만들어놓은 자극적인 이미지는 여전히 살아서 그녀를 조롱의 대상으로 만드는 것 같았다. '그런 너네 남자들은 그 성형 미인 치마 속이나 보고 싶어서 난리였잖니?' 물론 그 말을 소리 내 하진 못했다. 지금이라면 그 말을 할 수 있을까, 지금이야말로 겁이 더 많아져서 절대 못 할 것이다. 설영은 이런 생각을 하며 사진 속 무대 위 마릴린 먼로를 좀더 자세히 들여다보았다. 마릴린 먼로가 성형 중독에 남편을 얼마나 바꿨는지는 모르겠지만, 또 그게 조롱의 이유가 되는지는 모르겠지만 적어도 이 사진 속 마릴린 먼로에 대해서라면 설영도 아는 게 하나 있었다. 사진이 찍혔던 때 마릴린 먼로는 도쿄에서 신혼여행 중이었다. 당시 마릴린 먼로의 남편인 유명 야구선수는 한국에 와달라는 미국 정부의 요청을 거절했다고 한다. 그의 거절에 한 미군 장교는 "우리는 당신이 아니라 마릴린 먼로를 원하는 것이오"라고 대꾸했고 그는 몹시 자존심이 상해서 먼저 미국으로 돌아가버렸다고 했다. 설영은 어쩐지 환호하고 있는 병사들 속 단상 위에 홀로 선 마릴린 먼로가 좀 추워 보였다. 그러나, "추웠지만 따뜻했어요". 영하의 추위 속에서 민소매 원피스 차림으로 노래를 불렀던 마릴린 먼로는 저 말을 남겼다고 한다.

"추웠지만 따뜻했어요."

설영은 그 말에 대해 오래 생각했었다. 산속의 추위에도 딱 붙는 민소매 원피스를 입고 노래를 불러야 했던, 세기의 가수이자 배우이며 한 명의 여성이었던 마릴린 먼로의 말. 그리고 셜록에 대해서도 왜인지 오래 생각하게 될 것 같다는 예감이 들기 시작했다.

*

그러나,

셜록이 실제 셜록만큼이나 사람을 잘 찾게 되었다고 할지라도 설영은 이제 그를 당장 찾아가거나 연락을 끊거나 그 어떤 것도 할 수가 없었다. 아니 그럴 필요가 없었다. 설영은 한국에 있지 않았다.

설영은 일본 도쿄 인근의 후추시에 있었다. 후추시는 한국으로 따지면 일산이나 부천처럼 서울 근처의 커다란 주거 지역이라고 생각하면 좋을 도시였다. 설영이 이곳에 위치한 히토쓰바시 대학 어학원에서 계약직 강사로 일하기 시작한 건 약 5년 전부터였다. 셜록과 아직 연락이 끊어지지 않은 시기인 7년 전쯤, 설영은 셜록의 간곡한 부탁에도 등단하자마자 석사논문을 쓰고 바로 대학원을 나갔었다. 하지만 지금의 설영은 어느새 박사논문까지 쓰고 한국도 아닌 일본에서 문화 연구를 계속하고 있었다. 심지어는 총합언어정보학 연구실도 아닌 대학 부설 어학원 소속 외국인 강사로 살고 있던 것이다.

설영은 가끔 자신의 인생이 한 가지 장르의 책만 선별해둔 책꽂이에 불쑥 꽂혀 있는 다른 장르의 책처럼 느껴지곤 했다. 이렇게 된 이유는 아마도 그때부터였을 것이다. 설영은 6년 8개월 전, 어린 시절부터 살았던 보광동 빌라 화단에서 쓰러진 채 발견되었다. 당시 설영은 외상이 전혀 없었다. 문제는 그땐 이미 설영이 그 집에서 이사를 나온 상태였다는 거다. 할머니의 오랜 지인이었던 집주인이 사정을 봐주어서 살 수 있던 그 집은 할머니가 돌아가시면서 자연스레 이사를 해야만 했다. 그러니 아무리 한때 살았던 곳이라고 해도 설영이 왜 거기에 갔는지 알 수가 없었다. 특별한 상처도, 폭행당한 흔적도 없었다. 설영의 휴대폰이 사라졌지만 구형 모델이라 누군가 일부러 가져갔을 리도 없었다. 그저 실족하면서 흘렸을 가능성이 높았다. 무엇보다 휴대폰 분실이 아무것도 아니게 된 건 그날 이후 설영의 삶을 바꾼 두 가지 이유 때문이었다. 설영은 기억을 잃었다. 사고가 있기 전 약 8개월간의 기억이었다. 설영은 그 일을 겪고 난 후 일정 기간 병원의 권고에 따라 정신과 상담 치료를 받게 되었다. 당시 의사의 소견은 이러했다. 기억은 아예 사라지는 게 아니므로 언제일지 장담할 수는 없어도 언젠가는 별다른 징후 없이 돌아올 수도 있다는 것. 의사는 답답함과 불안함에 조금씩 발을 담근 듯한 설영의 표정을 보더니 이렇게 말했다.

"윤설영 님. 하지만 말이죠, 유실된 기억은 완전히 없어진 게 아니라서 언젠가는 돌아올 거예요. 뭐랄까요, 죽은 사람도 완전히 기억에서 사라지는 건 아니잖아요."

"그럼, 죽은 사람이 완전히 사라지는 게 아니라면요. 그럼…… 죽은 사람들은 어딘가에 모두 모여 있나요? 누가…… 누가 불러주면 그렇게 모여 있다가 하나씩 다시 나타나요? 그러면 얼굴도 그대로예요? 기억도 그대로예요?"

설영의 진지한 대답이 의사를 오히려 심란하게 한 것 같았다. 자신의 대답에 의사가 너무 심각한 표정을 지었기 때문에 설영은 살짝 고개를 저어 보였고 이내 상황은 흐지부지 마무리됐다. 하지만 꼭 그날의 상황 때문만은 아니어도, 설영은 기억에 대해선 더 오래 생각할 수 없었다. 기억에 대한 상담을 받은 지 얼마 지나지 않아서 설영은 알 수 없는 통증 때문에 다른 병원을 다시 찾아야 했다. 그 통증은 좀 특이했다. 실제 몸에 이상이 나타나지 않았는데도 무언가 아픈 듯한 기미가 느껴지면 그때부턴 정말 못 견딜 정도로 아파온다는 게 특이점이었다. 그러니까 바로 환상통. 정확히 존재하는지 알 수도 없고 언제 나타날지도 모르는 그 고통의 실체를 설영은 우연히 보았던 3·11 동일본 대지진 관련 다큐멘터리 속 여성 피해자들로부터 짐작할 수 있게 되었다.

"그냥 슈퍼에 갔을 뿐이었어요. 지진이 나기 전에도 다녔던 슈퍼거든요. 그런데 멀리서 모르는 남자 몇이 걸어오니까 나도 모르게 멀거니 서서 허둥지둥했어요. 그럴 땐 곁에 있는 무언가라도 잡아야 하는지⋯⋯ 자신을 어떻게 붙들어야 할지 모르겠어요."

3·11 동일본 대지진 이후 대피소 생활 중 강간을 당한 여성들은 집으로 돌아와서도 낯선 남자들을 보면 마치 지진이 오는 것처럼 몸이 흔들리곤 한다고 했다. 말 그대로 반듯하게 서 있어도 두통과 어지러움을 느끼고, 심한 경우 실

제 바닥으로 밀쳐지는 느낌까지 든다고 했다. 처음엔 정말 지진이 일어나나, 하는 공포로 두려웠는데 그 후엔 자신이 지진 때문에 그러는지 아니면 그저 알 수 없는 어떤 것으로부터 공포를 느끼기 때문인지 모르겠어서 무서워지기 시작했다고 한다. 설영은 다큐멘터리를 보면서 똑같은 경험을 한 것도 아닌데 어쩐지 알 것 같은 심정에 재차 고개를 끄덕이곤 했다. 더불어 깊은 미안함과 함께, 그러니까 사람이 실제로 죽고 자신의 가족을 잃고 터전을 상실해버린 시기에 피신한 곳에서 또다시 위협을 받은 그 사람들의 고통을 감히 이해했다고 해도 되는 것인지 몰라서 말이다. 그럼에도 설영은 한 자락이나마 위안을 느꼈다. 고통의 실체는 불분명할지 몰라도 어딘가 존재한다는 것만은 분명해졌으니까 말이다.

정해진 시간에 오지 않는 환상통과 함께 살게 된 설영은 규칙적인 회사 생활 같은 건 이제 할 수 없었다. 그렇게 다시 설영은 학교로 돌아갔고 박사과정까지 마무리 지었다. 그것도 셜록이 권하던 문화사를 바탕으로 한 연구로 말이다.

「1970년대 문학의 선택과 배제―여성문학, 빨치산문학을 중심으로」

「1970년대 일본 게이 문화와 한국 남창 관광」

첫번째 논문은 설영의 석사논문이었다. 1970년대 문학정전에서 배제된 두 가지 키워드를 '여성'과 '빨치산'으로 잡고 이에 대한 연구를 진행한 논문이었다. 셜록과 함께했던 빨치산 생존자의 구술채록이 없었다면 쓰기 힘들었을 논문이었다. 두번째는 말 그대로 일본 게이들의 한국으로의 남창 관광에 관해 쓴 거였다. 설영은 무엇을 자신의 주요 연구 분야로 발전시킬 것인가 고민했지만 최종적으로 선택한것은 후자였다. 설영은 저 두 가지 분야 모두에 관심이 있었다. 하지만 내밀한 속내로는 무엇이든 조금 더 시류와 관련 있게 써야 우수 논문으로 선정되거나 연구 지원금을 받기가 쉬울 것이란 생각이었다. 설영이 연구를 다시 시작한이유는 자신과 같은 고통을 겪는 사람들을 보며 위안을 받았기 때문이었다. 하지만 그 또한 일상이 되었고 역시나 일상을 이겨낼 수 있는 건 돈과 평가로 얻는 자리였다. 돈이있어야, 자리를 잡아야 연구를 계속할 수 있을 것 같았다.설영이 생각하기에 본인이 돈을 벌 수 있는 일이라면 그나마 이것뿐이었다. 설영에게는 최소한의 생활비를 대신 벌어다 주었던 할머니도 없었고 회사를 다닐 수 있는 일정한컨디션도 없었다. 최대한 빠르게 졸업한 이후엔 나이가 있으니 자리를 구하느라 셜록의 일을 잊고 살았다. 그러니 셜록에겐 여러모로 미안하지만 설영은 아마 그때 셜록이 자신에게 연락을 했더라도 받지 못했을 거라고 생각했다.

사실 설영은 일본에서 더 빠듯하게 살았다. 학기마다 평가받아야 하는 학진 보고서 제출과 더불어 한국연구재단 프로젝트 일정이 빼곡했다. 그런가 하면 일본은 일상 전반에 새로운 규칙이 하나 들어서고 있었다. 도쿄는 동일본 대지진이 발생한 이후 대학의 1교시를 모두 8시 30분으로 앞당겨 시작했다. 전력 손실을 최대한 방지하기 위해서였겠지만 밤에 일하는 것이 익숙했던 설영은 학기가 시작되면 아침부터 피곤에 지쳐서 수업을 들어가야 했다. 그러다 보니 생활 자체가 고역 수준이었다. 한국에서도 그랬지만 일본에서 만난 사람들도 설영에게 일을 줄이라고 슬쩍 조언하곤 했다. 하지만 역시나 장소가 바뀐다고 사람이 바뀌는 건 아니었다. 사람이 바뀌려면 스스로의 마음가짐이 먼저 바뀌어야 하는데 일본의 설영도 한국의 설영과 별반 다를 수가 없었다. 설영의 위치는 어딜 가나 다급히 뛰어야 하고 빠듯한 시간을 쪼개듯 쓰게 만들었다. 세계 어디서든 불안한 강사라는 자리. 상황이 이렇다 보니 셜록에게 메일이 왔다고 해도 곧장 반색하며 답장을 보내긴 어려웠다. 학기 중엔 주 5일 강의가 있었고 그중 하나라도 휴강을 할 수는 없었다. 당장 한국에 방문하기 어렵다고 생각되니 괜히 답장을 해서 지키지도 못할 기대를 심어주고 싶지 않았다. 무엇

보다 답장을 하면 자신의 사정을 구구절절 이야기해야 할
텐데 지방대 교수 연구실에서 그걸 열어볼 셜록을 떠올리
니 어쩐지 설영은 그저 메일을 보관함으로 얌전히 옮겨두
는 편이 낫겠다 싶었다. 비록 셜록 앞에 나서고 싶지는 않
았지만 셜록에 대해 누군가와 이야기는 하고 싶었던 걸까.

마치 이전의 셜록처럼 친구가 없는 설영에게 지금 유일
한 친구라고 할 수 있는 사람은 동거인 신바였다. 신바에게
메일 이야기를 한 것도 아마 친구라곤 신바밖에 없어서일
지도 몰랐다.

· 제2장 ·

도쿄의 파루치잔

*

"신바, 셜록에게 메일이 왔어."

"셜록? 설마 현실에서 자기 자신을 셜록이라고 한다는 건가요?"

설영은 신바의 반응을 예상했다는 듯 그저 어깨를 으쓱해 보였다.

"설영 씨 표정을 보니까 역시나 사격장에서 총을 다 못 쏘고 와서 생긴 증상은 아니었군요. 저는 단카이 세대의 아저씨들처럼 사격을 즐겨 하는 설영 씨가 늘 염려되었는데…… 다행입니다. 그리고 저는 거기까지만 들어도 알아요. 셜록 그 사람 변태 아니면 딱 일남. 아아, 한남일 수도."

데이트 전날이라며 얼굴에 붙일 오이를 썰던 신바의 손

에는 식칼이 쥐여 있었다. 설영은 안경알 너머로 집중하는 눈빛의 신바를 잠시 바라보았다. 그 얼굴과 눈빛만 보면 뭔가 시체를 검안하는 법의학자 같기도 했다.

하지만 신바, 사격을 권유한 건 너였다고.

그랬다. 설영에게 사격을 처음 권유한 건 신바였다. 주어진 일을 해내는 것 외에는 별다른 취미도 친구도 없는 설영이 걱정되었던 게 분명했다. 웬 사격이냐는 설영의 말에 가져다 댄 신바의 이유도 그럴싸했다.

"설영 씨는 정의로운 사람이잖아요. 위험한 것이야말로 정의로운 사람이 가져야 되는 거죠."

지금 와서 생각해보면 할 말이 없어서 둘러댄 것 같기도 했는데 설영은 신바의 짧은 그 한마디에 마음이 동해서 사격장에 갔었다. 메이가 극적으로 설영의 사격 재능을 칭찬한 날 말이다. 설영은 그날 잔뜩 겁먹은 표정으로 귀를 막고 있는 신바에게 다가가 이렇게 말했었다.

"신바, 역시 여자에게 필요한 건 총이야."

신바는 설영의 말에 메이보다 진지한 표정으로 박수까지 치며 이렇게 말했었다.

"역시 파루치잔 윤설영."

그러나 설영이 보기에 적어도 지금 빨치산은 오이를 썰고 있는 신바 같았다. 설영은 손가락으로 신바의 손에 쥐여 있는 칼을 가리켰다. 신바가 잠깐 눈을 굴리더니 자신이 들고 있는 칼끝을 슬쩍 보았고 어쩐지 그 칼끝에 자신이 찔리기라도 한 듯 움찔하는 표정을 지어 보였다. '데이트를 위해 오이를 자르다 자기 칼에 죽은 남자, 사랑 때문에 망하는 게 뭐 어떠냐고 내가 인터뷰 해줄게.' 설영은 그런 생각을 하면서도 지나치게 연극적인 신바의 표정이 조금 웃기기도 했다. 설영이 고개를 살짝 저으며 이렇게 덧붙였다.

"아, 근데 셜록이 남자라고 한 적은 없는 거 같은데."

정작 신바는 설영의 말을 듣지 못한 것 같았다. 와중에도 신바는 남자든 가전이든 한일은 피하는 게 좋지 않을까요, 하고는 곧장 남은 오이를 다시 썰기 시작했으니까.

'신바, 지금 네가 사랑하는 남자도 한국인이잖아.'

신바는 한국 남성과 몇 년째 연애 중이었다. 사실 신바는 설영 전에 평생 가족 아닌 누군가와 함께 살아본 적이 없었다. 설영의 앞에서는 데이트 전날이라며 오이를 썰어 붙이는 신바지만 현관문을 여는 순간 모든 사람에게 지나치게 깍듯해서 상대가 먼저 알아서 벽을 치게 만드는 사람이 또한 신바였다. 그런데 신바가 사랑하는 그 남자는 설영과 알기 전부터 신바의 곁에 있던 사람이었다. 그 남자가 신바에게 소중한 사람이기에 설영도 그 남자에 대한 마음이 좋아야 할 텐데, 설영은 어느 순간부터 그 남자를 떠올리면 마음이 답답해져왔다. 설영은 혹 신바에게 안 좋은 표정을 들킬까 봐 부러 텔레비전을 켰다. 텔레비전 소리가 너무 크다는 신바의 말은 설영의 복잡한 생각 속에 묻혔다.

"그 남자, 정말 인간 아냐. 최악이야. 최악!"

텔레비전에서는 NHK에서 만든 다큐멘터리가 흘러나오고 있었다. 설영은 텔레비전 속 미쓰비시 군수공장 조선인 생존자 할머니가 하는 말을 따라 했다. 생존자 할머니는 성폭행을 일삼던 관리자에 대해 증언한 것이었지만 설영은 줄곧 신바의 그 남자를 떠올리며 할머니의 말을 따라 했다. 신바의 그 남자로 말할 것 같으면 일본 열도에서 몇 안 되는 제국 대학 중 한 곳의 교수이자 벌써 신바와 몇 년째 연애를 하면서도 자신의 부인과는 이혼하지 않고 결혼 생활을 유지하는 사람이었다. 뻔한 불륜이라고 하기엔 그 뻔뻔함이 아주 대단할 지경이었는데, 그 남자는 심지어 설영이 신바의 가족이나 다름없다며 함께 술도 몇 번 마셨다. 그 남자와 술자리를 하던 날, 설영은 평소와 달리 지쳐 보이는 신바의 표정이 마음에 걸렸다. 하지만 사정을 모르던 설영은 신바의 그 지친 표정이 중요한 사람 둘을 마주하게 할 때 갖게 되는 어떤 긴장감일 거라고 생각하고는 곧 잊어버렸다. 돌이켜볼 즈음이 돼서야 설영은 자신이 순진한 희망을 품고 있었다는 걸 깨달았다. 설영은 그 남성이 곧 자신의 성 정체성을 아내에게 고백한 후 이혼할 거라고 상식적으로 생각했던 것이다. 신바가 사랑하니까, 몇 년이나 저러는 걸 보면 정말 사랑일 테니까. 자신의 상식이 누군가에겐 순진한 환상이라는 걸 깨달은 후에도 설영은 오로지 그 이유로 그 남자를 두고 봐야 했다. 설영은 가끔 그 남자와 마주 보고 술을 마시던 그때로 돌아가는 상상을 했다. 어리석지 않은 자신이 되어 그 남자의 얼굴에 술을 끼얹고 신바의 손을 잡고 사과를 받아내는 상상. 사격장에서 몰래 빼 온 총을 가지고 그 남자의 연구실로 쳐들어가는 상상. 그리고 그 상상은 가끔 다른 쪽으로 가지를 치기도 한다. 사람들은 먹고살기 위해 죽도록 일을 하는 자신에게는 욕심을 줄이라고, 물질적인 게 전부가 아니라고 충고하듯 말한다. 그런데 저 남자는 젊은 나이에 교수가 되었다는 이유 하나만으로 사람들에게 존경을 받고 산다. 보여지는 게 전부가 아니라는 입바른 소리를 믿을 수 없게 되는 순간이 이런 때다. 설영은 유명 대학 교수인 그가 정기 연재하는 칼럼을 신문에서 볼 때마다 무언가가 몸속에서 쑥 빠져나가는 기분이었다. 그럼에도 그가 쓰는 칼럼을 읽기 위해 정기 구독까지 했다. 신바 몰래 새벽에 날렵하게 현관으로 가 신문을 집어오고 주방에 서서 읽은 다음엔 역시나 신바가 보지 못하게 가위를 가져와 신문에 실린 그의 얼굴을 중앙부터 싹둑싹

둑 자르는 것도 잊지 않았다. 반이 쪼개진 그 사진 속에서조차 그의 얼굴은 양면이 다른 사람처럼 보였다.

"신바, 근데 너는 나 만난 날 기억해?"

설영의 난데없는 질문에 신바는 눈을 한 번 굴리더니 씹고 있던 오이를 꿀꺽 삼키며 소리쳤다.

"설영 씨! 기억도 저 소리에 다 묻히겠어요, 총소리만큼 치명적이네요, 저 텔레비전 소리!"

이제 신바는 설영이 뭔가 애매한 상황마다 그 질문을 한다는 걸 잘 알았다. 그렇기에 그저 멀리 주방에 서서 얼굴에 다 붙이고 남은 오이 몇 개를 주워 먹으며 텔레비전 소리가 너무 크다는 말로 설영의 질문에 대한 답변을 대신하고 있는 중이었다.

설영은 사실 신바가 한남을 싫어하거나 일남을 끔찍해하는지 확신할 수 없었다. 하지만 신바에게 무언가 좋아하는 게 하나 있었고 거기에 단단히 심취했던 과거가 있는 것 정도는 확실히 알고 있었다. 신바는 자신이 대학의 마지막 학생운동 세대였다고 했다. 설영은 자신과 고작 한두 살 차이가 나는 신바가 학생운동 마지막 세대라는 말에 처음엔 좀 어리둥절했다. 게다가 설영이 배운 대로라면 일본의 학생운동은 한국보다 20여 년 전에 마무리된 것이니까. 하지만 또 생각해보면 1996년 연세대학교 총여학생회 사건 같은 것도 이제야 수면 위로 올라오곤 했다. 당시 신바는 일본이 망했다고 생각해서 외국 문물에 흠뻑 젖어서 살았다고 했다. 학생운동에 투신했던 사람이 이제는 또 외국 문물에 대한 동경을 이야기하다니. 그 외국 문물이라는 것도 결국 일본보다 앞서서 식민지를 건설하던 유럽 문물인 셈인데, 설영으로서는 간극이 너무 심하면서도 무언가 반복적이기도 해서 꽤나 아이러니하게 느껴졌다. 정작 신바는 이런 말을 하곤 했다.

"원래 이동은 극과 극으로 더 자주 하죠. 중간으로 가면 좋겠지만 극은 대부분 중간에 갈 수 없는 사람들이 있는 곳이라서."

그러니까 극단적 선택이라는 말은 쓰면 안 되는 거죠, 극단에 있는 사람이 어떻게 선택을 하겠어요. "게다가 일본의 학생운동이 얼마나 남성 중심이었는데요. 한국의 학생운동이 남성 중심이었던 건 일본 영향 때문이라는 거, 설영 씨도 아실 겁니다." 뒤이은 신바의 말을 듣고서야 설영은 조금이나마 고개를 끄덕일 수 있었다. 적어도 그 말은 설영의 마음을 움직였다. 어떤 때든 중립은 정말 선택이 가능한 사람들이나 지킬 수 있는 영역이니까. 신바의 말은 이해할 수 있었지만 신바의 행동은 설영에게 조금 힘든 면이 있었다.

그러니까, 이런 것 말이다.

날렵한 얼굴선, 화장품, 점잖은 체하다가 간혹 애정 섞인
욕설을 내뱉는 것, 향수, 드레스업.

신바는 강의에 나가든 시위에 참여하든 학회에서 발표를
하든 언제나 티 나지 않는 화장을 공들여 했다. 코로나19
이전에는 혼자서 서울 명동의 피부과와 성형외과도 부지런
히 다녔다.

"전쟁 시기에 일본 성판매 여성들이 미군에게 잘 보이려
고 코를 다듬었던 게 동아시아 미용성형의 기원이었다던
데…… 이젠 턱선을 다듬고 처진 볼을 당겨주는 시술은 한
국을 따라갈 수가 없네요."

종종 그런 말을 했던 신바는 코로나19 이후 서울의 피부
과와 성형외과를 갈 수 없다는 사실에 한동안 정말 힘들어
했다. 최근에는 도쿄의 피부과도 미용 시술에 적극적이라
지만 신바의 만족도를 채워주지는 못하는 것 같았다. 물론
신바가 표방하는 '게이 스타일'은 얼굴에만 한정된 건 아니
긴 했다. 그건 프란체스코라는 세례명으로 성당에 나가기
위해서도 마찬가지였다. 신바는 예수님 앞에 고해성사를
하기 위해 성실하게 향수를 뿌렸다. 물론 설영도 신바가 자
기 관리를 잘하는 건 좋았다.

결국 문제는 신바의 말이었다.

사실 신바는 설영과 살고부터 더 이상 욕을 하지는 않는다. 하지만 처음 신바를 알았을 때만 해도 가까이 있지 않으면 들리지 않을 정도로 말끝마다 미친년 쌍년 앙큼한 년 촌년 요물 요망한 년 이런 말들을 정말 산뜻한 표정으로 중얼거리곤 했었다. 신바는 자신의 정체성을 그렇게라도 드러내고 싶어 했던 것이다. 전형적인 타입이 되어서라도 말이다. 보이는 게 그렇게 중요한가, 누군가는 그렇게 말할 수도 있지만 '남들과 달라서 공격받는' 사람들에게 그건 정말 중요할 수밖에 없는 문제였다. 그러나 설영 또한 이런 마음은 신바와 살고 난 후에 겨우 터득한 것이었고 처음엔 정말 신바가 질색하게 싫었다. 설영은 신바를 처음 만난 학회 발표 때는 물론이고 뒤풀이에서조차 애써 시선을 마주하지 않았다. 그래, 솔직히 그리고 그것뿐만은 아니었다. 설영은 그때까지 자신이 사명감을 가지고 연구한다고 생각하지 않았지만 1920년대부터 1970년대까지 일본 남성들의 온갖 성 관광 행태를 살피다 보니 어느새 일본 남성 일반에게 모두 울분이 쌓이고 있었던 것 같다. 특히 신바가 웃으며 남몰래 욕설을 입에 올릴 때마다 설영 안에서 어떤 인내심이 하나씩 허물어져가고 있었다.

"아무리 소수자라도 저런 여성 혐오 표현을 쓰는 게 옳은 거야?"

설영은 테이블 밑으로 휴대폰을 켜고 보낼 사람도 없는

메시지를 쓰고 있었다. 누군가에게 신바의 험담을 할 마음이 없기도 했지만 입 밖으로 꺼내서 말하지 못한 이유는 따로 있었다. 소수자라도 저런 표현을 쓰면 안 된다. 설영이 내세운 불만의 구실은 그것이었지만 설영은 또 다른 사실도 잘 알고 있었다. 비록 누군가에게 말하진 않았어도 자신이 신바에게 불만을 그렇게 쉽게 가질 수 있었던 건 어쩌면 신바가 자신보다 약자이기 때문이었을 것이다. 과연 신바가 정교수에 헤테로 남성이라면 자신이 과연 곧장 그런 불만을 행동으로 드러낼 수 있었을까 설영은 스스로에게 궁금했다. 반면에 신바는 확실히 어떤 장소, 도쿄 인근의 후추시에 위치한 학회 뒤풀이 술집에서는 설영보다 우위이기도 했다. 도쿄에서 나고 자라 명문대를 졸업하고 연구교수 타이틀을 가지고 있는 남성. 그 생각을 하면 설영은 다시 분노가 부글댔다. 하지만 세상에서 숨길 수 없는 것 가운데 하나가 혐오라서였을까, 아니면 늘 혐오를 당해온 사람이었기에 누구보다 혐오를 먼저 알아차렸던 걸까. 그날 신바는 술에 취해 자꾸만 설영의 어깨에 기대던 선배를 설영으로부터 가뿐하게 떨어뜨려놓았다. 그 선배는 술에 취하지 않았을 때는 너무나 완벽하게 윤리로 무장한 지식인 남성이었다. 그러나 술만 취하면 말이 달라졌다. 그는 종종, 서울에는 화장실에 휴지가 별로 없다지?라든가 서울에서는 반찬을 한데 넣고 섞어 먹는다며? 그런 건 미군이 주둔할 때 부대 밖으로 던져준 음식을 먹던 버릇인가? 하는 등의 어이없는 말을 하곤 했었다. 가장 어이없는 건 선배가 술에 취해서 이런 말을 던지며 시비 거는 사람은 무조건 여자들이라는 거였다. 연구소 내 일본인들조차도 질색할 정도였지만 이미 연구자로서 대단한 위치이기도 했고 저런 말을 하는 사람답게 자기에게 거슬리는 사람은 끝내 찍어내버리는 성격이라 그 누구도 맞대응하지는 않았다. 하지만 그날 신바는 좀 달랐다.

"휴지는 선배네 집 화장실에나 없겠죠. 설마 아직도 대학원 시절처럼 연구소 물품 가져다 쓰세요?"

설영에게 치근덕대던 그 선배의 관심은 순식간에 신바로 옮겨졌다. 설영은 신바가 일부러 그랬다는 걸 눈치채고 있었고 한편으로는 정말 고마웠지만 술이 들어가기 시작하자 다른 마음이 올라오기 시작했다. 나도 신바의 저 위치라면…… 고마움보다 이런 생각이 먼저 드는 자신도 싫었지만 실제 아무것도 무서울 것 없는 신바의 위치도 싫었다. 자신을 한 번 구해줬다고 그런 이상한 욕을 입에 달고 사는 것까지 묵인해주는 것도 질색이었다. 그 자리에 앉아 있으면 자신이 곧 무슨 말이라도 할 것 같은 기분에 설영이 가만히 옷가지를 들고 자리를 옮기려 할 때였다.

"저기, 세츠에 상? 저, 안 보이세요?"

먼저 시비를 건 것은 신바였다. 신바는 누가 봐도 연극적인 몸짓으로 안주로 시킨 절인 오이를 설영에게 떨어뜨리듯 던졌다. 놀란 설영이 신바를 바라보자 그는 안경 너머의 눈이 보이지 않을 정도로 활짝 미소를 지어 보였다. 설영에게 시비를 걸던 그 선배는 신바에게 된통 깨지고 다른 테이블로 옮겨갔고 다른 이들도 대부분 곯아떨어지기 직전이었다. 그나마 깨어 있는 사람들은 둘 혹은 셋씩 친한 사람들끼리 이야기를 나누고 있었다.

"왜 저 무시하시죠?"

그러더니, 아 고맙다는 말을 하라는 건 아니고요,라며 또 연극적인 표정으로 덧붙였다. 설영은 대답 없이 우선 주위를 다시 한번 둘러보았다. 역시나 신바가 설영에게 오이를 던진 걸 아무도 모르는 것 같았다. 설영은 별다른 표정 변화 없이 그의 턱에 완두콩 하나를 집어 던졌다. 신바는 곧 어라? 하는 표정이 되더니 이번엔 참치 밑에 얇게 자른 무순을 몇 개 집어 들어 설영에게 던졌다. 날아온 무순은 설영의 앞머리에 살짝 걸리더니 설영이 고개를 젓자 툭 떨어졌다. 후, 설영은 자신도 모르게 입바람을 한 번 불었다. 앞머리 몇 가닥이 위로 솟구쳤다 내려왔다. 잠시 무순을 바라보던 설영이 상체를 조금 내밀어 신바에게 얼굴을 가깝게 가져다 대었다. 신바는 막상 설영이 자신에게 몸을 가까이 하자 조금 움찔하며 뒤로 물러났는데 표정만은 대범하려고 애쓰는 게 보일 정도였다.

"그럼 꼭, 제가! 신바 님을 아는 척해드릴 이유라도 있나요?"

설영은 최대한 목소리를 낮춰서 신바에게 소곤거리듯 물었고 신바의 입술이 약간 벌어지는 게 보였다. 설영은 조금 더 몸을 신바 쪽으로 기울였다. 신바는 조금 더 뒤로 몸을 뺐다. 이윽고 설영은 소리를 내지 않고 입 모양으로만 말했다.

"어쩌라고. 이. 왜. 놈. 아."

잠깐 사이 신바는 자신에게 무슨 일이 벌어진 건지 확인하려고 애쓰는 사람 같았다. 보통 생전 안 듣던 말을 들은 사람들이 충격으로 하는 행동과 비슷했고 설영은 어쩐지 그 표정을 보자 아주 편안한 마음이 되었다. 의기양양한 표정으로 맥주를 들이켜는 설영을 보던 신바는 어, 어, 어 이렇게 몇 번이나 잔뜩 놀랐다는 추임새를 넣었고 이내 손뼉까지 치며 웃어댔다.

"설영 님, 당신은 진정한, 진정한 고단수로군요!"

신바가 너무 그답지 않게 손뼉까지 쳐대며 웃었기 때문에, 또 설영,이라는 그 어려운 한국어 발음을 너무나 제대로 해냈기 때문에 그 자리에서 졸고 있던 사람들의 절반이 퍼뜩 정신을 차렸다. 대관절 무슨 일이 일어났는지도 모르는 와중에 그저 평소 감정을 잘 드러내지 않는 신바가 설영을 과하게 칭찬하고 있는 것에 놀라 하나씩 동조하기 시작했다. 그렇게 설영은 그날 세기의 고단수가 되었고 더욱 분에 차서 그 자리를 나왔지만 그 뒤풀이가 있고 나서 얼마 후 신바는 설영에게 장문의 메일을 보내왔다. 처음엔 동명이인인가 싶었던 게, 메일로 보내는 가벼운 형식의 글이었음에도 너무나 유려한 문체 때문이었다. 설영은 항상 자신이 학구적이며 열정적인 면을 가진 누군가에게 끌린다는 걸 알고 있었다. 그건 물론 연애 상대로의 끌림만을 말하는 게 아니었다. 신바의 문체에 깊이 매료된 설영은 그 순간 자신 또한 신바를 궁금해한다는 걸 깨달았다. 그러나 마음을 굳히게 된 건 메일에 밝힌 신바의 또 다른 부분 때문이었다. 신바는 그 메일에서 설영이 쓴 논문들을 읽었으며 그 논문들과 자신의 연구 사이에 있는 공통점에 관심을 갖게 되었다고 했다. 설영은 그때까지 막연히 신바가 재조 일본인 연구를 하고 있다고만 알고 있었다.

1950년대 한국 남쪽 지방에서 발생한 빨치산 중에 재조 일본인 여성에 관한 연구를 수행하고 있어요. 설영 씨의

논문에서 여성 빨치산 문학이라는 키워드를 보고 반가웠
습니다. 하지만 언제까지 제가 그 작업을 할 수 있을지는
정말 모르겠어요. 이제 생존자가 거의 없으니까요.

빨치산? 설영은 순간 그 단어에 오래 멈춰 섰다. 물론 신
바는 빨치산이라는 단어를 쓰진 않았다. パルチザン, 파루
치잔으로 발음했지만 어쩐지 설영의 마음에 덜컥거림을 만
드는 건 똑같았다. 설영은 셜록과 함께 갔던 한국의 남쪽 지
방을 떠올렸다. 그래, 생각해보니 설영이 잠시나마 셜록을
떠올린 적이 있긴 했다. 신바와 메일을 주고받던 그때였다.
    파루치잔 パルチザン.
    그때 설영은 신바의 메일을 읽고 셜록이라는 이름을 부
르는 대신 저 말을 중얼거렸다, 파루치잔. 파루치잔, 그리고
신바. 그래서 그때 설영은 신바와 어떻게 하기로 했더라?

    둘은 약속을 잡고 만날 날을 정했다.
    시부야였는데 웃기게도 만나기로 한 곳은 산마르크카페
였다. 도쿄에서는 굉장히 유명한 프랜차이즈였지만, 왜 그
런 가게들 말이다. 아주 흔하고 유명한 프랜차이즈인데 관
광객들은 모르고 현지인들만 다니는 그런 유의 카페. 물론
설영은 거의 가본 적이 없는 카페이기도 했다. 신바는 그날

데운 초코크루아상과 따뜻한 커피를 설영 앞에 가져다주었다. 설영은 한참 지나고 나서야 산마르크카페에서는 데운 초코크루아상이 시그니처 메뉴라는 걸 알게 되었다.

"처음 먹어보는 거예요, 이거."

녹진한 초코가 조금씩 흘러나오는 크루아상을 먹으면서 설영이 말했다. 도쿄에 온 지 얼마 되지 않은 때였고 아마 오랜 시간이 흘렀어도 신바가 아니었으면 설영은 그걸 먹어볼 생각을 안 했을 거다. 이런 건 책도 사람도 아무도 제대로 알려주지 않으니까. 그때 신바는 이렇게 답했었다.

"누군가의 처음을 함께할 수 있는 건 정말 뭔가 마음이…… 가득 차는 일이네요."

물론 그때는 신바가 정말 원하는 사람과 처음을 함께하고 싶을 때 할 수 없는 처지라는 걸 절대 몰랐을 적이었다. 그렇기에 설영은 그걸 먹으며 또 다른 사람에 대해 떠올리고 있었다. 신바가 설영에게 무언가의 처음을 알려주었다면 또 다른 누군가는 설영이 좋아하는 것을 함께했었다. 설영이 그때 자신도 모르게 떠올린 한 사람은 바로 셜록이었다. 정확히는 셜록과 함께했던 도쿄에서의 기억이었다.

· 제3장 ·

사라진 배우들

*

벌써 7년도 더 된 일이었다. 당시 셜록은 박사 졸업까지 유예하고 빨치산 생존자를 만나겠다며 설영을 끌어들여 지리산 자락이 있는 남쪽으로 내려갔지만, 황당하게도 설영과 셜록이 빨치산 생존자를 만난 곳은 도쿄였다.

"그때의 여성 생존자도 별로 없지만 유격대장 정도의 역할을 했던 생존자분은 지금 도쿄에서 도시락 가게를 하고 계신다고 하네."

설영은 그때 일본어를 하나도 몰랐다. 셜록은 언제 일본어까지 그렇게 준비했는지 기획서부터 계획서까지 일사천리였다. 도쿄에 도착해서도 일본어를 모르는 설영을 위해 셜록은 숙소부터 차량편까지 다 처리해야 했다. 그렇게 찾야간 인터뷰이인 이의선 할머니는 팔순이 넘는 연세에도 아침 6시면 도시락 가게의 문을 여시고 저녁 8시까지 일하셨다. 설영과 셜록은 꼼짝없이 가게 앞 평상에 앉아 종일 의선 할머니의 일이 끝나기를 기다려야 했다. 그런데 어느 순간 설영은 의선 할머니가 이웃의 홀로 사는 노인이나 그들의 손주를 위해 도시락을 무상 제공하고 있다는 걸 알게 되었다. 할머니는 그러면서도 셜록과 설영에 대한 소개도 잊지 않았다.

"한국에서 저를 보려고 온 사람들이에요."

도시락을 만드는 의선 할머니의 앞치마는 항상 다림질되어 있었다. 소매 끝은 단 한 번도 음식물이 묻은 적이 없는 것처럼 깔끔했다. 목소리는 크지 않아서 가끔 설영은 의선 할머니가 말하는 게 아니라 멀리 라디오 소리가 들리는 거라고 생각할 때도 있었다. 그런 의선 할머니가 설영과 셜록에 대해 말할 때만은 언제나 조금 들뜬 목소리였다. 일본어를 알아듣지 못하는 설영도 느낄 수 있는 기쁨. 어느새 설영과 셜록도 의선 할머니를 도와 도시락을 포장하고 이웃에게 찬 보리차를 대접하면서 하루를 흘려보내고 있었다. 그리고 그렇게 해서 들은 이야기라고는,

이런 일본식 가지조림은 한국과 별반 다르지 않지요? 요즘 한국 사람들은 아직도 아들 딸 차별대우 하나요? 같은,

그저 친밀한 이웃에게 들을 법한 그런 생활의 에피소드가 전부였다. 설영은 시간이 지날수록 의선 할머니와 셜록과 함께 도시락을 포장하는 오후의 나날이 좋아지기 시작했다. 설영은 자신의 할머니와 한 번도 가져보지 못한 시간을 그곳에서 처음 나누고 있다는 생각이 들었다. 설영과 먹고 살기 위해서라도 할머니는 항상 집 밖에서 돈을 벌어야 했으니까, 설영은 흔히 드라마에서 '보통의 일상'이라고 소개되는 그런 장면이 너무나 낯설면서도 그리웠다. 아무 일도 없고, 너무 맑지도 흐리지도 않은 그런 오후의 나날. 누군가는 콩나물을 다듬고 누군가는 소파에 앉아 휴대폰을 하면서 보내는 그런 오후의 시간. 설영은 도쿄에 오기 전 빨치산 생존자라는 말에 신념으로 똘똘 뭉친 인물을 상상했던 자신이 조금 웃기다는 생각이 들었다. 의선 할머니는 말 그대로 마트나 시장에서 흔히 마주칠 수 있는 할머니였다. 하지만 한편으로는 초조했는데, 그러면 셜록의 박사논문은 어떻게 되나 싶어서였다. 오히려 당사자인 셜록은 아무렇지 않아 보였지만 말이다.

『탈무드』에서 그랬었나. 세상에 숨기기 어려운 것 중 하나가 사랑이라고. 그렇지만 가끔 설영은 생각했다. 사실 숨기기 가장 어려운 건 불안이나 두려움 같은 부정적인 감정이 아닐까 하고. 설영의 초조함을 느낀 것일까, 의선 할머니는 어느 순간부터 이런 말들을 하곤 했다.

"설영 씨. 그곳에 있던 사람들 말이에요."

"그곳이요? 산에서요?"

"네, 거기 사람들 말인데요. 어떤 사람은 잡혀간 거기도 했어요. 특히 여자나 노인, 아이들이요. 물론 그 서북청년회인가, 뭔가…… 일본 장교 출신 놈들하고 미군 지지한단 놈들이 와서 그저 그 마을 사람이라면 전부 빨갱이 취급하는 바람에 그거 피해서 입산한 사람도 있었고요. 이리 죽나, 저리 죽나 같으니까요."

"서북청년회라면, 그 김구 암살한 우익 단체 말이죠? 이승만 지지자들이요. 책에서 봤어요."

"한국도 요즘엔 발전했네요. 그런 게 책에 다 나오는 모양이고요. 나는 뭐, 사실 나와도 무서워서 못 봐요. 그 이름만 봐도 아직 떨려요. 사람을 그냥 죽인 게 아니에요."

설영도 그들의 만행에 대해서는 여러 곳에서 본 적이 있었다. 4·3때 여성들을 수도 없이 강간하고 잔인하게 살해한 것도 모자라 마을 사람들 앞에서 장모와 사위의 성행위를 강요한 뒤 죽이기도 했다는 그들. 사실 모든 역사적 사건이 단독으로 존재하지 않듯이, 빨치산 또한 제주 4·3과 긴밀하게 연결되어 있었다. 빨치산은 미군정과 남한 단독 정부가

1948년 남한 단독 선거에 반대하던 군인들을 색출하는 과정에서 무고한 가족과 이웃까지 학살한 것이 그 시작점이었다. 무자비한 탄압에 맞서 정권에 대항한 여순 사건은 그렇게 발생했다. 그러나 곧이어 제주 4·3 진압군으로 가길 거부하여 빨갱이로 낙인찍힌 군인 상당수도 빨치산으로 흘러들었다. 그런가 하면 이들을 진압하기 위해 투입된 서북청년회는 일본 장교 출신들이 대다수였다. 얼핏 미군정과 당시 남한 정권의 합작이라고 볼 수 있는 이 학살의 기원에는 당연히 일제의 식민 통치 시기라는 그림자가 있었던 거다. 당시에는 좌익 혐의만 씌우면 무조건 죽일 수 있던 시기여서 그랬는지, 곧 지리산 일대의 전혀 상관 없는 주민들까지 빨갱이가 되어 죽어나갔다. 그리고 그 피해자들이 다시 보도연맹에 가입하면서 현대사의 잔혹한 비극이 이어지게 되었다고 했다. 폭력의 고리는 그렇게 생각보다 단단하고 유구했다. 설영은 어두워진 의선 할머니의 표정을 살피다 분위기를 좀 바꿔보고자 다른 질문을 했다.

"할머니, 그래도 산에 들어가서 잘된 사람은 없어요? 뭐, 여성분들 중에요."

"사랑하는 사람 따라 들어갔다가 유격대장까지 간 사람도 있긴 했어요. 사실 그즈음에는 남자들은 다 죽고 없어서 여자나 노인, 아이들도 총을 들어야 하는 상황이었지요."

"사랑하는 사람이면, 남편 따라 들어간 거예요?"

설영의 말에 의선 할머니가 잠시 미소를 지었다. 창밖으로 갑작스러운 소나기가 지나가는 오후였다. 셜록은 잠시 마트에 간다고 자리를 비운 사이였다. 의선 할머니는 쏟아지는 비를 보더니 국수를 조금 말아 올게요, 하고는 일어서며 이렇게 덧붙였다.

"하지만 제가 남자라고는 안 했지요. 사랑하는 사람 말이에요."

의선 할머니의 그 말에 설영의 얼굴이 조금 붉어졌던 기억이 있다. 의선 할머니는 설영의 반응이 익숙했는지 크게 개의치 않는 듯한 표정이었다.

"설영 씨, 국수 보니까 그런 생각이 드네요. 갑자기 다른 이야기 같겠지만, 한번 들어볼래요?"

"네, 할머니. 어떤 생각 드세요?"

"국수의 끊어지지 않는 면발이 장수를 상징하잖아요. 일본에서는 그래서 일부러 자르지 않은 국수를 새해 음식으로 먹고요."

"아아, 그래요? 한국에서 아이들 돌잡이할 때 국수 잡게 하는 건 알아요. 장수하라고요."

"맞아요. 그런데 살다 보니까 어느 순간 그런 생각이 들데요. 사람들, 얼마나 삶의 기한이 정해져 있는 게 안타까웠으면 그런 생각까지 해낸 걸까요?"

설영은 국수를 삶는 할머니의 뒷모습을 가만히 바라봤다.

"설영 씨, 삶의 기한은 정말 다 정해져 있어요. 유한하고 짧아요. 그런데 기억은 참 무한해요. 다행인지 불행인지 모르겠지만요."

설영은 사실 그 순간 혹시 의선 할머니도 무한한 기억과 유한한 삶 사이에서 마음에 맺힌 게 있는 건지 여쭤보고 싶었다. 하지만 늘 그렇듯 가게엔 손님들이 있었고 그럴 때마다 의선 할머니는 최선을 다해 우엉이나 가지를 조렸고 매실을 꺼내 담았기 때문에 설영이 끼어들 틈이 없었다.

그런데 하루는 의선 할머니가 평소와는 조금 다른 모습을 보였다. 2주의 인터뷰 기간이 끝나는 시점이었는데 셜록은 국회도서관에 자료를 찾으러 간다고 해서 일찍부터 설영 혼자 의선 할머니를 도운 날이었다. 셜록이 나가고 얼마간의 시간이 흐르자 의선 할머니는 포장해놓은 도시락을 가게의 문 앞 통에 담고 각각 가져갈 이웃의 이름을 쪽지에 썼다.

"할머니, 오늘 어디 가세요?"

설영은 혹시 의선 할머니가 아픈가 걱정이었다. 설영은 노인들이 특별한 사정 없이도 갑자기 크게 아플 수 있다는 걸 알고 있었다. 하지만 의선은 웃으며 고개를 저었다.

"오늘은 그 산속 이야기를 조금 하고 싶어서요."

의선은 설영을 가게 중앙 탁자로 안내한 후 그해 여름 갓 담았다는 우메보시를 조금 들고 왔다. 속을 편하게 해준다는 음식이었다.

"산에 말이에요. 나 있던 데가 남원, 구례, 산청 이어진 쪽이었거든요? 거기 여자, 아이, 노인들은…… 거의 잡혀 온 사람들이었어요. 또 여러 사람이 있었는데, 시인이랑 작가 같은 예술 하는 사람들도 있었어요. 이 사람들은 상위 계급이었고요."

계급? 시인? 작가? 하지만 빨치산은 사회주의인 북한 사상을 따른 곳 아니었나. 설영은 계급이라는 말에 고개를 갸웃했다. 무엇보다 시인이랑 작가라니, 거기서 뭘 한 걸까.

"시인이랑 작가가 거기서 대체 무슨 일을…… 그 사람들, 총은 쏠 줄 알았던 거예요?"

"그러게요, 아마 신문이나 선전물 만드는 일을 했던 것도 같네요. 그런데 그 사람들도 각자 입산한 이유가 있었겠죠. 저도 그냥 소리 연습하러 산에 들어갔다가 그렇게 된 거라. 제가 있던 남원은 소리로 유명한 곳이었거든요. 저도 어릴 땐 소리를 해서 연습도 할 겸 했고요. 꿈이 명창이 되는 거였답니다."

설영은 의선 할머니가 그렇게 큰 목소리를 낼 수 있었다는 게 상상이 되질 않았다. 설영의 시선을 느꼈는지 의선이 차를 한 모금 마시고는 이렇게 말했다.

"어느 순간에…… 목소리를 잃었어요. 소리가 더는 안 나와요. 노래는커녕, 보시면 아시겠지만 일상생활도 겨우 하는 수준이랍니다."

대체 어떤 일이 있었던 거냐, 병원은 가보신 거냐는 말을 하려다 설영은 곧 입을 다물었다. 그럴 수가 없었을 테니까.

"믿기 어렵겠지만, 그 무렵에는 저녁만 되면 빨치산들 내려온다고 동네 여자들이 막 얼굴에 검은 칠 하고 집에 숨어 있던 때였어요."

"왜요?"

"요즘 말로, 성폭행당할까 봐요. 그때는 그런 말도 없었죠. 그냥, 뭐 그냥 당하는 거예요. 설영 씨, 그때나 지금이나 여자들은 불안한 환경에서 더 갈 데가 없답니다. 그렇게 입산하게 된 여자들도 꽤 있었어요."

그건, 납치된 거잖아요. 설영은 자신도 모르게 그렇게 중얼거렸다. 의선은 조금 체념한 듯한 웃음을 보이고 있었다.

"설영 씨, 조금 웃긴 이야기지만 그곳에서 나는 인간에 대해 생각해보게 되었어요."

"어떤 점이요?"

"내가 아까 계급이 있었다고 했지요? 네, 나는 그곳에 들

어가서 영화나 서양식 연극을 처음 보았습니다. 좋았느냐
고요. 그런 부분도 있었어요. 하지만…… 그곳 남자들 중 일
부는 무대 위의 아름다운 여자들을 보고 환호하면서도 뒤
에서 손가락질을 하더군요. 그런 남자들은 계급 순서대로
여자들을 차지하곤 했어요. 그렇게 아름다운 연극을 보고
훌륭한 시를 지으면서도요. 물론…… 사실 지금과 세상이
달라서 그때 조선인이라면 남자고 여자고 힘들었다는 거
다 압니다. 하지만 설영 씨도 알 거예요. 세월이 아무리 지
나도 바뀌지 않는 힘듦을 짊어지고 사는 사람들도 있어요.
주로 약한 사람들이에요, 여자나 노인이나 어린아이들. 그
리고 내 기억엔 일제가 들어온 후 유독 동성끼리 사랑하는
걸 강하게 금했어요. 여자가 아파도 낙태하지 못하게 했고
요. 아마도 남자, 여자 혼인해서 군대 보낼 남자아이 낳는
게 중했겠지요. 그런데 말이에요, 그 산 위에서조차 약한 사
람들은 그렇게 늘 아무렇게나 건드려도 된다는 식의 취급
을 당했어요."

　의선 할머니는 설영의 표정이 좋지 않다는 걸 느끼고는
조금 웃어 보였다.

　"설영 씨, 나는 많이는 못 봤습니다만, 그래도 좋은 사내
도 있었어요. 묘하게도 그런 사내들은 여성들과만 친했고
남성들에겐 계집애 같다면서 따돌림을 당하곤 했지만요."

아니, 남자들이 또 거기까지 가서…… 하지만 말은 설영의 마음과 다른 식으로 나왔다. 그 남자들도 잡혀 온 사람일 수도 있고 어떤 사정이 있었을 거라고. 말해놓고도 너무 별로라서 되감고 싶을 정도였지만 의선은 고개를 끄덕였다.

"그럴 수도 있겠지만, 그래서는 안 되었다고 생각이 돼요. 아니, 나는 속이 좁은 늙은이인가 봐요. 시간이 지날수록 절대 그러면 안 됐다고 봅니다. 누구든 그럴 수 있지만 모두 다 그러고 사는 건 아닌 것처럼요."

"할머니는…… 어쩐지."

의선은 고개를 갸웃하며 설영의 다음 말을 기다리는 것 같았다. 할머니는 왠지 빨치산들을 싫어하는 것 같아요. 책에서 본 사람들은 이런 말 안 했는데. 설영은 하마터면 그렇게 이야기할 뻔했다.

"그럼 할머니는 거기서 누구를 좋아하셨어요?"

설영은 잠시 의선이 머뭇거린다고 생각했다. 수줍음을 숨기는 표정처럼 느껴지기도 했다.

"그 산속에도 멋있는 사람은 있었죠. 거기에서 한번 크게 배앓이가 돈 적이 있었거든요. 하지만 남조선 정부가 뭐 빨갱이들한테 약을 주겠어요? 이것도 다 나중에 안 사실이지만 북조선이야 이미 저희를 버렸으니까 약이고 쌀이고 없었고요. 그 사람이 없었으면 진즉에 다 죽었을 거예요."

"거기에 혹시 의사가 있었어요?"

"의사인지는 모르겠지만 도쿄에서 의대를 나온 사람이라고 했어요. 저도 그분에게 일본어를 배웠습니다. 영어도, 노래도, 춤도 모두 다 그분에게요. 그분, 마릴린 먼로를 상당히 좋아했지요."

"마릴린 먼로요?"

정말 마릴린 먼로는 남자들의 로망인가 봐요. 설영이 이렇게 중얼거리자 의선은 다시 한번 미소를 지으며 차를 한 모금 마셨다.

"설영 씨, 그분의 성별을 물으신다면, 그분은 여성이랍니다. 저도 언니라고 불렀지요. 물론, 그분에게 성별은 아무것도 아니었겠지요."

순간, 설영의 얼굴이 붉어졌다. 설영은 민망한 마음에 불쑥 그분이 대체 왜 거기에 있었던 거냐고 물었고 역시나 말을 하자마자 후회했다. 하지만 한편으로는 정말 그랬다. 들으면 들을수록 대체 거기 왜 있는 걸까 할 법한 사람들이 많았기 때문이다. 게다가 셜록에게 들은 바에 의하면 빨치산 후기에 전염병이 크게 돌았고 국가의 공중보건 혜택에서 배제되었다. 그 의사 덕분에 사람들이 살아남았다면 대체 그 언니라는 사람은 왜 기록에 없는 거지? 설영은 들은 이야기를 셜록에게 해줘야겠다고 생각했다. 의선에게 양해를 구하고 휴대폰 녹음기를 켰다.

"사람들이 그 언니 정말 많이, 참 좋아했어요. 남자들도요. 언니가 머무는 공간에 꽃도 가져다놓고 마을에서 회수해 온 화장품도 두고 가곤 했죠. 언니가 거절하면 갑자기 막, 무섭게 돌변해버리기도 했고요."

"그럼 그 언니라는 분은 어떻게……"

의선 할머니는 설영의 질문에는 바로 답하지 않았다. 다만, 제가 도쿄에 온 것은,이라며 말끝을 흐렸다. 설영이 가만 답을 기다리는 모습을 보던 의선은 입술을 여러 차례 달싹거렸다.

"먹고살 일이 없었어요. 성폭행당한 여자를 감싸주는 곳이 없었어요. 산에서 내려올 땐 같이 있던 놈들이 달려들었고 잡히니까 남조선 놈들이 고문하면서 달려들었어요."

"네? 성폭행이요?"

설영은 너무 놀라서 자리에서 벌떡 일어섰지만 이내 다시 앉았다. 의선 할머니가 몸을 심하게 떨고 있었기 때문에 설영은 옷가지를 가지고 와 덮어주고 찻물을 끓였다. 의선을 힘들게 하고 싶지 않았다. 설영도 더는 묻지 않았고 의선도 다시 말을 꺼내지 않았다.

얼마 후 돌아갈 날이 되었을 때였다. 의선 할머니는 도시락 두 개를 건네면서 설영에게 가까이 와보라는 듯 손짓하더니 최대한 큰 목소리를 내려는 듯 입 모양을 크게 했다.

"설영 씨는 저분을 좋아하지요?"

설영과 의선 사이에 잠시 침묵이 흘렀다. "하, 할머니, 그게 제가 사실 원래 연구랑은 관련이 없고 소설을 써야 하는데…… 지금 갑자기 소설이 안 써져서요, 이게 이제 내부가 아닌 외부로 시선을 돌려 내면의 세계를 확대하고……"

설영이 여기까지 말했을 때였다. 의선 할머니는 설영을 향해 씩 웃어 보이더니 곧 셜록에게 다가갔다.

"기억은 무한하지만 삶은 유한한 거랍니다."

그 말을 들은 셜록이 설영을 돌아보았다. 이후 의선 할머니는 셜록과 일어와 한국어를 섞어가며 이런저런 이야기를 몇 마디 더 나누는 것 같았다. 의선 할머니는 무슨 말을 더 했을까? 설영이 기억하는 마지막 말들은 사랑, 시간, 기억, 죽음. 그리고 빨치산이었다.

그래,

パルチザン 파루치잔.

몇 년이 흐른 후 설영은 도쿄에서 뜻밖의 파루치잔을 다시 마주했으니, 바로 신바였다. 물론 계급을 따지고 약한 사람을 자신에게 종속시킨다는 의미에서가 아닌, 그런 산속에서도 의선 할머니의 곁에 있었던 그 소중한 사람들과 같은 의미에서의 파루치잔.

*

물론 도쿄의 파루치잔, 그러니까 신바와의 평등한 관계 맺음이 처음부터 아주 수월한 것은 아니었다. 그건 술자리 직후에도 마찬가지였다.

"술자리에서 친했다가 술 깨서 어색해지면 정말 안 좋은 사이라던데요?"

신바의 말에 설영은 의문에 빠졌다. 과연 술자리에서 자신과 신바가 친했던가? 과거의 설영이라면 그거 다 술자리 추억이지, 할 수도 있었으려나. 지금의 설영이라면 절대 아니었다. 어떤 놈에게 성희롱당한 것도 모자라, 또 다른 놈하고는 시비가 붙기까지 했다. 멱살만 안 잡았지, 말로 이미 치고받은 기분이었다. 하지만 이어지는 신바의 말에 그때의 기억은 서서히 옅어졌는데 신바는 확실히 일상 전시 자아와 본연의 자아가 따로 있는 사람이었다.

'신바 이 사람은 본연의 자아가 백배 나은 것 같은데.'

하지만 설영은 그 말을 커피와 함께 삼켰다. 설영은 잠자코 커피를 마셨다. 설영이 커피와 크루아상을 다 먹을 때까지 기다리던 신바는 설영에게 문득 그런 말을 했다.

"세츠에 상은, 헤테로인가요?"

아직 신바가 설영을 '세츠에'라고 부르던 시절이었다. 술 깨고 난 후에 너무나 완벽하게 어색한 사이이던 시절. 크루 아상 부스러기를 손가락으로 조금씩 찍어서 털어내고 있던 설영은 신바의 그 말에 고개를 한 번 갸웃거렸다.

"내가 게이인 걸 단번에 알길래 물어본 거예요. 잘 모르거 든요, 사람들. 뭐, 한때 양성애자이기도 해서 그러려나……"

설영은 그제야 신바가 자신의 성 정체성을 드러낸 적이 없다는 사실을 깨달았다. 게다가 신바는 오픈리는커녕 클 로짓에 가까웠다.

"앞으로 여자를 사랑할 일은 없을 것 같지만요."

설영은 신바가 자신을 왜 찾아왔는지 알 것도 모를 것도 같았다. 하지만 어떻게 반응해야 할지는 더 모르겠다고 생 각했다. 신바가 하는 이야기는 지금 어떤 주제인 걸까. 설 영은 커피 잔이 비었는데도 잔을 들어 입에 가져다 대었다. 신바가 커피를 새로 주문하러 가기 전 약한 지진으로 테이 블이 조금 흔들렸다, 설영과 신바는 동시에 크게 흔들리지 도 않는 테이블의 양쪽을 붙잡았다가 서로를 마주 보았다. 일본인들은 지진에 익숙하지 않나요? 설영의 물음에 신바 는 어깨를 으쓱해 보였다. 공포니까요. 가만히 그런 신바를 보던 설영은 이윽고 도쿄의 집에서 혼자 지진을 처음 느꼈

던 날에 대한 이야기를 꺼냈다. 설영은 그날 두 가지 생각
을 했었다. 하나는 서울이라면 정말 모든 것이 무너져 내릴
것 같아서 두려움을 느꼈을 거라는 생각, 그리고 두번째는,

"도쿄여도 무섭긴 하더라고요. 무너질까 봐 무서운 게 아
니라 뭔가 혼자라는 느낌요. 내가 여기서 죽으면 아무도 모
르겠지? 이런 거요. 죽는 와중에도 기억되길 바라는 건 뭔
지, 사람이란 참."

가만히 두 손으로 턱을 괸 채 설영의 이야기를 듣던 신바
가 이렇게 덧붙였다.

"세번째는 제가 말해볼게요. 지진이 오면, 그런 생각이
들거든요. 어떤 두려움은 익숙해지지 않는 게 아닐까, 이런
거요."

신바가 그 말을 했을 땐 설영이 두 손으로 턱을 받친 채
고개를 끄덕이고 있었다. 그러게, 어떤 감정은 참 익숙해지
지 않는다. 특히 공포나 두려움 같은 것들 말이다.

"뭐, 술 깨니까 더 말이 통하긴 하네요."

설영의 그 말에 신바는 어깨를 으쓱해 보였다. 그날 이후
신바와 설영은 종종 만나서 이야기를 나눴다. 카페에서 마
시던 커피는 어느 날엔 닭 꼬치구이가 되기도 했고 불고기
나 비빔밥 같은 한식류가 되기도 했다. 신바나 설영이 새로
운 논문 마감을 한 날에는 스시에 하이볼이 되기도 했고 양

넘치킨에 맥주가 되기도 했다. 이야기의 주제는 논문에서 생활 전반으로 흩어지는 중이었다. 그랬기에 설영의 집에 좀도둑이 들었던 날에 설영이 신바를 찾은 건 아주 뜻밖의 일은 아니었다. 경찰에 신고를 한 후 자신의 집에 머물 것을 권유한 신바는 일주일 후 새로운 집을 구해야겠다는 설영에게 함께 살지 않겠냐고 물었다.

"사실, 이 생각을 한 건 꽤 오래됐죠. 조금 이상한 사람 같아 보일까 봐 처음부터 말은 못 했지만 뭐랄까요, 가족애라는 게 제게 있더군요."

신바는 회식 때 자신에게 왜놈이라고 말하는 설영을 보고 단번에 '사랑'에 빠졌다고 했다. 가족으로 삼아야겠다고 생각했단다. 설영은 표정이 변하지 않았다. 다만 이렇게 물었을 뿐이다.

"저기, 하시모토 신바 상. 이건 새로운 형태의 자기 학대가 분명한 것 같은데, 본인은 아시나요?"

"세츠에 상, 저는 일본에 환상을 가진 사람들이 싫어요. 외적으로 잔잔하고 평온한 사람들이 얼마나 잔인한 일을 저질렀는지…… 물론 좋은 사람 많지요. 그런데 저는 가끔은…… 평온할 수 있는 사람들이 갖는 면죄부 같은 게 아닌가 싶게 느껴집니다, 이 나라에서요. 그러니까, 그저 누군가의 몹쓸 짓을 못 본 척하는 데 그 평온함을 이용하고 있다는 생각 말이에요."

신바는 설영이라면 자신과 전혀 다른 그림을 보고도 같은 감각에 대해 말할 수 있는 사람일 것 같다는 생각이 들었다고 한다. 지금에 와서는 신바다운 대답이며 그에게 가장 중요한 것이기도 하다는 걸 알지만, 그때 설영은 역시나 저게 대체 무슨 말인가 싶기만 했다. 다만 신바가 말한 두 번째 이유만큼은 참 확실하게 이해가 되었다. 신바는 이웃에게 해명하고 싶지 않아서 여자인 설영과 더욱 살고 싶기도 하다고 했었다. 설영은, 설영의 이유는 무엇이었지? 그때 아마도 설영은⋯⋯

"그래서, 셜록인가 한남인가가 뭐 어쨌다고요?"

설영은 퍼뜩 잠에서 깨어난 사람처럼 고개를 들어 신바를 바라봤다. 멀리 주방에서 얼굴에 오이를 붙인 채 서 있는 신바. 부러 큰 목소리로 그곳에서 묻는 신바. 신바는 설영이 오이 냄새만 맡으면 구역질을 하는 걸 안다. 그래서일까. 설영은 신바에게 '셜록이 남자라고는 안 했잖아. 셜록한테 한남 소리 좀 그만 붙여'라고 말하진 못했다. 다만 신바가 다른 건 몰라도 가족을 알아보는 재주는 있는 것 같다는 생각은 했다. 오이를 붙인 채 멀리 떨어져 있는 신바를 보면서 자신의 가족은 이제 정말 신바가 아닐까 하는 생각이 들었으니까.

신바는 멍하니 자신을 보고 있는 설영을 향해 캔맥주를 하나 꺼내 던졌다. 그러고는 곧장 불닭볶음면 하나를 끓였는데, 그렇게 신바와 맥주 몇 캔으로 시작되었던 셜록의 메일에 대한 토론은 아껴두었던 불닭볶음면을 두 개나 더 끓여 먹고 난 후에야 겨우 마무리되었다. 그나마 그 토론이 마무리될 수 있었던 건 순전히 다음 날 설영의 일정 때문이었다. 토요일엔 언제나 몇몇 학교 연합으로 세미나가 있었다. 박사과정이 끝나고도 학교에 남는 사람들은 일본이나 한국이나 소수이다 보니 졸업을 하고도 연구회 사람들끼리는 거의 매주 보는 사이로 남게 된 것이다. 일본에 오기 전엔 이제 한국인들과 거리를 두고 살 줄 알았는데 현지에 와 보니 오히려 한국인들과 더 밀착된 기분이었다.

"몸이 피곤하면 좀 쉬지 그래요?"

함께 살기 시작한 초반에 신바는 뭐 그런 친목 연구회에 열심이냐고 공부는 혼자 하는 거라고 말하기도 했었다. 거길 가느니 시간이 없어서 못 간다던 사격 연습에 가는 게 어떠냐는 거였다. 하여간 신바야. 그래, 누가 그걸 모르겠냔 말이다. 신바 너는 여기서 죽 살았으니까 그게 어렵다는 걸 모를 수도 있겠지만…… 설영은 조금 기운이 빠진 채로 그런 대답을 삼키며 집을 나섰다. 하지만 역시 신바는 눈치가 빨랐다. 모임만 다녀오면 소화제를 찾는 설영을 몇 번 본 이후부터 신바는 별말 없이 보온병에 커피를 채워 주거나 레몬차를 담아 건네주는 것으로 인사를 했다. 그랬다. 사실 공부를 하기 위해 모인 연구회도 맞았지만 그곳에선 조금 더 많은 일과 이야기 들이 일어나고 있었다.

'나고야 대학에 강사 자리 났다던데?' 이번 연구회엔 좀 빠져볼까 싶으면 저런 소리가 들려왔고, 그런 소리를 들으면 정말이지 그 누구도 강요하지 않았는데 설영은 어느새 주말 아침 한산한 구니타치역 승강장에 서 있었다. 주오선을 타고 신주쿠까지 간 다음에 간다에서 긴자선으로 갈아타는 기나긴 여정이었으니까 늘 정신을 똑바로 차려야 한다는 생각까지 하면서. 신주쿠에서 급행으로 갈아탔을 때였다. 휴대폰 화면을 보니 연구회 장소가 신오쿠보역으로 바뀌었단 공지였다. 신오쿠보역은 한류가 휩쓸기 전엔 위험한 동네였다는데 설영이 왔을 땐 이미 완전히 바뀌어 있었다. 문득 지난번 연구회 말미에 연구회 좌장 격인 이케다 선생이 평양냉면 이야기를 꺼냈던 것이 떠올랐다. 공지로 온 메시지를 다시 보니 역시나 새롭게 바뀐 장소는 신오쿠보역에서 유명한 평양냉면집이었다. 그곳의 이름은 분당냉면. 설영은 지하철역 노선도를 뚫어져라 바라봤다.

설영이 지금의 히토쓰바시 대학 부설 어학원에 채용될
수 있도록 도움을 준 일본인 이케다는 게이오 대학 교수이
면서 이곳에서 한국통으로 알려진 사람이기도 했다. 젊은
시절을 몽땅 서울에서 보낸 사람답게 어떤 면에서는 설영
보다 서울을 더 잘 알기도 했다. 한국어 또한 수준급이어서
설영이 모르는 한국어를 아는 경우도 있었다. 이케다는 설
영을 부를 때 항상 성 대신 이름과 선생이라는 단어를 빼놓
지 않고 불러주었다. 아마 한국인에 대한 배려일 텐데, 설영
은 이케다가 고마우면서도 관계가 관계이다 보니 아예 긴
장이 되지 않을 수는 없었다. 사실 설영은 일본으로 오면서
'설영'이라는 이름으로 불리기를 포기했었다. 설영. 한국인
이라고 해도 어려운 발음이었다. 할머니가 지어준 이름이
었는데, 무슨 뜻인지 물으니 준비할 설, 영혼 영이라는 대답
이 돌아왔다. 영혼을 다한다, 성심성의라는 의미로 지었단
다. 일본어로 수업을 들어야 했던 소학교만 졸업한 할머니
는 한국어보다 일본어를 더 잘하는 사람이었다. 일본어 쓸
줄은 알아도 한국어는 잘 쓸 줄 모르는 사람. 한자 뜻이 예
뻐서 가져왔을 게 뻔한데, 정작 설영은 자신에게 과분하다
고 생각했다. 역시나 그 이름은 일본에 오니 더 과분해졌다.
일본어 사용자들은 설영의 이름을 부르기 힘들어했다. 설
영은 이름의 한자를 일본어로 번역한 이름을 쓰기로 했다.

설영은 그렇게 세츠에가 되었다. 물론 단 한 사람, 신바를 제외하고. 한국어는 하나도 몰랐고 앞으로도 영원히 안 배우겠다고 호언장담하던 신바였지만 설영이라는 발음만은 외워서 꼬박꼬박 이름을 불러줬다.

설영은 익숙지 않은 길에서 헤맸고 그 바람에 조금 늦은 시간에 도착했다. 사람들의 이목이 자신에게 쏠리는 것 같아 물냉인지 비냉인지도 구분하지 못한 채 그릇을 받아 들었고 잠시 후엔 다른 이들의 속도에 맞추기 위해 그저 면발을 열심히 삼키게 되었다. 게다가 그날은 두 배로 긴장이 되었다. 이케다의 질문 덕분이었다.

"세츠에 선생은, 그 메일 받았나."

설영은 순간 이케다가 셜록에게서 온 메일에 대해 이야기 하는 줄 알았고 입안에 면발을 가득 넣은 채 눈만 굴려 이케다를 바라봤다. 셜록, 요즘엔 공중보건과 제국에 대한 연구라도 하는 거야? 그래서 이케다 선생님과 아는 사이인가? 이 모든 것이 그럴싸하게 느껴져서 더 긴장되었다. 그러나 설영이 면발을 삼키기도 전에 이케다는 본격적으로 다음 말을 이었다.

"내가 세츠에 선생의 메일 주소를 알려줬어. 헨리 제임스라고, 미국인인데 일본 남창 관광과 서울에 대해 유명한 저서가 있어. 올해는『코리아 퀴어』라는 책도 나올 거야."

설영은 입안에 든 면발을 꿀꺽 삼키고 곧장 냉면 속에 있는 고기를 면발로 감아 다시 한번 입에 넣었다. 음식을 씹는 동안은 생각을 할 수 있으니까. 잠시 후 설영은 물을 조금 마신 후 이케다가 내민 아이패드를 건네받아 화면에 뜬 내용을 자세히 들여다봤다. 재밌게도 화면에 띄워진 건『한겨레』기사였다. 서울에 위치한 대학의 초청을 받아 자신의 파트너와 함께 서울에 온 헨리 제임스가 뜻밖의 생이별을 겪고 있다는 거였다. 대학이 교원 관사에 동성 파트너의 출입을 금지시켰던 것이다. 하지만 헨리 제임스를 부르면서 그 대학은 가족이 관사를 사용할 수 있다고만 말했고 당연하게도 헨리 제임스는 가족인 파트너와 함께 서울로 온 거였다. 설영은 본격적으로 자세를 고쳐 앉은 뒤 기사를 읽기 시작했다. 대학 측의 행동에 설영은 마치 자신이 당한 일 같은 기분이 되어 몰입하기 시작했다. 하지만 정작 이케다가 설영에게 그걸 보여준 건 기사의 내용 때문만은 아닌 것 같았다.

"헨리 제임스가 세츠에 선생의 논문을 읽은 모양이야. 서울에서 연구를 진행하면 어떻겠냐고 초대하고 싶다고 해서, 내가 메일 주소를 일러줬지."

이케다가 그 말을 했을 때 설영은 막 대학의 처사에 공식

항의하는 헨리 제임스와 그의 파트너에 대한 기사의 마지막 부분을 읽다가 자신도 모르게 댓글 창이 보이도록 스크롤을 내렸다는 사실을 깨달았다. 언뜻 봐도 그 기사엔 수많은 댓글이 달려 있었다. 설영은 일본으로 온 이후 한국 포털 사이트에 뜨는 기사를 거의 보지 않고 있었다. 댓글이라면 거의 필사적일 만큼 읽지 않으려 피해 다녔다. 특히 일본에서 지진이 난 직후엔 더욱 한국 포털 사이트 접속을 하지 않았다. 한국 소식이나 사람들의 반응이 궁금하지 않아서는 아니었다. 강하게든 약하게든 이곳에 지진이 온 후 한국 포털 사이트에 들어가보면 대부분 '대지진 전조' 운운하며 공포감을 조성하는 기사가 걸려 있었다. 기사들 밑에 달린 댓글도 착잡하긴 마찬가지였다. 댓글은 대부분 다짜고짜 일본 놈들 다 죽고 일본 년들은 다 위안부나 해라 같은 것들이었다. 최근엔 모두 코로나 걸려서 죽었으면 좋겠다는 댓글도 많이 달렸다. 하지만 일본에 사는 외국인의 비율 중 절대다수를 차지하는 건 한국인이었다. 재일 조선인까지 셈하면 그 비율은 어마할 것이었다. 그 댓글에서 죽으라는 일본 놈에 설영은 포함되지 않는다고 해도 가슴이 서늘해지고 무언가에서 내팽개쳐지는 기분이 되는 걸 막을 수가 없었다. 헨리 제임스에 대한 기사도 마찬가지였다. 무심코 내려버린 댓글 창에 달린 글들은 거의 대부분 그에 관한

욕이었다. 미국인이라는 신분까지 더해져 차마 담을 수 없는 말들이 활자화되어 그곳에 떠 있었다. 강간이나 당해라, 하는 댓글엔 손이 다 떨렸다. 그저 가족과 살고 싶다는 게 죄인 건지, 헨리 제임스의 파트너는 가족이 아니라는 건지, 도통 알 수 없는 기분이 되었다.

"거의 10년 전이던데, 세츠에 선생이 공동 저자로 쓴 논문이 있지? 석사논문 쓰기 전에 썼던 소논문. 1950년대 빨치산 여성 생존자에 관한 것 말이야."

그렇지 않아도 설영은 헨리 제임스에 대한 생각 끝에 늘 연구소 사람들에게 특이한 성격이라며 비아냥을 당하던 셜록을 떠올리고 있던 참이었다.

"헨리 제임스가 그 논문에도 큰 관심이 있다고 하더군. 그 논문이 아마…… 빨치산 여성 생존자 중에 퀴어를 다룬 것 같던데? 그리고 그 논문, 나는 못 읽어봤지만 그 분야에 대해서는 처음으로 다룬 의학적인 부분도 있다고 하고?"

평소의 설영이라면 조심스럽게나마 그 논문에 관한 이야기를 꺼내겠지만 그날은 조금 달랐다. 설영의 머릿속에서 셜록이 점점 또렷해져가고 있었다. 그럼, 내가 만약 서울로 가게 되면, 그 자리엔 셜록도 오는 걸까? 하지만 그다음 곧장 떠오른 건 신바였다. 설영이 서울로 가게 되더라도 신바는 여기에 있는 것이고…… 그사이 이케다는 설영에게 꽤 좋은 시기라는 듯 이렇게 덧붙였다.

"이번에 세츠에 선생이 서울에 좀 길게 다녀오게 될지도 몰라. 세츠에 선생, 헨리 제임스 연구원 계약, 이번 학기가 마지막이야. 그렇게 되면…… 아주 오랜만이지? 집에 가는 것."

집? 서울을 말하는 건가. 하지만 내 집은 후추시에 있는걸, 신바와 함께 사는 내 집. 설영의 표정이 신통찮아 보였는지 이케다는 한동안 설영에게 얼마나 좋은 기회가 온 것인지 강조하는 이야기를 했다. 물론 그 말은 외국인으로서 이곳에서 자리 잡기 힘드니 한국에 자리가 있을 때 얼른 기회를 잡아야 한다는 말이기도 했다. 설영도 헨리 제임스 교수를 만나보고 싶긴 했다. 지금 진행하고 있는 설영의 연구가 그의 저서와 이론 들로부터 영향을 받은 것도 사실이었다. 하지만 서울을 생각하니 설영은 좀 막막한 기분이 들었다. 집은 이제 여기에 있었다. 도쿄에서 한참 지하철을 타고 내려가면 있는 후추시에서 신바와 함께 사는 집 말이다. 그나저나 신바는 지금 그 남자랑 잘 놀고 있으려나, 설영이 힐끗 시계로 시간을 확인했을 때였다.

"어라, 지진."

누군가 그렇게 중얼거렸고 모두들 동시에 가게 구석의 텔레비전 화면으로 시선을 고정시켰다. 화면이 좌우로 흔들리고 있었다. 영상은 잠시 끊어질 듯하다가 계속 이어졌다.

"강하게 왔네, 그래도 우리가 느끼는 게 이 정도라면 진앙지가 도쿄나 인근은 아닌 거 같아."

어디든 별 피해 없으면 좋겠는데. 누군가 다시 말했다. 진동이 조금 진정되자 아무 일도 없었다는 듯 식사는 이어졌다. 종업원이 텔레비전 채널을 음악방송으로 바꿔 틀었다. 아마 트위터 핫이슈는 남해 대지진으로 도배되겠지, 누군가 그렇게 중얼거렸던 것 같다. 설영은, 오늘 한국 포털 사이트 절대 들어가지 말아야지, 이렇게 나름의 방식을 되새기며 남은 면발을 삼켰다.

한국에서는 막차가 끊기면 에이 모르겠다 하고 택시를 타자며 본격적으로 마시기도 했지만 일본의 교통비는 남달랐다. 일본에서는 막차가 끊기면 꼼짝없이 새벽 타임 할인을 해주는 가라오케에 가서 버텨야 했다. 그렇기에 한 잔씩을 더 한 후에는 모두들 전력으로 역을 향해 달리기 시작했다. 도쿄 시내에 사는 이케다가 다른 전철을 이용하겠다며 먼저 자리를 뜬 이후이기도 했다. 사람들은 달리면서도 앉아서 다 하지 못한 말들을 이어갔다.

"그래서, 나고야 대학엔 원서를 쓸 거야?"

"글쎄…… 나고야는 대구 같은 곳이라고 들어서."

누군가 그렇게 대꾸했고 잠깐 말이 끊어졌다. 설영은 달리는 사람 중에 대구 출신이 있으면 어쩌나 싶었는데 다들 별 반응이 없었다. 뭔가 보수적인 것을 넘어서는 답답함에 대해 이야기할 때 사람들은 대구라는 지명을 가져오곤 했는데 그 역시 어딘지 혐오인 줄 모르는 혐오 같은 느낌이었다. 설영은 이날 자신이 이야기에서 겉돌고 있다고 느꼈다. 아마도 이케다의 말에 모두들 설영이 이제 이곳을 떠날 거라 생각하는 것 같았다. 설영 역시 아무 말 없이 묵묵히 사람들의 이야기를 들으며 달리듯 걸었다. 그날 사람들은 얼마 전 있었던 한국인 며느리 사건에 대해 이야기를 나눴다. 나고야시에서 어떤 일본인이 아들과 결혼하겠다며 집에 인사를 온 한국인 여성에게 '더러운 피'라고 대놓고 모욕을 준 사건이었다. 막상 말이 나왔지만 다들 기운만 빠지는 이야기였다. 하면 할수록 처지가 분명해지는 화제는 달릴 땐 더욱 좋지 않았다.

비록 급행도 쾌속도 아닌, 스무 개가 넘는 역에 차례로 서는 일반 열차였지만 설영은 그래도 주오선 열차를 탄 것만으로도 만족이었다. 집에서 가장 가까운 구니타치역은 어차피 출구가 하나라서 모든 사람이 일제히 같은 곳을 향해 걷는 기분을 느끼게 하는 곳이었다. 설영은 화장실에 가고 싶었지만 그 시각 지하철역 화장실에 들어갈 용기까지는 없었다. 집에 빨리 가고 싶은 마음이 컸지만 설영은 한 무리의 남자 승객들이 앞서가도록 천천히 걸은 다음 여자 승객들과 속도를 맞춰 역 바깥으로 나섰다. 익숙한 길을 걸으면서 그제야 설영은 자신이 정말 서울에 가게 되었다는 생각이 들었다. 그래도 그렇게 오래 산 곳인데 딱히 가고 싶다거나 그리운 곳이 떠오르지 않았다. 다만,

그래, 서울이라면 셜록이 있었지⋯⋯

셜록과의 기억이 조금씩 선명해지고 있었다.

*

셜록이 남들보다 일찍 연구소에 취직했을 때 설영도 다른 이들처럼 셜록을 조금이나마 부러워하긴 했었다. 하지만 그보다는 셜록이 계속 공부를 하게 되어 정말 다행이라는 게 설영에게는 우선이었다. 설영은 그때까지 연구를 하지 않는 셜록의 모습을 상상해본 적이 없었으니까. 그러나 부러움도 안도감도 잠시, 어느 순간부터 셜록이 걱정되기 시작했다. 설영은 자신의 선배이자 셜록의 연구소 선배인 윤아에게 넌지시 셜록의 연구소 생활을 물었고, 셜록의 사수 격인 남자 선배가 셜록의 옷차림이나 말투를 문제 삼았다는 이야기를 들었다. 심지어 셜록이 술과 육류를 멀리한

다는 말을 한 날에는 그 사람이 나서서 회식을 만들었고 메뉴로는 삼겹살에 소주를 먹으러 갔다는 거였다. 너무 유치하지만 확실하게 멸시감을 주는 그런 일들 속에 셜록이 있었다. 설영은 혹시 무슨 사건이라도 있었느냐고 물었지만 윤아는 잠시 생각에 잠기더니 도저히 모르겠다는 듯 고개를 저었다. 한 달 전쯤 셜록이 연구소 화장실 앞에서 그 남자 선배와 언성을 높이는 걸 본 적이 있었지만 그다음 날엔 둘 다 아무렇지 않아 보였다고 했다.

"갑자기 그 선배는 왜 그러는지 모르겠어. 근데 걔도 참 별나긴 해. 그냥 사람들에게 맞춰서 적당히 해주면 좋겠는데…… 설영아, 여기가 정말 보수적인 판이잖아."

설영은 다른 사람은 몰라도 윤아는 셜록에게 악의가 없다는 걸 알고 있었다. 유일하게 셜록에게 연구소 일정을 알려주는 사람이 윤아였다. 하지만 설영에게는 그런 곤란함을 날마다 겪으며 출근해야만 하는 셜록이 윤아보다 먼저였다. '그런데요, 윤아 선배. 보수적이고 진보적인 것을 떠나서 한 사람에게는 포기할 수 없는 부분도 있는 거잖아요. 셜록에게 옷차림이나 말투 같은 것이 얼마나 중요한지 그들은 모르잖아요. 자신들에게 피해가 되지 않는 그런 걸 가지고 분란을 조장한다고 말하면 안 되는 거 아닌가요?' 물론 그때의 설영은 저 말을 윤아에게 하진 못했다. 그 대신

애먼 셜록에게 가서 사정을 묻기 시작했다. 어떻게 물어도 셜록에게는 무안할 수밖에 없을 상황을 결국 자신의 분노 하나 때문에 더 기다리지 못한 것이라고, 설영은 묻자마자 후회했지만 정작 셜록은 화도 내지 않고 가만히 생각에 잠기는 모습이었다. 그러더니 이렇게 말했다.

"가령 그런 거야. 아무리 맛있는 거라고 해도 동의 없이 음식을 주문하는 거. 누군가에겐 역할 수 있는 냄새일지도 모르는데."

설영은 오이 냄새에 알레르기 반응을 일으키곤 했었다. 함께 음식을 먹으러 가서 오이를 빼달라고 했다가 예민하다는 식의 말을 듣기를 몇 번, 그저 묵묵히 보고만 있다고 생각했는데 어느 순간 셜록이 설영에게 먹으러 가자는 음식들 또한 달라지고 있었다. 그래, 설영이 아는 셜록은 이런 사람이었다. 설영은 셜록의 처지와 사람들에 대한 분노 때문에 마음 한구석이 꽉 막힌 듯했고 그 때문에 잠시 말을 잇지 못하고 있었는데, 그사이 셜록이 스치듯 이렇게 중얼거렸다.

"왜 여자 화장실에서 그 사람이 나온 걸까……"

"응? 누가 나왔는데?"

설영의 말에 셜록은 퍼뜩 잠에서 깬 사람처럼 얼른 고개를 저었다. 그러더니 셜록은 무언가 분위기를 바꿔보겠다는 듯, 목소리 톤을 조금 달리해 떠들어댔다.

"자자! 오늘은 어렵게 구한 오정희 박사에 대한 자료가 도착하는 날이란 말이지. 너 그거 알아? 오정희 박사는 한국 최초 재활의학 의사야. 여성 의사란 말이지!"

설영은 연구와 관련된 이야기를 할 때면 항상 들떠 있던 그를 기억한다. 현실의 인간관계는 몰라도 연구를 위한 인간관계에는 적극적이었던 셜록이었다.

그래, 셜록도 문제를 알고 있었으니까. 지금의 셜록은 아마 달라졌을 거야. 근사한 연구자가 되어 있겠지……

설영이 거기까지 생각했을 때였다.

집에 왔네, 오늘도 무사하게.

설영의 눈에 익숙한 맨션 단지가 들어오는 순간 눈앞의 셜록은 순식간에 다시 멀어져갔다. 드디어 신바와 설영이 함께 사는 집이 보였다. 그러고 보니 신바랑 살게 된 이후 설영은 집을 비운 적이 없었다. 설영은 자신이 서울에 가게 되었다고 하면 신바가 무슨 반응을 보일지 궁금했다. 신바는 늘 설영에게 너는 서울이 어울리지 않는다고 말해왔다. 그럴 때면 설영은, 마음과 달리 중요한 순간에 속내를 정확하게 내뱉지 못하는 신바가 자신과 후추시에서 함께 오래 살자는 말을 돌려 했다고 생각했다. 신바도 폐를 끼치기 싫

어하는 일본인임은 틀림없었다. 하지만 설영이 잘되는 일
이라면 사정 가리지 않을 친구인 것도 확실했다. 막상 설영
이 서울에 가게 된 이유를 설명하면 신바는 자신의 속내야
어찌 되었든 기념품을 잔뜩 싸주며 좋아할 것이다.

"그러게. 나 정말 신바를 여기 두고 혼자 가는 건가."

설영은 자신이 신바를 닮아간다고 느꼈는데 이렇듯 자신
의 속마음을 돌려 말하고 있는 게 바로 그런 점이었다. 어
쩌면 서울 체류가 정말 길어질지도 모른다고 생각하니 신
바만 두고 집을 비우는 게 맞는 건지 걱정이 이어졌다. 맨
션 입구에 도착했을 때 설영은 휴대폰의 알림을 느꼈다. 셜
록에게서 온 두번째 메일이었다. 설영이 그 메일을 여러 번
확인한 건 누가 봐도 드라마 〈셜록〉을 따라 하는 것이 분명
한 문장 때문이었다.

"내가 살아 돌아오는 것이 유일한 소원이라는 네 말이 인
상적이긴 했지만 괜한 고생이었군. 진짜는 이렇게 살아 있으
니 말이지."

역시나 두번째 메일이라 그런지 설영은 어리둥절하기만
했던 첫번째 메일과 달리 웃음을 터뜨렸다. 하지만 이어지
는 그의 진짜,라는 말이 설영은 어쩐지 낯설게 느껴져 손으
로 그 단어를 한번 훑어보기도 했다. 진짜가 진짜라는 말을
쓰는 것처럼 이상한 게 있나. 메일을 읽는 내내 설영은 그 단

어 뒤에 누군가 다른 사람이 있는 양 뚫어져라 바라보았다.

그러니까 또 다른 누군가, 셜록의 행세를 하는…… 여기까지 생각하다 설영은 고개를 저었다. 어쨌거나 그가 여전히 셜록 운운하는 것이 최종적으로는 안심이 되어서였다. 사람이 변하지 않았다는 건 확실히 그 사람을 바꿀 만한 커다란 부침이 없었다는 말로 들려왔기 때문이다. 셜록에겐 자신과 달리 적어도 그런 큰일이 없었나 보다. 그럼 여전히 친구도 없으려나? 그렇다면 이제는 자신과 정말 다르겠다고 설영은 생각했다. 설영에게는 적어도 신바가 있으니까. 설영은 크게 숨을 한 번 들이마셨고 비밀번호를 눌렀다.

사실 맨션의 현관문을 열 때, 그때부터 뭔가 이상했다. 주말은 매번 신바가 데이트로 집을 비우는 날이었는데 집 안에서 빛이 새어 나오고 있었다. 설영은 반사적으로 휴대폰 화면을 긴급 전화 화면으로 전환시켰다. 그런데 희미하게나마 거실의 벽면 쪽에서 보이는 실루엣이 아주 익숙했다.

"신바니? 거기, 너니?"

훗날 설영은 왜 그렇게 자신 있게 신바의 이름을 부르며 누가 있을지 모를 그곳에 들어갔을까, 생각해보곤 했다. 평소와 다른 상황이라면 조금 의심해볼 만도 했을 텐데 말이다. 다른 누구도 아닌 본인의 안전을 생각해서. 그런데 설영은 신바가 있을 거라 확신했었다.

그건 아마도 믿음 때문이었을 것이다. 신바라는 존재가 주는 믿음. 설영이 셜록의 셜록 행세에 적당히 장단을 맞춰 준 것처럼 말이다.

*

분명 애인을 만나러 간다던 신바는 거실 소파에 앉아 있었다. 텔레비전을 보는 신바의 시선을 따라가 보니 화면을 가득 메우고 있는 건 지진 속보였다. 안전지대라고 알려진 도쿄 인근의 강진이었다. 설영은 문득 저녁을 먹던 식당에서 느껴졌던 진동과, 그 진동과 함께 찾아온 침묵이 떠올랐다. 설영이 퍼뜩 다시 정신을 차린 건 기자의 보도가 시작되면서였다. 기자는 지진으로 인한 지층 액상화가 우려된다는 소식을 전하며 택시 승강장에 줄을 서 있는 사람들을 보여주었다. 더불어 믿기 어려울 정도로 온 일대가 컴컴한 아주 낯선 도심의 모습이었다.

'저기는, 그곳이잖아?'

설영은 텔레비전의 소리를 조금 키웠다.

그해, 그 여행은 설영에게는 일본에서의 첫 국내 여행이기도 했다. 일본은 학기가 12월에 끝나지 않는다. 새해가 되어도 쉬는 게 아니라 일을 이어가야 하므로 방학이 유난히 늦게 오는 기분이고 피로가 좀 쌓이는 느낌이기도 했다.

"첫 연말 선물이 신년 온천 여행 티켓이라니 어째 내가 근사한 사람이 된 기분이군요."

신바는 그해 설영에게 신년 선물로 표와 온천 숙박권을 주었다. 처음엔 같이 가려던 게 아니었다. 하지만 다소 멍한 표정으로 선물을 뜯어보는 설영을 보고는 곧 태도를 바꾸었다. 난 여행을 가본 적이 없는데…… 설영이 자신도 모르게 이런 말을 중얼거린 모양이었다.

"그러고 보니 나도 올 연말엔 별일이 없네요. 오랜만에 누군가와 끊어지지 않은 국수를 먹으며 새해 축복을 주고받고도 싶고요."

신바는 그즈음 설영을 이미 파악했던 것 같다. 그런가 하면 설영도 신바를 알았다. 신바의 애인은 신바와 새해를 함께 맞이한 적이 없겠지. 설영은 그때 처음으로 누군가의 호의를 덥석 받아보기로 했다. 신바와 설영은 그렇게 서로의 곁에서 새해 음식으로 끊어지지 않은 긴 국수를 먹으며 건강과 복을 기원했다. 찬 맥주를 마시며 따뜻한 온천 물속에서 이뤄질 수 없을 것 같은 새해 소망 몇 가지를 신바와 나눴던 기억도 있다.

"나는 웨딩드레스를 입고 결혼하겠습니다."

신바가 아주 점잖은 말투로 뿌연 김이 서린 안경을 고쳐 쓰며 그렇게 말했을 때 설영은 그저 맥주를 한 모금 마시고 올해는 연구비 걱정 없게 해달라고 말했다. 신바가 잠시 설영의 옆얼굴을 바라봤던 기억이 남아 있다. 둘의 소원은 기묘하게 현실적이면서도 불가능해 보여서 정말 소원 같았다. 그날 온천욕을 하고 나와서 설영과 신바는 새해 기념식을 보려고 가까운 신사로 향했다. 설영, 잠깐 여기서 기다려요. 편의점에서 따뜻한 커피나 어묵 국물 좀 가져올게요. 온천 앞에서 잠시 신바를 기다리던 때였다. 설영은 주위를 한번 둘러보다가 작은 골목길에서 새어 나오는 불빛을 보고 발걸음을 옮겼다. 막상 그 골목길 초입에서 설영은 되돌아 걸어야 했는데 그 길에는 상품처럼 전시된 여자들이 있었기 때문이었다. 설영은 아주 어린 시절, 보광동에서 조금 내려가면 나오는 이태원 사잇길에서 그런 여자들을 많이 보았다. 진열된 여자들. 설영은 급하게 돌아 나오다 웬 일본인 남자에게 어깨가 채었다. 길은 넓었고 사람은 설영과 남자뿐이었는데 그 남자는 설영에게 곧장 다가와 눈을 똑바로 마주치더니 어깨를 쳤고 설영이 중심을 잃은 사이에 설영의 엉덩이를 한 번 툭 건드렸다. 그사이 설영을 보고 신바가 뛰어오지 않았다면 무슨 일이 더 벌어졌을지도 모른다. 신바가 들고 있던 커피 중 하나가 바닥으로 떨어졌다. 신바를 발견한 남자는 어느 골목길엔가로 뛰어 들어갔다. 신바는 부어오른 설영의 발목을 살펴보다가 업히라는 듯 등을 내줬다.

"설영 씨가 그냥 여자라서 저놈이 덤빈 거예요. 아무 잘못 없어요, 설영 씨는. 알죠?"

설영은 신바가 정말 화를 내고 있구나 생각했다. 하지만 잠시 후 신바는 설영의 눈치를 힐끗 보더니 곧 너스레를 떨었다.

"하여간 힘으로 뭔가 해보겠다고 하는 건 제국의 전통인 모양이에요. 아직도 자신이 제국에 사는 줄 아는 저런 놈들이 꼭 있죠."

설영은 그저 어깨를 한 번 으쓱해 보이고 말았었다. 설영과 신바가 여행을 갔던 그곳은 한국인들도 많이 오는 유명한 관광지였고 그 남자는 어쩌면 '혐한'을 일삼는 재특회 사람일지도 모른다. 재일 특권을 용납하지 않는 시민 모임인 재특회는 혐한 시위를 주도하고 한인 가게들에서 행패를 부리기로 유명한데 어이없게도 그 자금이 4·3때 학살을 주도했던 서북청년회를 재건하자는 우익 쪽에서, 그러니까 한국의 우익 쪽에서 나왔다는 연구가 있었다. 한국의 우익이 세월호 유가족을 빨갱이로 몰며 시위했다는 기사를 접한 뒤 설영은 정말 너무나 무서운 사람들이라는 생각이 들었다. 이념 때문에 같은 나라 국민마저도 그 정도로 혐오할 수 있다는 것이 설영은 기묘하고도 두렵게 느껴졌다. 물론 신바 말대로 그저 여자를 노리는 치한일 수도 있다. 하지만 그 역시 두려운 일이다. 혐오의 대상은 왜 다 약한 사람들인 것인지…… 잔뜩 얼어붙은 설영을 업고 그날 신바는 그대로 숙소로 돌아왔다. 여행 중 그 일이 일어난 뒤 신바는 후추시로 돌아오는 순간까지 설영을 혼자 내보내지 않았다. 화면 속의 그곳은 설영에게 그런 나쁜 기억 반, 좋은 기억 반이 있는 곳이었다. 그리고 이제 또 하나. 설영은 신바가 사귀는 그 남자의 얼굴이 떠올랐다. 그제야 설영은 아까 느꼈던 진동의 규모가 생각났다. 도쿄가 그 정도 흔들렸다면 상당했을 것이다. 설영은 곧장 가방을 내려놓고 신바에게 다가가 어깨에 손을 얹었다. 이윽고 신바가 설영의 허리를 감싸 안으며 얼굴을 파묻자 설영의 옷이 조금씩 축축해졌다. 설영은 신바가 울고 있다는 사실에 놀라 신바를 곧장 떼어내지 못했다.

"아내 곁에 있어줘야겠대요."

신바는 오늘 그 사람을 만나긴 했던 모양이다. 그리고 그 남자는 지진이 난 순간 신바에게서 도망쳤다. 아니, 그걸 도망이라고 하는 게 맞는 걸까. 설영은 혼란스러웠다. 신바를 생각하면 도망이지만 그 남자의 부인을 생각하면…… 그러자 설영은 순간 가슴에서 무언가 쿵 떨어지는 것만 같았다.

"하필 관계 중에 아내에게 페이스타임이 와서."

이번엔 신바의 얼굴이 휴대폰 화면에 잡혔을까. 이러면 안 된다고 생각하면서도 신바 걱정이 설영에게는 우선이었다. 이윽고 화면 속 어두운 거리에서 떨고 있는 여성을 보면서 설영은 다시 몸속에서 뭔가가 쑥 빠져나가는 것 같았다. 얼굴도 모르는 여성이 지진이 난 집에서 홀로 두려움에 떠는 게 떠올랐기 때문이다.

"이제 도쿄엔 자주 못 올지도 모른다고 합니다."

설영은 신바의 어깨를 감싸며 물건이 떨어진 집에 남겨진 여성, 그리고 그 생각 끝에 진심으로 제발 죽었으면 좋겠다는 마음을 품게 되는 한 남성을 떠올렸다. '그 인간이 죽으면 전임 자리라도 하나 더 나고 좋을 거야.' 설영은 실제 자신이 그 말을 한 것도 아닌데 순간 손으로 자신의 입을 막았다. 밑바닥에서 나오려는 그 말을 꾹꾹 눌러 담으면서. 가슴속에서는 그가 죽어버리는 상상을 이미 몇 번이나 했다. 교만한 그의 올바른 지식인 행세가 잘못된 건지 아니면 전임 자리가 떠오른 자신이 문제인 건지 알 수가 없었다. 신바 앞에서 하마터면 진심을 말할 뻔해서였을까. 설영은 자신의 '윤설영 행세'에 대해 생각해보지 않을 수 없었다, 자신의 진짜 얼굴에 대해서 말이다.

*

"신바, 이제 말하자. 그 사람에게."

설영은 주방 가운데 놓인 아일랜드 식탁 앞에 앉아 신바의 등을 바라보고 있었다. 신바가 서럽게 울던 그 밤이 정말 지나가기는 할까 노심초사했던 설영과 달리 신바는 다음 날 그런 일이 있었던가 싶은 사람처럼 맑게 갠 얼굴을 하고 있었다. 앞치마까지 두르고 부지런히 움직이는 신바의 손에는 설영이 즐겨 먹는 콘샐러드가 담긴 통이 들려 있었다. 락앤락 용기를 비스듬히 들어 내용물까지 보여주는 신바의 표정에서 지난밤의 절망은 조금도 느껴지지 않았다.

"자, 이거 옥수수콘이랑 감자 으깨서 섞은 거. 샐러드에 넣어 먹는 거 좋아하잖아요. 아 참, 그리고 나 방에서 휴대폰 좀 가져다주세요. 보다시피 두 손 다 뭘 잔뜩 묻혀버려서."

이제 그만 남자에게 '통보'를 하자는 설영의 제안에 신바가 꺼내놓은 답은 회피였다. 하지만 설영도 생각이 있었다. 자신이 정말 서울에 간다면, 신바는 혼자가 되고 그러다가 무슨 일이라도 당하면 어떡하나 싶었지만 자신이 여기 남는다고 해서 달라질 것도 없었다. 그걸 알면서도 그런 마음이 들었다. 설영은 신바의 휴대폰을 챙기면서도 마음이 다급해졌다.

'신바, 너도 꼼짝없이, 너도 그렇게 되어버린다고.'

전날 밤 설영은 거실 소파에서 잠을 청했다. 원래 지진이 일어난 날이면 설영은 문을 닫고 자지 못했다. 영원히 그 문 속에 혼자 갇혀버릴까 봐 두려워서였다. 신바와 살면서는 좀 나아져서 문을 조금 열어두는 것으로 타협하고 잠들곤 했었는데 전날은 그 정도도 힘들었다. 소파에 몸을 구기고 잠들어서인지 악몽까지 꿨는데 그 남자의 부인이 집으로 찾아오는 꿈이었다. 설영은 꿈속에서 신바를 어딘가에 숨겼다. 꿈의 말미에 설영은 사격장에 서 있었다. 총구가 누굴 향해 있었는지는 뻔했다. 꿈속에 메이가 나타나 제지하지 않았다면 방아쇠를 힘껏 당겼을 것이다.

"세츠에 상, 총은 칼과 달라요. 양날의 검까지도 못 가요. 총은 무서운 물건이에요."

메이는 설영에게 역사적으로 총을 쥔 사람들이 누구였는지 떠올려보라고 했다. 그러면서 총만큼 권력을 잘 알려주는 물건이 어디 있겠냐고 덧붙이곤 했었다. 그 꿈속에서 설영은 총을 쏘지는 않았다. 다만 총을 내려놓지도 못한 채 잠에서 깨어났다. 설영은 꿈을 떠올리며 신바의 일은 자신에게도 책임이 있다고 생각했다. 여태까지는 사이가 멀어질까 봐 말하지 못했다. 하지만 솔직히 신바 너도 꼼짝없이 그냥 상간남이라고, 내 친구가 아니었다면 나도 네 머리채를 잡고 싶었을 거라는 말이 목까지 차오르는 것 같았다. 그리고 또 한마디.

'신바, 나 한국에 가게 될 것 같아. 그렇게 원하던 취직이 될 것도 같아. 물론 네가 여기 있으니까 한국에서 살겠다고 결정하진 못했어. 그래도 이번에 가긴 가야 해.'

이런 설영의 복잡한 속내를 아는지 모르는지, 정작 신바는 뜬금없이 설영에게 휴대폰 안에 레시피를 캡처한 사진이 있는데 그걸 찾아줄 수 없냐고 물어왔다.

"휴대폰 암호는 내 생일 뒤에 느낌표를 붙인 거예요."

"응, 아무튼 저기, 신바 있잖아. 이제 내 말도 좀 들어줘. 너무하다는 생각은 하지 말고."

신바의 휴대폰이 잠금 해제되었을 때 신바는 다시금 양념으로 범벅된 두 손을 들어 보이며 사진을 좀 찾아달라고 눈짓했다. 레시피를 캡처했다는 사진을 찾기까지 설영은 신바가 찍은 사진들 속에서 자신과 함께했던 많은 순간을 보았다.

'뭐야? 그놈하고 찍은 사진은 하나도 없네. 이거 다 나랑 찍은 거야. 이건 내가 다 찍어준 거고.'

설영이 레시피를 캡처해둔 이미지를 보여줬을 때 신바는 밝게 웃어 보였다. 설영은 알고 있었다. 신바의 마음이 가장 가라앉을 때 하는 행동, 상대방이 질문할 수 없을 정도로 최대한 밝게 웃기. 신바는 자신의 우울이 내면 밖으로 나오는 걸 용납하지 못하는 타입이었다. 그건 아마 신바의 가족사에서 기원한 성격 같았다. 신바의 양친은 모두 제국대학 교수 출신이었다. 형은 정부 관료였는데 명절에 모이면 한국인 관광객들이 북적이는 긴자에 대해 우려를 빙자한 혐오를 내비치는 것으로 덕담을 대신하는 사람들이기도 했다. 신바가 가족에게 가장 상처를 받은 건 텔레비전을 보다가 게이나 레즈비언에 관한 이야기가 나오면 아예 안 들리는 척을 하는 모습에서였다. 그건 부정적인 뉴스든 긍정적인 뉴스든 똑같았다. 한번은 게이들 사이에서 벌어진 성폭력 사건에 대한 뉴스가 나왔는데 가족은 그 뉴스를 아예 못 들은 것처럼 굴었다. 그런 가족에게 신바가 처음 자신의 이야기를 한 것은 대학원 졸업식 날이었다.

"형, 나는 여자가 아니고 남자를 사랑하는 사람 같아."

그날 신바를 유명 스시집으로 데리고 갔던 그의 형은 신바의 그 말에 스시를 밀어 넣는 것으로 대답을 대신했다. 그런 집안 분위기 때문인지 신바 또한 대학 입학 전까지는 자신의 성 정체성을 인정하지 못했다고 했다. 어린 시절 신바에게 정체성은 자신의 결점처럼 느껴졌다. 완벽하려고 애썼던 자신의 인생 최대의 난관. 하지만 대학원 졸업 전까지 신바는 최대한 점잖고 바르고 건강한 사람으로 보이려고 했다. 텔레비전에서는 마치 세상의 모든 게이가 조울증에 걸린 것처럼 등장했다. 신바는 우울이 스며 나올 때마다 그걸 밝은 표정으로 최대한 포장했다. 처음 신바에게 가족 이야기를 들었을 땐 설마 싶었다. 하지만 작년 연말 실제로 그의 형을 마주치고 나서는 설영도 생각을 바꾸었다. 연말에 갑자기 들이닥친 형 앞에서 신바와 설영은 마치 몰래 동거하다 걸린 대학생 커플처럼 무릎까지 꿇고 앉아야 했다.

"한국인인가요? 나이는요? 지금 일하나요?"

처음에 설영은 자신의 이름에 앞서 국적이나 나이, 직업을 묻는 그의 형이 참 신기했다. 그리고 나중엔 불쾌해졌다. 신바의 형은 그날 설영이 신바와 함께 있다는 것에 크게 실망하고 또 한편으론 크게 안도했다. 크게 실망한 것은 설영이 한국인이기 때문이었고 크게 안도한 것은 설영이 여자라서였다. 여자, 한국인 여자. 설영과 몇 마디 대화를 나눈 이후에는 또다시 크게 안도하고 크게 실망했는데, 크게 안도한 것은 설영의 일본어가 도쿄 표준어에 가깝고 대학의 교원이기 때문이었다. 반면 설영이 계약직이며 서른다섯을 넘긴 나이라는 것에는 실망하는 기색을 감추지 못했었다. 신바의 형은 아주 점잖은 목소리로 이렇게 말했었다. "근본이라는 건 정말 중요하니까요." 그 순간 얼핏, 잔잔한 평온함을 가장해 폭력을 묵인하는 사람들이 싫다고 했던 신바의 말이 떠올랐다. 고개를 돌렸을 때 그런 형 앞에서 분노를 감추지 못하던 신바의 얼굴은 그 말을 확인시켜주는 것 같기도 했다.

차라리 그때처럼 신바가 화를 드러내면 좋을 텐데. 냉장고 옆 싱크대 위에는 신바가 보여준 샐러드뿐 아니라 음식을 나눠 담은 반찬 통이 여러 개 놓여 있었다. 설영은 음식물 쓰레기까지 말끔하게 비워져 있는 개수대를 힐끗 바라보다 신바에게 물었다.

"신바, 너 어디 가는 거야?"

신바, 사실 어디 가게 될지도 모르는 건 나야. 신바는 여전히 냉장고에 차곡차곡 반찬을 쌓듯이 밀어 넣고 있었다. 신바는 설영과 살면서 한 번도 혼자 멀리 여행을 간 적이 없었다. 신바가 곧 설영을 돌아보며 다시 웃어 보였다.

"산책 좀 다녀올게요."

조심히 다녀와, 이렇게 말하고 돌아섰던 설영은 문득 신바가 선크림조차 바르지 않고 바깥에 나가는 건 처음이라는 생각이 들었다. 누군가 급박하게 문을 두드리는 현관을 바라보듯 설영은 신바가 나간 자리를 한참 바라봤다. 신바, 너는 지금 누구 행세를 하고 있는 거니. 신바의 얼굴 위에는 어렴풋하게 설영이 오래 알았던 얼굴이 떠올랐다 사라졌다. 가짜 행세를 가장 잘하는 사람, 셜록. 설영은 순간

적으로 머리를 쥐어짜는 것 같은 통증을 느꼈다. 오래 열지 않은 자물쇠를 누군가 갑작스레 부순 것 같은 통증. 산책 다녀올게, 말하던 언젠가의 셜록이 신바의 얼굴을 하고 서 있었다.

제4장

임시 휴업

*

 신바가 집을 나서고 오래도록 설영은 식은 커피를 앞에
두고 멍하니 앉아 있었다. 뭐라도 해야지, 설영은 한참 만에
이런 말을 소리 내서 중얼거렸다. 이윽고 자리를 털고 일어
섰지만 여전히 아무것도 하지 않은 채 팔짱을 끼고 제자리
걸음을 몇 번 했다. 설영은 집 안을 빙글빙글 도는 동안 헨
리 제임스가 근무하는 한국의 연구소에서 메일이 왔다는
알림을 보았지만 열어보지는 않았다. 설영은 여전히 신바
와 그 남자, 그리고 그의 부인에 대해 생각하고 있었다. 만
약 내가 사랑하는 사람이 내가 죽을 수도 있는 상황에 그런
짓을 저지르고 있었다면…… 설영은 입술을 깨물며 소파에
털썩 소리가 나도록 주저앉았다. 설영은 그런 일을 겪지 않

왔지만 이런 상황을 전에도 본 적이 있었으니까.

설영의 할머니, 윤영옥 여사.

설영은 윤영옥 여사가 따로 말해준 적이 없어서 부모에 대해선 하나도 모르고 자랐다. 하지만 할머니가 기는 안 죽이고 키웠기 때문에 부모 때문에 마음이 상한 적은 없었다. 셜록을 만나기 전 설영에게 가장 친한 친구이자 가족은 할머니였다. 할머니는 설영의 기만 죽이지 않은 게 아니었다. 본인도 절대 어디서 기죽는 타입이 아니었다. 소학교만 나와서 한글을 잘 몰랐지만 그럼에도 할머니는 항상 당당했다. 설영이 등단했을 땐 상장을 복사해서 방에 걸어두었다. 그런 할머니가 기가 죽는 걸 느낀 적이 단 한 번 있었다. 그리고 그때,

설영의 할머니는 돌아가셨다.

당시 설영은 지금과는 명백히 다른 곳에 서 있었다. 가해자의 자리였다.

돌이켜보면, 설영은 조금이나마 이상한 낌새를 느끼고 있었다. 할머니가 다녔던 샴푸 공장 작업반장이라는 그 아저씨는 할머니보다 한참이나 나이가 어렸는데 휴대폰으로 종종 자기 사진을 보내왔다. 할머니가 대답을 하지 않는데도 보고 싶다는 등 이상한 문자를 보내기도 했다. 문자는 점점 협박조로 변했다. "늙은 게 봐줄 게 뭐가 있다고 아

껴? 젊은 남자가 좋아해주는 걸 영광으로 알아야지." 차마 입에 담기 험한 말들 속엔 "네가 신분을 속인 거 모를 줄 알아? 시대가 변했어도 네 이름 위에 범죄자라고, 빨갱이라고 빨간 줄 간 거는 안 변해" 같은 알 수 없는 말도 함께 있었다. 설영은 그 상황이 무서우면서도 문득 텔레비전이나 SNS에서 보았던 불륜 이야기에 대한 반응들이 생각나곤 했다. '남자 혼자 저랬겠어?' 이런 반응들 말이다. 그래서 혹시 모른다는 어지러운 마음이 들기도 했다. 어리석은 의심이었다.

어느 날 야간 근무조인 할머니는 작업반장에게 강제 추행을 당하던 중 공장에 나타난 작업반장의 아내에게 머리채를 잡혔다. 공장에서 온 전화를 받고 나간 설영에게 작업반장의 아내는 이제 어머니뻘 되는 사람과도 바람이 났다고 기가 막혀 했다.

"저, 그런데 여자분들이 일방적으로 당하신 것일지도 모르잖아요. 제가 할머니를 무작정 옹호하려는 게 아니라……"

설영의 말에 작업반장의 아내는 진심으로 화가 난 듯 되물었다.

"그러니까, 생사람을 잡았다는 거예요? 내 남편하고 그러고 있는 걸 다 봤는데요? 아무런 저항도 안 하던데요?"

그러게, 왜일까. 왜 할머니는 아무런 저항도 없이 그저 가만히 있었을까. 설영은 자신 안에 있던 할머니의 당당함이 뻔뻔함으로 바뀌는 것만 같았다. 왜 그렇게 사는 거야, 할머니. 대체 왜! 돈 때문인 거야? 아니, 설영은 자신이 곤란한 게 그저 싫었을지도 모른다. 아무 말도 못 하고 손톱 끝만 만지작거리던 설영에게 작업반장의 아내는 돈이 든 봉투를 건네 왔다.

  "윤설영 씨. 나, 정말 이런 모습 더는 안 보고 싶네요. 그래, 아이들 때문이라고 말하면서 저런 미친놈하고 이혼 못 하고 사는 나도 미친년이지만. 이 돈 드릴게요. 그냥 윤설영 씨 할머님, 그러니까 윤영옥 씨라고 했나요? 그분이 접근한 걸로, 그렇게 해주세요. 그래서 공장 나간 걸로요."

  설영은 그때 무슨 생각이었을까. 할머니가 실망스럽고 그 상황이 수치스러웠던가. 설영은 가만히 돈 봉투를 가방에 넣었던 기억이 난다. 하지만 솔직히 할머니에게 화가 나서도, 실망해서도 아니었을 것이다. 당시 설영은 생활비가 급했을 것이다. 설영은 할머니에게 공장에 더는 나가지 말라고 했었다. 그러나 다음 날 새벽, 할머니는 공장으로 향했다. 훗날 확인한 CCTV에는 모든 진실이 담겨 있었다. 할머니는 짧지 않은 기간 동안 작업반장에게 강제 추행을 당해 왔다. 마지막 날도 마찬가지였다. 누군가의 신고로 경찰이 급박하게 도착한 듯했다. 그런데 할머니는 경찰차가 도착하자마자 마치 쫓기듯 무작정 공장을 뛰쳐나갔다. 할머니는 그렇게 공장 앞 8차선 도로에서 트럭에 치였고 그 자리에서 숨졌다. 훗날 운전자의 증언을 듣고서야 설영은 할머니가 그랬던 이유를 알 것 같았다. "그거, 그거 몰라요. 나는 빨갱이 아니에요. 그냥 밀린 임금을 받으려고 했어요." 설영의 할머니가 마지막까지 한 말이었다.

설영은 할머니와 젊은 시절 공장에서 함께 일했던 동료에게서 얼핏 예전 일을 들은 적이 있었다. 임금 체불을 항의하러 갔다가 경찰에 잡혀 들어갔고 그곳에서 성추행을 당했다는 이야기였다. 설영은 할머니의 영정을 바닥에 내려놓지도 못하고 가슴에 품은 채 앉아만 있었다. 왜 설영은 할머니가 의심받을 때 CCTV를 확인할 생각조차 하지 않았을까. 설사 공장 측에서 거부했다 하더라도 설영은 확인했어야 했다. 오는 사람조차 몇 없던 장례식 마지막 날, 작업반장의 아내가 찾아와 자신이 오해했다면서 무릎까지 꿇으며 사죄했다. 왜 당신이 사과를 해야 하는 걸까. 설영은 누구를 원망해야 할지 몰라 아무 말도 못 했었다. 그리고 얼마 뒤 설영은 할머니의 공장 동료로부터 작업반장의 아내가 자살 시도를 했다는 이야기를 들었다.

결국 할머니를 괴롭히던 그 남자는 끝내 찾아오지 않았

다. 그렇게, 부서져버린 건 할머니와 설영, 그리고 작업반장의 아내였다. 아니, 거기서 설영은 빠져야 했다. 설영은 분명 누군가에게 철저한 가해자이기도 했으니까.

신바의 경우는 이 상황과도 또 다르다는 걸 설영은 잘 알고 있었다. 그래, 성소수자들은 제도에 들어갈 수 없기 때문에…… 하지만 설영은 어째서 자꾸 할머니를 괴롭히던 작업반장의 얼굴과 신바가 만난다던 그 남자가 겹쳐지는지 알 수 없었다. 왜 작업반장의 아내와, 한 번도 본 적이 없는 신바가 만나는 그 남자의 아내가 겹쳐지는지도 확실히 설명할 수 없었다. 설영은 고개를 몇 번 젓고 자리를 박차고 일어섰다. 곧장 겉옷과 마스크를 챙겨 사격장으로 향했다.

〈금일 사격장은 임시로 휴업합니다.〉
꼭 뭔가를 하려고 하면 이렇게 다른 문제가 생겼다. 설영은 다시 집으로 가려다 차라리 신바가 좋아하는 걸 해주면 어떨까 싶었다. 그런데 신바가 좋아하는 게 뭐더라? 생각해보면 신바는 설영이 좋아하는 걸 참 잘 알아차렸다. 그건 생활에서만이 아니었다.

설영의 생일이었다. 신바는 설영의 등단작이 실렸던 소설집을 구해 왔다. 그날 설영은 한국에서도 타보지 않았던 유람선을 탔다. 스미다강을 횡단하는 유람선의 레스토랑에서 식사를 하며 강을 따라 형성된 도쿄의 도심을 구경할 수 있었다. 설영이 직접 예약한 것이었다.

생일에는 좋아하는 것을 해야지.

설영은 할머니와 단둘이 살았던 어린 시절부터 매해 생일에 그런 생각을 했었다. 천 원짜리를 손에 쥔 열 살 무렵부터, 설영은 매해 생일만큼은 즐겁게 보내고 싶어서 돈을 모으는 사람이었다. 물론 설영이 즐거운 생일을 함께 보내고 싶었던 사람은 줄곧 할머니였다. 하지만 아이러니하게도 할머니는 설영과 함께 살기 위해 온갖 일을 마다 않고 해내던 사람이었기에 둘은 한 번도 생일을 함께 보내본 적이 없었다. 할머니가 거쳐온 어떤 직업도 하루의 시간을 온전히 내는 것이 어렵기는 마찬가지였으니까. 그래서였을까. 그해 설영은 스미다강 유람선 예약을 마쳤을 때 스스로에게 조금 감탄했었다. 이것을 예약할 수 있을 만큼은 벌고 있다는 뿌듯함과, 자신의 생일에 혼자가 아닌 두 사람 몫을 예약할 수 있다는 것이 설영을 기쁘게 했다. 조금 이상한 점이 있었다면 평소의 신바라면 자신 몫의 돈을 내겠다고 했을 텐데 모든 걸 선선히 설영에게 맡겨두었다는 것 정도였다. 그러더니 아니나 다를까, 불쑥 선물이라며 신춘문예 당선 소설집을 내밀었었다. 대체 이건 어떻게 구한 거야? 벌써 5년도 전의 일인데…… 인터넷 중고서점을 뒤져봤다는 짧은 대답이 돌아왔다. 신바는 다시 소설을 써보라거나 왜 안 썼냐는 말 같은 건 하지 않았다. 정작 설영이 신바가 진심으로 좋아했던 것을 떠올리려 했을 때는 고작, 뒤풀이에서 설영에게 고단수라고 말하며 웃던 모습만이 생각났다.

가만히 생각에 잠겼던 설영은 일단 뭐든 해보자는 생각이 들었다. 설영은 집에 들러 에코백을 챙겨 마트로 향했다. 막상 마트에 가니 무슨 요리를 해야 할지 집에 어떤 양념이 있는지 몰라서 여러 층을 오가야 했다. 겨우 찾던 양념이 있는 코너에 도착했을 때 설영은 이번엔 다른 이유로 어떻게 해야 할지 몰라 마트에서 우왕좌왕해야 했다. 처음 설영은 약한 지진이라도 찾아온 줄 알았다. 주머니 속 휴대폰이 그렇게 울리는 건 처음이었다. 메시지가 무려 몇십 개나 와 있었다. 연구회 사람들에게서였다. 그들이 첨부한 링크를 누르자 신바가 다니는 학교의 홈페이지로 연결되었다. 게시물이 등록된 지 한 시간이 지나지 않았음에도 이미 수십 개의 댓글이 달린 게시물의 제목은 이러했다.

"유부남 동료 교수를 스토킹한 하시모토 신바를 고발합니다."

설영은 눈을 한 번 감았다가 떴다. 그러고도 한동안 망연하게 서 있던 설영은 지나가던 사람에게 길을 막아 죄송하다는 인사를 여러 번 하고 나서야 게시물을 읽기 위해 제목을 클릭할 수 있었다. **세츠에, 너 알고 있었어?** 설영이 게시물을 보고 있는 사이에도 여러 개의 메시지가 나타났다 사라졌다. 이미 답을 예상하고 묻는, 걱정을 가장한 질문들. 설영은 그 어떤 질문에도 답하지 않았다. 설영은 이미 집을 향해 달리고 있었다. 설영과 신바가 함께 사는 그 집으로 말이다.

*

"신바, 집에 왔어?"

현관문을 연 설영은 거실에서 새어 나오는 빛에 뭔가 안심이 되었다. 하지만 신바는 답이 없었다. 설영은 조심스레 방문을 열었다. 신바의 방으로 들어가 그의 곁에 앉았다. 설영은 신바의 안경에 손을 가져다 대다가 이내 흠칫 물러났다. 드라마에서 본 것처럼 코에 손을 대보거나 심장 소리를 확인하려 들지 않았다. 무서웠다. 설영은 긴급구조번호를 눌렀다.

"자살 시도를 한 것 같아요, 친구가."

너무나 평온한 신바의 얼굴을 본 설영은 자신이 이전에 보았던 죽음의 얼굴을 떠올렸다. 할머니의 얼굴도 너무나 평온했었다. 마치 이번 생에서 드디어 독립한다는 듯한 얼굴이었다. '그래, 할머니. 독립 만세야. 죄 많은 나는 홀로 이 세상에 남아버렸네.' 그때의 설영은 그런 생각을 하며 슬픔을 견딜 수 있었다. 하지만 이번엔 조금 달랐다.

'신바, 넌 나와 살던 시간은 조금도 생각 안 해봤어?'

설영은 이렇게 위급한 순간에 그런 생각을 하는 자신이 황당하면서도 섭섭함과 서러움이 복받치는 걸 막을 수가 없었다. 구급차가 도착하지 않았다면 설영은 신바에게 그 말을 했을지도 모르겠다. 구급대원들은 신속하게 행동했고 신바는 응급조치를 받은 후 곧 구급차로 이송되었다. 신바의 옷가지와 짐들을 챙겨 나오려던 설영은 몇 가지 질문에 답한 뒤 집에 남으라는 이야기를 들었다. 코로나 상황이라서인가요? 설영의 물음에 구급대원 중 한 명이 말했다. 죄송하지만,으로 시작되는 이야기였다.

"죄송하지만, 아무래도 환자분의 가족에게 연락이 먼저 갈 것 같습니다."

구급대원은 이런 일이 흔하다는 걸 알고 있는 사람 같았다. 설영은 가만히 그의 얼굴을 보다가 챙겨놓았던 신바의 짐 가방을 그에게 넘겼다. 신바의 신분증이 들어 있는 지갑과 일단 손에 잡히는 대로 넣은 속옷 몇 개, 황당하게도 신바가 평소에 좋아하던 책도 몇 권 넣은 가방이었다.

"아, 저 실례가 안 된다면, 무릎에 피가 흐르고 계셔서요."

설영에게 가방을 넘겨받은 구급대원은 설영의 무릎을 가리키며 소독해주겠다고 권유했다. 피가 굳은 무릎을 소독받으면서 설영은 애써 눈물을 참았다. 정말 쓰리죠? 구급대원은 설영의 얼굴을 한 번 보았고 어쩐지 그 마음을 안다는 듯 물었다. 어쩌면 그때 설영은 알았을 것이다. 이제 신바를 다시 못 볼 수도 있다는 것을 말이다. 하지만 설영은 아직 신바에게 서울에 가게 될지도 모른다는 말조차 못 한 상황이었다. 설영은 멀어져가는 구급차를 자신도 모르게 몇 발자국 따라가다 멈춰 섰다. "신바, 내가 갑자기 아프거나 사고가 나서 사라지면 너는 어떻게 할 것 같아? 우린 서로 법적 보호자가 아니잖아?" 자주 이렇게 물었던 것은 설영이었다. 하지만 그것은 신바에 대한 걱정이라기보다 불안한 자기 자신에 대한 물음이었다. 그러니 신바가 이렇게 먼저 자신의 곁에서 사라질 거라고는 생각하지 못했었다.

설영은 신바가 돌아오지 않은 사이에도 아침 8시 30분까지 학교에 나가 강의를 했고 지방의 대학들을 돌며 수업 일수를 잘 채웠다. 만료 직전에 학진 보고서를 제출했으며 한국 연구 재단 공고를 계속 검색했다. 신바가 만들어준 반찬의 개수가 점점 줄어드는 것을 보고 날짜를 가늠할 때까지 설영은 일만 했다.

단, 예외가 있다면 신바에 관한 일을 하나 처리하기로 마음먹은 것이었다.

　설영은 신바의 그 남자에게 메일을 보냈다. 설영은 그 남자에게 연락하기까지 오랜 시간을 고민했다. 신바에게 해가 될까, 이런 고민은 아니었다. 다만 그 남자의 아내가 받을 상처가 두려웠다. 그리고 무엇보다 과연 설영 자신에게 자격이 있는 것일까…… 그렇게 한참을 망설여야 했다. 아마 신바의 형에게서 들은 말이 아니라면 마지막까지 설영은 그 남자에게 연락하지 않았을지도 몰랐다.

　"저, 세츠에 상에게 죄송한 말입니다만…… 혹시, 신바를 처음 발견했을 때 몸에 멍 자국 같은 것을 보았습니까?"

　처음에 설영은 신바의 형이 무슨 이야기를 하려는 건지 몰라서 어리둥절했다. 그날 경황이 없기도 했지만 두려운 마음에서였는지 신바의 방에 불을 켜지 못했고 그래서 얼굴 외에는 자세히 본 것이 없었다. 잠시 생각하던 설영은 겨우, 오전에 신바를 봤을 땐 보지 못했다는 말을 했다. 신바의 형은 수화기 너머에서 한참이나 침묵했다. 설영이 혹 전화가 끊어진 것인가 해서 화면을 한 번 확인했을 때였다. 신바의 형은 한참 만에야 한숨을 내쉬듯 이렇게 말했다.

　"폭행의 흔적이 있다고 합니다."

　그가 워낙에 중얼거리듯 빠르고 작게 말해서 처음에 설

영은 그 말을 알아듣지 못하고 몇 번이나 되물었다. 폭행. 신바의 형에게 그 단어를 듣는 순간 애써 잡아두었던 무언가가 툭 하고 끊겨 나가는 기분이었다.

설영은 메일을 보낸 날부터 오로지 한 가지 생각에 매달렸다. 그 남자를 만나야 한다. 그리고 받아내야 한다, 증거를 말이다. 설영은 침착하자고 마음먹었다. 그 남자는 자신이 다니는 대학이 망하지 않는 이상 설영과 같은 땅에서 숨쉬며 살아갈 테니까. 그 남자의 메일 주소를 알기 위해 들어간 학교 홈페이지에 남자의 사진이 게재돼 있었다. 설영은 한참 동안 그 남자의 사진을 물끄러미 바라봤다. 잠시 후 메일의 전송 버튼을 클릭한 설영은 곧 마스크를 챙겼고 사격장으로 향했다.

*

"어? 세츠에 상, 지금 하려고요? 곧 닫을 시간인데."

코로나19 때문에 수강생이 줄기도 했지만 확실히 늦은 시간이기도 했다. 설영은 잠시 머뭇거렸다. 짧은 머뭇거림 사이 메이가 무언가 눈치챈 듯 설영의 얼굴을 살폈고 벤치 쪽을 가리켰다. 일단 앉읍시다, 하는 얼굴이었다.

"세츠에 상, 나는 이 일을 오래 했잖아요. 이런 밤에 머뭇거리면서 찾아오는 사람들을 꽤 봤어요."

설영이 퍼뜩 고개를 들어 메이를 바라봤다.

"총을 만져본 사람들은 더 잘 알죠. 총이 얼마나 무서운 물건인지……"

"메이 선생님, 하지만 진짜로 쏘려는 게 아닐 수도 있잖아요. 겁만 먹게 하려고 하는 것일 수도 있고요."

설영은 자신의 진심이 나와버린 게 무안해서 대답을 하고도 입을 반쯤 손으로 막았다. 메이는 그런 설영의 마음을 이해한다는 듯 웃어 보였다.

"세츠에 상, 나는 그래서 총이 무서운 것 같습니다. 어떤 위협적인 사내가 지금 이 앞에 나타나도 세츠에 상이 총을 가지고 있다면 이야기는 달라집니다."

"선생님, 그래서, 그렇기 때문에 약한 사람에게는 총이 필요한 게 아닌가요? 그 위협을 가하는 사내가 아닌 제가 총을 갖는 게…… 정말 나쁜 건가요?"

"세츠에 상, 하지만 총은 아무나 가질 수가 없어요. 이미 거기서 공평하지 않은 물건이잖아요? 이런 말은 뜬금없지만 처음에 일본인들도 외부로부터 조선이나 대만을 지킨다는 자가당착으로 총을 들었어요. 전쟁을 일으켰어요. 폭력은 폭력이잖습니까."

"메이 선생님, 저도 알아요. 누구나 위험에 맞설 수는 없

다는 것을요. 그리고 똑같이 행동하는 것도 전혀 도움이 안
된다는 것을요. 다만 위험에 대항할 수 있는 사람마저 가만
히 있는다면 그것도…… 이제 위선 같아요."

메이는 잠시 설영을 바라봤다. 그러다가 이내 크게 웃어
보였다.

"세츠에 상, 내 부모는 북조선에서 일본으로 넘어온 사람
들이에요. 정확히 말하면 어머니가 나를 데리고 일본으로
왔죠. 어머니는 정말 온갖 궂은 일을 했어요. 일본어를 몰라
서 무시를 당했고요. 그래서 아마, 내게 운동을 시킨 것이기
도 하고요."

처음 듣는 말이었다. 전혀 예상치 못했다. 아니, 어쩌면
아주 어린 시절 이주한 메이의 진짜 고향이 이곳 도쿄라서
그렇게 느껴진 것인지도 몰랐다.

"세츠에 상은 그런 시절을 겪어보지 않았겠지만, 북한에
서 여성이 운동을 한다는 건 그 자체로 투쟁과 같은 거예
요. 북한은 사회주의 체제라서 육체를 건강하게 만드는 것
을 중요하게 생각했거든요. 지금은 모르겠지만, 1960년대
북한에서는 운동하는 여성이 발전적 여성의 표본이었다고
하더군요."

메이의 어머니는 메이가 여성이라서 무시당하거나 자신
처럼 언어를 모른다고 배척당하지 않기를 바랐을 것이다.

그러나 메이는 조금 쓸쓸하게 웃었다.

"하지만 내가 이르게 은퇴를 한 것은…… 선수촌에서 나는 오랫동안 어떤 남자로부터 성적인 괴롭힘을 당했거든요. 그 남자는 내 어머니가 북한인인 걸 알고 있었죠. 정작 나는 갓난아이 때 넘어와서 북한 땅을 밟은 기억도 없는데 말이에요. 아무리 운동을 했다 한들 남자들의 완력을 이기기는 어려웠습니다. 사람들은 내가 오랜 시간 침묵한 것을 동의로 생각하더군요. 그럴 때마다 그의 얼굴에 총을 쏘고 싶었습니다. 어느 순간부터는 사격에 전혀 집중이 안 되었죠. 그리고 마지막엔 실제 그에게 총을 겨누었습니다. 네, 그가 죽진 않았지만…… 마음속으로 나는 확실히 그를 죽여버릴 생각이었습니다. 죽지 않아서 안타깝기까지 했어요. 국가대표를 그만두고서도 내내 나만 당할 수 없단 분노에 사로잡혀 있었고요. 사실 나는 비슷한 분노를 세츠에 상에게서 자주 보았고 그게 염려되었습니다만……"

설영은 아, 하고 조그맣게 한숨을 내쉬었다. 메이에게 어떤 사정이 있을 거라는 생각은 늘 해왔다. 정점이었던 순간에 갑작스레 은퇴를 했고 코치나 감독이 되지 않은 이유도 있었을 거였다. 만약 설영 자신이라면 어땠을까. 메이의 시선은 설영 너머 무언가를 응시하고 있었다.

"메이 상, 살아주셔서 감사해요. 정말로요."

잠시의 침묵 끝에 설영이 조심스레 꺼낸 말은 그거였다. 설영의 말에 퍼뜩 메이는 설영과 시선을 마주했다.

  "그래요, 세츠에 상. 네, 맞습니다. 그냥 둔다고 해서 어떤 폭력이 저절로 사라지는 건 아니었을 겁니다. 만약 내가 그때 내 자리 지키자고 가만히 있었다면…… 아마 더 많은 메이들이 거기서 스스로 죽어갔을 겁니다. 지금 보니 세츠에 상은 정말 선수감이로군요. 그때 같이 왔던 친구분이 나한테 그랬거든요, 세츠에 상은 분노가 아니라 에너지가 많은 사람이라고요. 분노가 있다는 말은 취소입니다."

  설영은 함께 온 친구라는 말에 마음이 다시 먹먹해졌다. 돈과 시간은 비례하는 것이라 그 전까지 설영은 모든 시간을 돈을 버는 데 써왔다. 사격? 비싸지 않아? 설영의 망설임에 신바는 의외로 사격장은 정말 저렴하다고 말하며 설영을 데리고 왔었다. 실제 그랬다. 설영은 그런 걸 알아보는 데 쓸 시간조차 없어서 몰랐던 것뿐. 그렇게 설영에게는 새로운 취미가 생긴 거였다. 메이 상, 그런데 그 친구가 죽을지도 몰라요.

  메이는 잠시 설영의 뒤편으로 전시되어 있는 총들을 쭉 둘러보았다. 탄약이 보관된 문 너머도 넘겨보았다. 이내 턱을 만지며 생각에 잠겼던 메이가 무언가 결심한 듯 설영에게 열쇠를 내밀었다. 여기 문은 오늘은 세츠에 상이 잠그고

가췄으면 좋겠습니다. 그렇게 말하며 메이는 기지개를 켰다. 설영은 다시 한번 눈물을 삼키며 고맙다는 말을 되뇌었다.

*

설영이 그 남자의 연구실로 찾아갔을 때, 남자는 마치 아주 오랜만에 만난 가족이라도 된 듯 반갑게 손을 내밀어 악수를 청했다. 아, 코로나 시대에 악수라니, 커피도 준비하지 않고요. 나 좀 별로네요. 이런 너스레는 정말 재미없다고 설영은 생각했다. 물론 코로나 시대가 아니어도 설영은 그 남자와 악수를 할 생각은 없었다. 설영은 가방을 잠시 움켜쥐었다. 살짝 열린 가방 사이에서 설영에겐 익숙한 물건이 보였다. 만약 설영이 코로나19 핑계를 대며 오랜만이라고 해야 한다면 그건 저 남자가 아니라 바로 이 물건에게여야 했다.

"내가 지금 커피 마시자고 여기 왔을 리가 없잖아요."

"아무리 그렇다고 이렇게 멀뚱히. 그리고 손님한테 차 대접도 안 하면 사람들에게 내가 너무 그렇잖아요, 윤설영 씨."

그래, 이 남자. 내 이름 석 자를 제대로 발음할 수 있는 한국인이었지. 같은 국적의 사람, 외국에서 만나면 그렇게 반갑다는 한국 사람. 그런데 설영은 그게 치욕스러웠다. 이 순간마저도 사람들 시선만이 중요한 이 남자 때문에. 차라리 이 남자가 설영 앞에서 눈물을 보였더라면 오히려 마음이 복잡했을 것이다.

"내 이름 부르지 마세요. 당신 부인은 아세요? 당신 가면 뒤에 진짜 얼굴이 뭔지."

"설영 씨, 그냥 솔직하게 말할게요. 내가 게이라고 밝힌다고 칩시다. 아니, 신바와 불륜을 저질렀다고 세상에 밝히고 내 와이프한테 말한다면요? 내 아내가 들으면 그 삶이 괜찮을까요? 이 사회는요? 용납 못 하는 사회는 탓하지 않고 왜 내 탓만을 하죠?"

"이봐요, 나 솔직히 신바 편 들려고 여기 온 건 아니에요. 지금 신바 감싸지는 않을게요. 하지만 엄밀히 따지면 불륜은 결혼을 안 한 신바가 저지른 게 아니라 당신이 저지른 거예요. 그런데 왜 신바만 죽어야 하고 왜 신바만 지탄을 받아야 하죠? 내가 본 거, 내가 말 못 할 것 같아요? 경찰에서 수사 시작하면 나는 제일 먼저 증언할 거예요."

"설영 씨는 못 할 거예요."

"왜 내가 못 한다고 생각해요?"

"설영 씨나 나나 똑같으니까요."

설영이 황당함에 말을 잇지 못하자 남자는 팔짱을 끼며 잠시 책장에 기대었다.

"신바 지금 병원에 있잖아요. 신바가 죽어도 못 나서는 거. 나나 설영 씨나 똑같은 처지 아닌가요?"

순간 설영은 남자가 이미 신바의 자살 결심을 알았다는 생각이 들었다. 그걸 이용한 거다. 그런데 그런 인간이 지금 설영에게 서로가 같은 처지라고 말하며 공감을 구하고 있다. 자신이 소수자라고 자처하면서. 이거야말로 소수자들을 모욕하는 것 아닌가.

"나 때문에? 글쎄, 윤설영 당신은 당신 자신 때문에 초조했잖아요. 신바한테 진짜 얼굴 들킬까 봐."

"내가…… 신바랑 산 게 무슨 계획이라도 있어서, 뭐라도 노리고 그랬다는 거예요?"

"난 적어도 신바 정말 좋아했어요. 같이 안 살았을 뿐이죠. 법에 순응하면서 살아온 것뿐이에요. 설영 씨는 어때요? 신바가 제법 그럴듯한 엘리트 일본 남성이잖아요? 신바랑 결혼만 하면 설영 씨 여기서 죽 살 수 있어요. 마치 내 아내가 교수 남편인 나를 만나서 여기서 죽 살아가는 것처럼 말이죠."

설영은 대답 대신 곧장 휴대폰을 열어 게시물을 캡처한 사진을 보았다. 신바에 대해 폭로 글을 쓴 건 남자의 부인이었다. 설영은 남자가 사용한 그 방법을 잘 알고 있었다. 피해자들끼리 서로 물어뜯게 하는 것, 권력의 최상위층이 가장 잘하는 방식이었다. 자신들은 조금도 나서지 않은 채 약한 자들끼리 치고받게 해서 결국 한쪽은 죽고 한쪽은 자신에게 영원히 종속되게 만드는 가스라이팅. 설영을 더욱 기막히게 했던 건 그 게시 글에 대한 동료 남자 교수들이나 남학생들의 반응이었다. 자신들이 신바에게 잠재적 연애 대상자로 보여질까 봐 불쾌하다는 글들. 오히려 이 사건이 아귀가 맞지 않는 것 같다고 문제를 제기한 건 학교 인권 단체에서 자문 위원을 하고 있는 여자 교수들이었다.

"설영 씨, 신바는 내가 불행하길 원치 않았어요. 한 번도 이혼을 요구한 적이 없고요. 결국 신바가 원하는 대로 다 되었는데요. 그리고 이게 당신이 원하는 거, 아니에요? 신바가 나와 같이 살게 될까 봐 불안했잖아요, 그럼 당신은 혼자가 되니까."

우리 정말 가려진 얼굴이 굉장히 비슷하네요? 난 나랑 비슷한 사람 거의 못 봤는데 말이에요. 그러면서 남자는 연구실 구석의 커피 포트로 가서 전원을 눌렀다.

사실 신바의 형이 전화를 해온 후에도 설영은 한동안 어떤 식으로 대응해야 효과적일지 방법을 찾지 못해서 고민에 빠져 있었다. 그런 설영을 움직이게 한 것은 신바의 휴대폰이었다. 집에 남겨둔 신바의 휴대폰. 비밀번호를 누르면서, 설영은 신바가 어쩌면 자신에게 도움을 청한 게 아닐

까 생각했다. 하지만 안타깝게도 신바는 남자와의 기록을
거의 남기지 않았다. 아니, 아마 남기지 못했을 것이다. 그
때 함께했던 술자리에서도 남자는 설영이 음식 사진을 찍
자 확인을 요구했었다. 옷깃이 아주 조그맣게 나온 사진조
차 지워달라고 했다. 어디에 올리는 게 아니라고 해도 남자
가 너무 예민하게 굴었기에 설영은 사진을 지웠었다. 신바
에게는 더하면 더했지, 덜하진 않았을 것이다. 그런 신바의
휴대폰에 남아 있는 기록이 하나 있었다. 지진이 일어나기
훨씬 전에 남자와 신바가 나눴던 대화였다.

"매번 너에게 이혼을 요구하는 것도 지친다. 이제 이 관계는 정리
하자."

신바는 분명 그 남자에게 그렇게 말했었다. 설영은 날짜
를 여러 차례 확인했다. 남자는 신바에게 조금만 기다려달
라는 말과, 자신의 부인은 자신이 없으면 비자 발급부터 모
든 게 문제라는 말을 반복했다. 이런 식으로 남자는 신바
와 자신의 부인을 동시에 가스라이팅 하고 있었다. 그 메시
지는 신바가 따로 캡처해두어서 금방 찾을 수 있었다. 다음
날 설영은 곧장 경찰에 게시 글이 허위 사실을 담고 있으므
로 고소하고 싶다고 연락했다. 하지만 막상 경찰은 당사자
인 신바가 병원에서 의식이 없으므로 수사가 시작되어도
설영의 일방적인 주장이 될 확률이 높다고 했다. 게다가 게

시 글을 올린 당사자는 그 남자의 아내였다. 설영은 그 남자의 아내를 고소하고 싶은 게 아니었다. 이 사실관계만 밝히면 신바도 합당한 책임을 져야 한다고 생각했다. 설영은 두 가지 마음으로 고속 전철 티켓을 끊었다. 허위 사실 유포, 그리고 데이트 폭력. 아내를 이용하고 있는 이 기만까지, 증거를 찾겠다는 게 첫번째였고 두번째는…… 남자가 이제라도 신바에게 진심으로 사죄한다면. 하지만 이곳에 와서 설영은 다시 한번 알게 되었다. 그 남자는 신바의 휴대폰 번호도 저장해두지 않았다는 걸 말이다. 신바에게 저지른 데이트 폭력을 신바와 자신의 마지막 데이트 정도로 꾸며대고 있다는 것을 말이다.

'신바가 기댈 곳은 정말 당신 하나뿐이었을 거야. 누구도 자신을 사랑해주지 않을 거라는 생각은 사람을 얼마나 초라하게 만드는지…… 나는 알아, 그 감각, 그 기분. 한때 내가 했던 연애라는 이름의 폭력들을 견딘 것도 그런 초라한 기분을 느끼고 싶지 않아서였지. 그래서 그때의 나는 나를 때린 사람에게도 매달려보고 나를 모질게 대하는 사람에게도 빌어도 보고 그랬었지. 그래도 나는 빠져나왔어. 표면적으로나마 다른 연애,라는 선택지가 있었으니까. 신바는 그런 선택지가 더 좁아. 당신은 그걸 알고 이용한 거야.'

설영은 이 말을 그 남자에게 하지 않았다. 대신 망설이지 않고 가방 안으로 손을 집어넣었다. 오랜만에 쥐어보는 총의 감각은 이전보다 더 차가웠다. 남자는 커피를 한 잔 따르더니 자신의 책상으로 돌아가 어느새 모니터를 보고 있었다. 왜요, 아직 할 말이 남아 있나요? 남자가 그렇게 말하는 동시에 설영은 그 남자의 모니터를 차고 있었다. 그다음엔 연구실 한 벽면을 차지한 남자의 박사학위 논문을 손에 잡히는 대로 꺼내 바닥에 던져 밟았다. 남자는 남자대로 설영의 어깨를 밀쳤다. 당신 미쳤어? 남자의 표정이 그렇게 묻고 있었다.

남자는 동요하지 않으려 애쓰고 있었지만 이미 얼굴 근육이 미세하게 떨리고 있었다. 그건 분노였다. 설영이 남자에게 원한 건 두려움과 반성이었는데.

연구실 안에는 CCTV가 없었다. 설사 있더라도 이 남자는 나서서 증거를 인멸해줄 것이다. 남자가 설영의 얼굴을 향해 손을 들어 올렸을 때였다. 설영은 재빠르게 가방 안에서 꺼낸 총을 남자의 이마에 가져다 댔다. 남자의 손은 허공에서 그대로 멈춰 섰다.

남자는 자신의 이마에 닿는 물건을 인지한 순간 눈에 띌 정도로 움찔거리며 뒤로 넘어지듯 의자에 가 앉았다. 그러면서도 설영을 똑바로 바라보고 있었다. 하지만 그 눈빛은 이제 분노가 아니었다. 설영은 잠금쇠를 풀었다. 메이 선생님, 죄송해요. 오늘이야말로 사격을 배우고 나서 가장 집중이 잘되는 날이네요. 설영은 한 손으로 총을 고정시킨 채 주머니에 손을 넣어 조심스레 녹음기 스위치를 눌렀다.

"왜 신바에게 그렇게까지 한 거지? 신바가 스토킹했다는 거 다 거짓말이잖아. 처음엔 곧 이혼할 거라고 하고 시작된 관계였잖아?"

"설영 씨, 여기서 교수 되고 싶은 거 아닌가요? 이러면 나중에 서로 곤란해져요."

설영은 남자의 말에 소리를 내어 웃었다. 다시 한번 총구를 이마에 바짝 가져다 댔다.

"그러게, 너 같은 인간도 교수 하고 다니는 세상인데 말이야. 마지막에 만난 사람이 너인데 신바의 몸에 폭행당한 흔적이 있더라?"

폭행이라는 말에 남자는 자세를 조금 고쳐 앉았다.

"아내가 알게 되면 신바나 나나 모두 재기 불능이에요. 그 전에 해프닝으로 마무리하는 게 낫다고 생각했을 뿐이에요. 그리고 난 처음엔 그냥 신바와 가깝게 지내고 싶었어요. 알다시피 재능 있는 연구자이고, 또 나에게 도움 될 만한 일본인이었고…… 꼭 제도가 인정하지 않더라도 서로 순수하게 사랑하는……"

줄곧 남자의 말투는 침착했다. 더 듣기 곤란했다.

"넌 그냥 신바를 이용한 거야."

남자의 그 말이 끝나자마자 설영은 방아쇠를 힘껏 당겼다. 남자는 머리를 감싸 쥐며 눈을 질끈 감았다가, 한참 후겨우 실눈을 뜨며 주위를 두리번거렸다.

그랬다. 당연히 가짜 총에 있는 건 가짜 탄알이다. 어차피이 남자, 자기보다 강한 사람 앞에서는 벌벌 떨 테니까. 설영은 주머니에서 녹음기를 꺼내 보였다.

"당신이 그랬지. 그렇게 추락하느니 차라리 죽는 게 낫다고. 권력형 범죄자들이 자주 하는 말이지. 어디, 정말 그런지 한번 볼까요? 당신은 법을 지키며 살아왔을 뿐이라고?그래서 신바랑 못 살았다고? 그럼 이제 잘 알겠네? 확실히내가 당신과 다른 거."

설영은 뒤돌아보지 않고 최대한 빠르고 큰 보폭으로 연구실 문 앞에 다다랐다.

'신바, 나 경찰에 이 녹음기를 넘길 거야. 내가 할 수 있는건 이 정도야. 저기 신바, 나 말이야, 누가 뭐래도 난 네 곁에 남아 있을 거야. 하지만…… 나, 네가 항상 저 남자의 부인에게는 용서를 빌고 싶어 했을 거라고 생각했어. 그래, 네게 선택지가 없었다는 거, 저 남자한테 속았다는 것도 알아.그렇다고 해도 네가 용서를 구하고 싶어 하던 그 사람에게는 꼭 살아서 용서를 빌어줘. 그리고…… 이제 정말 너를 사

랑해주는 사람 만나자. 꼭 그래야만 해. 그때까지 나는 악착
같이 네 곁에 있을게. 그러니 제발 살아줘, 응? 이런 나에게
너는 역시 고단수라고 할까. 우리 다시 만나서 이야기하자.'

설영은 기차역에 도착하고 나서야 화장실로 가 헛구역질
을 몇 번 했다. 추웠다. 갑작스럽게 지진이 닥치고 난 날의
밤들처럼. 오늘은 신바도 집에 없는데 추위가 가시지 않는
기분이었다. 설영은 자신이 이곳에 온 것이 신바 때문만은
아니라고 생각했었다. 하지만 추위와 두려움 앞에 설영은
인정할 수밖에 없었다. 역시나 설영 자신의 마음이 가는 곳
은 신바라는 것 말이다.

"신바가, 정말 가족하고 살겠대요?"

그로부터 2주 후, 설영은 신바의 형에게서 집을 비워달
라는 연락을 받았다. 신바는 가족이 돌볼 것이라는 그의 형
의 전화는 깍듯했지만 건조했다. 설영은 신바의 부고가 아
니라는 점에 우선 마음이 놓였다. 그러나 조금 이상하다고
생각했다. 신바는 항상 설영에게 자신의 마지막 가족은 당
신입니다,라고 했으니까. 너무 힘들 땐 가치 판단이 정확하
지 않을 수 있고 그럴 땐 가족이 도와줘야 한다는 형의 대
답을 들으면서, 설영은 자신이 할 수 있는 말이 없다는 걸
알았다.

어차피 있을 곳은 없었다. 일본으로 온 이후 설영은 자신이 이제 어떤 곳에서도 살 수 있는 사람이라고 생각했다. 오랫동안 의지했던 할머니가 죽고 나서도 살아왔고, 자신의 모든 걸 쏟아부어 좋아하던 소설도 상황이 여의치 않으니 포기했다. 그리고 셜록도…… 그렇게 절친했던 친구조차도 곤란한 경제 상황이라는 핑계 앞에서는…… 그러니까 신바와 살았던 거였다. 설영이 좁은 5평 원룸이 아닌 맨션에서 살 수 있는 방법은 신바와 사는 것뿐이었으니까. 집같은 집에서 한번 살아보고 싶었으니까. 처음은 그런 이유였다. 하지만 이젠 정말 그게 아니었다. 신바가 없는 일본은집이 있는 곳이 아니라 그냥 타국이었다. 설영은 그날 저녁신바의 형에게 전화를 걸어 곧 집을 비울 것이라 이야기해두었다. 곧 한국에서 취직할 예정이었다고 묻지 않은 말까지 늘어놓았다. 신바에게 못 보고 가서 미안하다고 전해주세요. 그의 형이 뭐라고 했던가……

*

이케다가 설영을 부른 것은 그즈음이었다. 설영은 짐을꾸리던 도중 연구회 사람들 사이에서 자신과 신바의 이야기가 널리 퍼졌다는 걸 알게 되었다. 그래서 이케다를 만나

러 가야 하나 고민스러웠는데 막상 설영과 마주한 이케다
는 그런 소식은 전혀 모르는 사람처럼 굴었다.

"세츠에 선생, 이번에 꼭 한국으로 가. 헨리 제임스가 도와
줄 거야. 또 뭐, 한 번 봤겠지만 조선적 재일 연구하는 한주
선생도 4·3 관련해서 제주랑 부산을 오가고 있고, 5·18 연
구하는 영소 선생도 지금은 광주에 가 있으니까. 우리 연구
회 사람들 많이들 있어요. 다 연결되어 있어. 이제 도쿄 서
울 멀지도 않은 거지. "

사실 이케다의 저 말은 맞기도 하고 맞지 않기도 했다.
헨리 제임스가 아니어도 설영이 지금껏 맡아온 프로젝트나
등재된 논문의 수, 이런저런 공저 수까지 하면 설영은 결코
심사에서 밀리지 않을 것이다. 문제는 설영처럼 열심히 해
온 사람이 한국이든 일본이든 많다는 것이었고 그에 비해
일을 할 수 있는 자리는 아주 적다는 것이었다. 설영은 이
케다가 신바의 이야기를 당연히 알고 있다고 느꼈다. 그럼
에도 아무런 내색도 하지 않고 지금 설영에게 집중할 수 있
는 일을 가르쳐주는 이케다가 고마웠다. 생각해보면 관계
에서 오는 피로도가 설영을 위축되게 만들었는지도 모르겠
다. 설영에게 여태 이케다는 나쁜 사람이 아니라 불편한 사
람이었다. 아니, 사실 그게 관계에서의 위계를 만들어내는
전부겠지만. 물론 이제 한국으로 가게 될 수도 있으니까 이

케다를 대하는 게 한결 편해진 것도 사실이라 설영은 스스로 좀 웃기다 싶긴 했다.

"그런데 세츠에 선생, 그 논문 공저자 말이야. 왜, 의학사 전공한."

이케다는 잠시 무언가를 삼키는 표정이었다. 설영은 잠시 이쯤에서 자신이 셜록에게서 받은 메일에 대해 말해야 할까 생각했다. 이 타이밍을 놓치면 원치 않게 이케다를 속이는 일이 될 것만 같았다.

"그, 세츠에 선생도 소식을 접했나? 세츠에 선생과 공저자였던 그 사람이 약 5년 전 실종 상태였다는 것 말이지."

이케다 선생님, 저 사실 그 공저자에게 메일을 받았어요. 이 말을 하려던 설영은 순간 손에 쥐고 있던 찻잔을 놓칠 뻔했다.

"실종이라고요?"

하지만 셜록은 얼마 전 저에게 메일을 보내왔는데요. 지방에 있다고 했어요. 아마 셜록의 성격상 서울에 있는 사람들과 연락을 안 했겠죠. 그뿐일 거예요. 하지만 그 말들은 설영의 머릿속에서 무엇부터 꺼내 풀어야 할지 모르는 커다란 실타래를 만들고 있었다. 그사이 이케다는 확실히 설영도 이 사실을 모른다는 확신을 내린 모양이었다.

"뭐, 연구를 하다가 연락이 안 되는 경우야 흔하게 있긴 하다만, 어느 순간 출근을 안 한 모양이지. 게다가 박사 학위 논문이 표절 시비에 휘말린 상태였다고 하네."

"네? 표절요?"

"그래, 세츠에 선생과 빨치산 연구를 같이했던 의학사 전공한 그 이지연 씨 말이야."

이지연.

설영은 그 이름 앞에서 다시 입을 다물었다. 그래, 이지연. 이지연이었지.

너,

바로 셜록.

6년 8개월 전, 나를 두고 사라진 너.

마치 할머니처럼, 그리고 신바처럼.

너, 셜록.

바로 이지연.

· 제5장 ·

서울, 이번 추리소설의 무대

＊

　세상에 같은 얼굴이 있을까.

　연정은 아까부터 삼십대 후반 여성의 얼굴을 한 찰흙상
앞에 서 있었다. 이 찰흙상이 처음부터 지금의 이 얼굴을
한 건 아니다. 아무것도 없는 납작한 찰흙에서 서서히 변화
한 거였다. 같은 얼굴을 또 만들 수 있을까? 아무리 닮았다
고 해도 그건 같은 얼굴이 아니다. 물론 성형학적으로는 연
정의 생각이 틀린 것일지도 모른다. 하지만 연정은 그럼에
도 같은 얼굴은 없다고 생각했다. 사람들은 표면적 생김새
만으로 서로의 얼굴을 구분 짓는 건 아니니까. 상대의 눈빛,
입술의 움직임, 표정으로 보여지는 특유의 반응들. 흔히 '살
아온 삶이 얼굴로 드러난다'고 말하는 건 다 그런 이유 때

문일 것이다. 그러니 이 '얼굴'은 오로지 인간만이 갖는 것은 아닐지언정, 한 인간의 '특이성'과 '변화'를 동시에 갖고 있다는 점에서 굉장히 특별한 신체인 것만은 사실이었다.

그래, 인간의 얼굴.

그런 게 인간에게 얼굴 말고 또 있을까.

연정은 찰흙으로 빚은 얼굴에서 서서히 시선을 돌려 거울에 비친 자신의 모습을 바라봤다. 외적인 얼굴의 모양새가 전부가 아니라고 했지만 과연 연정은 자신의 소중한 사람이 다른 얼굴을 하고 나타나면 단박에 그 상대를 알아볼 수 있을까. 아니, 설사 자기 자신이라도 말이다. 그것은 가능하기도 하고 가능하지 않을 수도 있다. 그리고 만약 그것이 가능하다면 기억 때문일 거라고 생각했다. 얼굴을 구성하는 것 중의 하나가 바로 인간이 품는 상대에 대한 고유의 기억이니까. 마음의 얼굴, 기억. 그리고 그 기억은 참 놀랍게도 한 인간의 얼굴보다 더 오래 인간의 곁에 남기도 한다. 가령 이런 형태로 도영이에 대한 기억을 불러오는 것처럼 말이다.

"존경하고 사랑하는 구연정 여사님. 우리 여사님, 셜록 홈스 알죠?"

"도영아, 셜록 홈스 모르는 사람 있을까? 그런데 갑자기 그건 왜? 시험 점수가 이 모양인데 추리소설이 왜 그렇게 좋냐고 내가 물어봐서 급하게 데리고 온 이름이 그거야?"

"여사님, 일단 이 이도영이 말 좀 들어줘봐요."

"그래, 어디 셜록 홈스로 나를 설득해봐, 이도영 님."

연정은 사뭇 진지한 표정의 도영을 보다 얼핏 처음 도영을 만났던 그때를 떠올렸다. 도영이가 네 살 때 연정은 도영이 아빠인 전남편과 결혼했다. 도영이가 태어난 직후 도영이를 낳아준 사람과 전남편은 갈라섰다고 했다. 그래서일까, 도영이는 처음엔 영 낯을 가리더니 점점 연정의 껌딱지가 되어 자랐다. 어릴 때 빼고는 거의 엄마라고 부르지 않았지만 오히려 사랑이 넘치는 말투로 연정에게 온갖 명칭을 가져다 붙였었다. 도영이가 그럴 만큼 연정은 도영에게 무조건적인 사랑을 주는 사람이기도 했다. 도영이 좋아한다면 일단 오케이, 전남편을 속여서라도 도영이 편이었다. 그런 연정과 도영이 오랫동안 한배를 탄 것 중 하나가 바로 추리소설이었다. 도영이는 유달리 추리소설을 좋아했다. 연정도 최대한 도영이의 취향을 존중해서 학교 밖 소설 창작 수업까지 몰래 듣게 해줄 정도였다. 하지만 아마, 그날은 전남편에게 둘러대기 어려울 정도로 도영이의 시험 점수가 바닥을 친 날이었을 것이다. 대체 추리소설이 왜 그렇게까지 좋아? 탐정이 뭐가 그렇게 좋아? 이 말은 사실, 도

영아, 이 엄마 좀 도와줘,를 달리한 말이었다. 너네 아빠가
너 기숙학원에 넣어버린대. 연정의 이런 마음을 아는지 모
르는지 도영이는 헤헤 웃더니 저런 질문을 하는 거였다. 연
정이는 그래도 도영이 덕에 웃는다 생각하며 잠자코 도영
이의 다음 말을 기다렸다.

"왜, 사람들은 셜록 홈스가 주인공인 줄 알잖아, 여사님?
사실 그거 왓슨이 주인공이라는 거!"

"어? 왓슨은 셜록 친구잖아. 사건 추리 능력도 셜록이 천
재적이고."

그때 연정은 도영 때문에 드라마 〈셜록〉까지 마스터한
직후였다. 혹시 자신이 원작 소설을 본 지 오래돼서 헷갈리
고 있나 생각할 때였다.

"우리 여사님, 왓슨은 기록자래요."

도영의 말에 의하면 그랬다. 드라마든 영화든 소설이든
왓슨은 늘 무언가를 기록한다고.

"셜록 홈스 만든 코넌 도일이요, 원래는 의사였대요. 그
런데 경찰을 못 믿어서 직접 추리해보기로 하다가 결국 추
리소설 쓴 거래요. 난 그래서 추리소설이 좋더라. 탐정도 좋
고. 현실에서는 맨날 나쁜 놈만 이기잖아요."

그러면서 도영이는 큰 비밀이라도 말하는 것처럼 연정의
귀에 얼굴을 가져다 대고 말했다.

"그래서 사실 코넌 도일의 분신은 셜록이 아니라 왓슨이래요. 기록하는 자."

연정은 그때 두 가지 생각이 들었다. 공부에는 관심이 없는 도영이 웬일로 그렇게 영어를 공부했는지 그 의문이 풀린 것이 첫번째. 두번째는 셜록 홈스에 대한 생각이었다. 왓슨은 어떤 그럴듯한 추리를 해내거나 사건을 해결하진 못하지만 기록하고 보관한다. 물론 사실 그대로를 베껴 쓰는게 아니라 왓슨 나름대로의 재구성물로. 그게 아마 소설이었을 것이다. 코넌 도일이 만든 진실을 추적하는 방법으로의 탐정소설.

연정이 아무 대답 없이 서 있자 도영은 연정이 자신의 이야기에 흥미를 느꼈다고 생각한 모양이었다. 물론 관심이당긴 것도 사실이었지만 연정은 그게 도영이 하는 이야기라서 더 집중해서 들은 거였다.

"사랑하는 연정 아줌마, 그래서 코넌 도일은 더 이상 말할 진실이 없다고 느낄 때 시리즈를 끝냈대요. 셜록을 죽인거죠."

그다음 이야기는 연정도 알고 있었다. 시간이 지나도 여전히 무능한 법 앞에서 코넌 도일은 다시 펜을 든다. 연정과 도영은 동시에 입을 열었다.

"하지만 결국은 셜록을 되살리는구나?"

"하지만 결국은 셜록을 되살려요."

그래, 도영아. 그런데 이제 너는 그 얼굴에서 멈춰버렸지. 그건 좋은 점이라고 할 수도 있을까, 살려내지 않아도 늘 살아 있는 것만 같으니까. 연정은 가만히 감았던 눈을 뜨고 주위를 둘러보았다. 어느새 도영이는 사라졌고 자신은 병원의 진료실에 앉아 있었다.

연정은 잠시 화면에 띄워놓은 자신의 메일함을 바라보았다. 그러다가 깊은 한숨을 내쉬었다. 어째서 누구에게도 상의할 수 없는 일이 생기면 자꾸만 도영이를 찾는 건지…… 다행히 마지막 환자까지 모두 진료를 마친 후였다. 긴장이 풀리기 시작하니 오히려 두통이 몰려오는 것만 같았다. 연정은 가만히 오늘 일정을 되감아보았다.

강남에 수많은 성형외과가 있지만 상대하는 고객에 따라 바쁜 날은 천차만별이었다. 인근에서 알음알음 광고나 이벤트를 보고 온 환자들은 주로 여드름 치료나 보톡스, 콜라겐이나 필러를 찾는 정도였다. 연정도 당연히 이리저리 옮겨 다니는 환자들보다 꾸준히 병원을 찾는 환자들에게 더 관심이 갔다. 텐프로가 가장 좋아하는 여자가 원장님 아니겠어요? 실제 연정은 이미 업소에서 소문이 자자하다고 했다. 물론 그들은 연정이 조금씩 프로포폴의 양을 조절한다는 사실을 몰랐을 것이다. 업소에서 일하는 사람들은 수술이나 시술을 받기 위해서 병원을 찾기도 했지만 간혹 잠을 자기 위해서 오기도 했다.

"저, 다 잊고 좀 자고 싶어요. 기억 좀 안 나면 좋겠어요, 오늘 일들."

처음에 연정은 그게 무엇을 의미하는 건지 몰라서 헤맸다. 불면증이라면 정신과를 예약해서 체계적인 치료 끝에 수면제를 처방받아야 하는 거니까. 상담실장이 깜박했다며 이야기해주기 전까지는 말이다.

"그쪽 업계 스트레스가 장난 아니잖아요. 난 좀 다 웃겨. 거기서 놀 거 다 놀고 욕하는 남자들도 그렇고. 여기도 업소 사람들 오는 거 소문나면 다른 환자들이 질색팔색하잖아요. 어이없는 거 같애, 복잡들 하고. 거기만큼 얼굴대로, 몸대로…… 아, 요즘은 학벌하고 집안도 따진다면서요? 하여간 이렇게 값 매기고 계급 따지는 데가 어딨겠어. 근데 말이에요, 애당초 업소 같은 거 찾는 남자 없었으면 이게 생길 직업이었나 싶어요. 이렇게 사람 몸으로 계급 나누는 거, 있었겠어요?"

흥분해서 팔짱까지 끼고 기막혀하는 상담실장을 보고 연정이 조금 웃었을 때였다.

"아휴, 원장님. 어쨌거나 우리한테는 큰손님이잖아요. 그 언니들 밤에 일하니까 낮에는 최대한 자둬야 하는 거고. 뭐 얼굴도 관리받고 잠도 푹 잘 겸 오는 거죠."

상담실장 말대로 업소야말로 가장 계급이 분명한 곳이었다. 이유도 천차만별이라서 나서서 업계에 뛰어든 사람도 많았고 빚 때문에 끌려온 사람도 있었다. 처음에 연정은 판단이 사실 잘 서지 않았다. 하지만 할 말이 없는 쪽이긴 했다. 연정도 어떻게 보면 이제 그 사람들로 먹고사는 처지였다.

실질적으로 코로나19 이후에 휘청이는 병원이 많았고 연정이 근무하는 곳도 처음엔 좀 힘들었다. 일본인과 중국인이 빠진 자리는 생각보다 컸다.

"한국인들 정말 무례하고 별로지만 얼굴은 참 예뻐요."

연세가 지긋해 보이던 일본인 남성 환자가 그런 말을 한 적이 있었다. 한국인 여성 의사인 연정에게 그는 1980년대엔 기생 관광을 하러 한국에 왔었다는 말을 하기도 했었다. 연정이야말로 무례하던 그 환자를 쫓아낼 수 없었던 건 그가 VIP 시술만 골라 받았기 때문이었다. 당시 연정은 그 일본인 남성이 본인이 갖고 있는 무기를 잘 알고 있는 사람이라고 생각했다. 물론 코로나19 이후엔 그런 얼떨떨한 기분 나쁨도 병원의 입장에서는 그리워해야 할 지경으로 매출이 떨어졌었다. 그나마 연정이 다니는 병원이 버틴 이유는 다 업소 종사자들이 프로포폴을 맞으러 와줬기 때문이었다. 그러니 상담실장의 표현대로라면, '텐프로가 가장 사랑하는 여자'라는 연정의 입지가 병원에서 갑자기 올라갈 수밖에 없었다. 하지만 그럼에도 연정은 프로포폴 용량을 최소한으로 줄여서 투여했다. 중독의 위험이 있었기 때문이다. 어느 순간부터 대표원장은 연정이 프로포폴 용량을 줄인다는 걸 알면서도 묵인해줬다. 연정은 그럼에도 여러모로 기분이 좋지 않았다.

"결국 여자들 돈으로 먹고살면서 여자들한테 정말 박해요, 이 업계."

상담실장의 말은 이번에도 정확하다랄 수밖에 없었다. 연정은 알고 있었다. 의사들 사이에서도 성형외과와 피부과는 인기가 있었다. 아무리 의대 다닐 때 공부를 잘했다고 해도 이 업계에서는 그게 다가 아니었다. 미에 대한 감각이 있어야 했고 무엇보다 외모에서 비롯된 정신적 스트레스가 심한 환자들이 있는 곳이라 그들의 마음에 공감할 줄 아는 것도 중요했다. 그 때문에 많은 의사들이 나가떨어지는 곳이기도 했다. 연정은 자신에게 기회를 준 곳이라는 생각까지 더해져 정말 일 외에는 다른 생각 하나 없이 집중해서 일해왔었다. 하지만 시간이 갈수록 지치는 기분이 드는 것 또한 어쩔 수 없었다. 특히 오늘 같은 이야기를 들으면……

사실 오늘은 정말 여러모로 쉽지 않은 날이었다. 항상 연정에게만 진료 예약을 넣는 환자가 있었다. 1년 남짓을 봐왔는데 처음엔 손목을 세게 잡으면 멍이라도 들지 않을까 싶을 만큼 마른 사람이었다. 그러다 반년 전쯤엔 맞는 옷이 없다면서 지방흡입을 생각한다는 말을 할 정도로 갑자기 살이 붙었다. 하지만 한국에서 살아온 여성이라면 부모에게조차 외모를 평가당하고 평생 다이어트를 달고 사는 경우가 그렇지 않은 경우보다 많았다. 몸무게가 줄었다 늘었다 하는 건 아주 흔한 일이었다. 그러니 연정도 처음엔 별로 신경 쓰지 않았다. 환자가 자신의 이야기를 하기 전까지는 말이다. 그날 환자는 홀 케이크를 한 판 사 와서 연정의 책상 위에 올려놨었다.

"저, 환자 분들께는 따로 선물 안 받는데……"

"선생님. 저, 15킬로 쪘다가 이번에 10킬로 겨우 뺐어요. 이 케이크 한 판씩 먹고 찐 거예요. 그런데 저 또 이거 퍼먹고 싶어요, 요즘."

"건강에도 안 좋으시고 또……"

연정은 다음 말을 삼켰다. 상담실장으로부터 이 환자에 대한 이야기를 들은 적이 있었다. 대학 다니던 중 아버지가 하던 사업이 망해서 빚을 갚으러 업소에 뛰어들었다는 이야기였다. 왜 아버지 빚은 꼭 딸이 갚는지 몰라? 상담실장의 말에 연정은 반사적으로 자신의 가족을 떠올렸다. 가끔 어떤 사람의 말은 자신을 겨냥하는 것이 아닌데도 자신에게 하는 이야기처럼 들려왔다. 연정이 하려다 삼킨 말은 그것이었다. 업소에서 돈을 주고 관리시키는 걸 텐데 괜찮냐는 것.

"의사 선생님, 선생님은 그런 고민 없으시겠지만요, 저 좋아하는 사람 있거든요. 근데 일하면서 그 사람 못 만나게 됐어요. 이거 그 친구가 좋아하던 케이크인데 걔 생각날 때마다 먹으니까 살 엄청 쪘어요."

외모와 정신은 연결된 경우가 정말 많았다. 아무리 성형외과에서, 피부과에서 치료를 받아도 그 친구를 다시 만나는 것만큼 좋은 치료는 없을 것 같았다. 예전의 연정이었다면 동생 같아서 한마디라도 더 했을까. 하지만 이제 연정은 그저 매출에 신경 쓰는 월급쟁이 의사였다. 이후에도 환자는 연정에게 몇 번 더 진료를 받았고 어느 날 연정에게 이제 학교를 다시 다니게 되어 일을 그만둔다고 했었다. 그래서 발길이 끊어졌을 때도, 그저 이제 강남엔 올 일이 없나 보다 하고 말았었다.

"원장님, 그 환자분 말이에요. 케이크 가져오셨던."

"네, 그 환자분 왜요? 혹시 다시 폭식증으로 오신 거예요?"

"아뇨, 원장님. 그분, 자살 시도했대요."

"네? 자살이라니요? 거기서 무슨 사고라도 당하신 거 아니에요?"

"아이고, 구 원장님도 참. 밖에서 다 들어요. 목소리 너무 크다. 뭐, 그 바닥에 사건 사고가 좀 있긴 하지만. 이번에는 아니, 그게, 흔치 않은 사고예요. 사랑 사고네요."

"사랑이요?"

상담실장은 업소 쪽 사람들과 오랜 인연이 있어서 평소에도 이것저것 이야기를 전해주곤 했었다. 고객 관리 차원이니 어쩔 수 없기도 했고 연정도 들어두면 환자 상담할 때 나쁘지 않은 정보들이라 흘려듣지는 않았다. 상담실장 말에 의하면 사건의 개요는 이러했다.

"그 환자분, 동성애자라네요. 그, 뭐야, 레즈비언이라고 하나요? 여자들끼리 사귀는 거요."

"그럼…… 성소수자였는데 업소에서……"

"아이고, 정말. 오늘 구 원장님 이상하시네. 그 말을 왜 꼭 소리 내 하셔. 뭐, 집안이 기울었으니까. 그리고 집에서 알았겠어요?"

연정은 자신도 모르게 대체 그 집 가족은, 부모는 뭐 하느라 애를 사지로 몰았대요? 아이가 뭐 하고 다니는지도 몰랐대요? 소리칠 뻔하다가 겨우 멈췄다.

"친엄마가 아니라서 애가 죽는지도 몰랐나 보지."

그건 도영이가 죽었을 때 연정이 가장 많이 들었던 말이었다.

*

도영이가 죽었다.

나 구연정이 사랑으로 감싸 키운 내 아이 도영이가, 내 젊음 내 꿈 그 모든 것과 바꿔도 될 만큼의 안도와 기쁨과 마음을 주던 그 아이가 죽었다.

당연한 말이지만 단 한 번도 연정은 도영이가 죽는다는 생각을 해본 적이 없었다. 그저 연정은 자연스레 도영이가 자신보다 훨씬 오래 살 거라고 생각했다. 대학을 가고, 연애를 하고, 실연도 당해보고, 취직도 하고, 결혼도…… 결혼…… 그래, 어떻게 보면 세상 일에 당연한 건 없는데 모든 걸 너무 남들 기준에 맞춰 당연하게만 생각한 게 문제였을지도 모르겠다. 그 당연한 것이 너무나 어려운 사람들도 세상엔 많다는 걸 모르고 말이다. 그런 의미에서 연정은 자주 자신도 도영이를 따라 죽고 싶다고 생각했다. 아니, 죽을 값어치도 없게 느껴졌다. 죄가 있다고 느꼈다. 그래서 사람들이 자신에 대해 뒷이야기를 할 때도 입을 다물고 죽은 사람처럼 지냈다. 그 사람들에게 화를 내느니 도영이가 했던 무수한 질문을 다시 생각하는 편이 맞다고 여겼으니까. 당시엔 그저 엉뚱하게만 느껴졌던 도영이의 이런 질문들 말이다.

"아줌마, 우리 아빠 좋아하죠?"

"글쎄."

"왜 그럼 같이 살아요?"

"도영이도 아빠 좋아하지? 근데 날마다 붙어 있지는 않잖아."

"그렇구나. 일리 있다. 그거."

"나는 일리 없는 말은 안 해."

"그럼 내가 좋아하는 사람이랑 못 사는 것도, 그것도 그렇게 불쌍한 건 아니에요?"

"응?"

연정이 도영이의 죽음 이후 뒤늦게 공부를 해가며 알게 된 사실이 하나 있었다. 퀴어 자녀를 둔 헤테로 부모들은 징후가 있어도 그 사실을 잘 인지하지 못한다. 일단 그들에겐 전혀 존재하지 않는 세상이기 때문에 설사 자녀들이 은연중에 드러내도 무의식적으로 부정하는 경우가 많다. 지나고 보니 연정 자신이 그랬던 게 아닌가 싶었다. 그때 도영이 말의 의미를 조금 일찍 알았더라면 다른 대답을 해줄 수 있었을까? 그러니까 조금 더 솔직한, '나는 네 아빠를 정말 많이 사랑했단다' 같은 대답 말이다. 하지만 연정은 도영의 말에 잔뜩 장난기 어린 목소리로 도영아, 이 나이까지 사랑으로 가슴 떨리면 병이야, 하고 말았었다. 하지만 그것도 참 이상한 대답이긴 했다. 그럼 대체 결혼이라는 게 뭘까.

연정은 그때까지만 해도 자신이 정말 무언가를 완벽하게 잘 아는 줄 알았다. 사랑도, 결혼도, 이 세상도, 그리고 도영이까지 모두 다 잘 안다고 생각했다. 결혼은 무덤,이라는 말은 언제든지 결혼을 할 수 있는 사람들만 할 수 있는 농담이라는 것도 그땐 몰랐다.

"아줌마, 내가 여자가 아니었다면 나도 그 애랑 결혼할 수 있었겠죠?"

연정은 한동안 그런 생각을 했었다. 도영에게 한 번이라도 왜 그런 말을 하냐고 되물어봤다면 많은 것이 달라졌을까. 아니, 연정은 설마설마하며 절대 그러지 않았을 거다. 그 생각은 도영이보다 더 오래 연정을 따라다니는 것 같았다. 연정은 한동안 길에서 도영과 비슷한 나이의 교복을 입은 아이만 봐도 도영의 목소리가 들리는 것 같았다. 시간이 흐르는 게 다행인지 불행인지 모르겠지만 이제 도영이는 예전만큼 시도 때도 없이 연정 앞에 나타나진 않았다. 다만 연정의 마음에 맺혔던 장면들로만 다시 나타났다.

"연정 아줌마."

"오늘은 또 왜."

"난 추리소설이 좋긴 한데, 솔직히 불만 있어요."

"무슨 불만?"

"탐정이 다 남자라는 거."

"그때는 여자가 탐정이 못 됐나 보지."

"에이, 그런 게 어딨어요. 내가 추리소설 쓰면 탐정은 무조건 여자로 설정할 거예요. 그건 그렇고, 찾아보니까 김명순이라는 사람이 일제 시대 때 추리소설 썼더라고요."

"그래? 난 처음 듣는 이야기네. 그런 걸 어떻게 다 찾았대. 왜 난 몰랐지?"

"그 김명순 말이에요."

"응, 그 소설가가 왜?"

"사귀던 남자한테 데이트 폭력 당하고 자살 시도했는데 사람들은 오히려 그 작가가 몸을 막 굴렸다고 손가락질했대요. 그리고 표절한 작가로 몰았대요."

연정은 그저 도영에게, 지금은 김명순이 살던 때보다 세상이 좋아졌으니까 신고도 할 수 있고 그런 일은 더 없을 거라고 했다.

그런 일이 더 없을 거라니, 그런 일이 더 없을 거라니……

연정은 가만히 눈을 감았다.

구 원장님! 원장님? 나 보여요? 연정이 다시 진료실로 돌아온 건 상담실장이 눈앞에서 손을 몇 번 흔들어 보였기 때문이다. 아휴 우리 구 원장님 또 도영이 생각하나 보다. 맞는 말이었다. 상담실장의 다음 말이 아니었다면 점점 더 그 생각에 빠져들었을 것이다.

"메시지 와서 나가봐야겠다. 아, 근데 구 원장님. 정말 그거 구 원장님이 보낸 거 아니죠? 그 뒤는 원장님이 처리하신다고 해서 그냥 모른 척하기는 했는데."

"어떤 거요?"

"아니, 뭐야. 그, 셜록 말이에요. 셜록과 왓슨."

연정은 씩 웃어 보였다. 적어도 오늘은 바빠서 저 아닌 것 같아요. 연정의 말에 상담실장은 입을 한 번 삐죽 내밀며 나갔다. 상담실장이 나간 자리를 바라보며 연정은 중얼거렸다.

"뭐, 셜록이나 왓슨은 몰라도 한 명을 알긴 알죠. 이 메일에 관련된 이야기를 아는 사람……"

연정은 자신의 책상 위에 놓인 추리소설을 바라봤다. 이번에는 레이먼드 챈들러였다. 사랑하는 사람을 잃고 기억까지 잠시 잃었던 '도둑신부'가 이미 죽어버린 자신의 사랑을 대신해 세상에 복수하는 내용.

소설의 제목은 "기나긴 이별".

연정은 소설을 가방 속에 넣고 의사 가운을 벗었다. 명찰은 책상 서랍 속에 깊숙하게 넣었다. 셜록도 아니고 왓슨도 아니지만 이 이야기를 아는 사람을 만나러 갈 시간이었다.

*

"아주 술꾼이네."

"어, 선배. 오셨어요?"

한여름의 초입, 연정이 북적이는 맥줏집에 먼저 자리를 잡고 5백 시시 맥주 한 잔을 주문한 직후였다. 연정은 농담을 인사 대신 건네는 지윤을 보고 미소를 지었다. 노가리에는 맥주, 여름엔 길에서 생맥,이라는 공식을 가르쳐준 건 정작 지윤이었으니 말이다.

"응, 아유 미안해. 막 나오려는데 문의가 좀 길어질 수밖에 없는 수술 건이 들어왔지 뭐야. 나랑 수술 실장 둘이 하다 보니 이래."

"평일에는 저도 없으니까. 선배 안 힘드세요?"

"아유 구연정아, 의사가 힘들다고 하면 한국 사람들 다 어떻게 사니. 아, 나 이런 말 해서 의사 동네서 왕따인가?"

지윤은 그렇게 말하곤 씩 웃어 보이더니 카운터를 향해 손을 크게 흔들었다. 연정에게 여기 가 있으라고 먼저 말한 것도 지윤이었다. 동네 단골이라 그런지 주인은 알아서 따라 마셔요 하는 입 모양을 해 보였고 지윤은 아니, 우리 할머니 그냥 장사 아주 날로 해. 부자야, 아주. 장난스러운 말투로 그렇게 투덜거린 후 잠시 자리를 떴다. 이윽고 맥주 한 잔을 손에 들고 나타났다.

"맞다. 연정아, 너 아직 그 동네 살지?"

"아, 네. 저 용마산이요. 건대입구역에서 몇 정거장 아래 있어요. 7호선 타면 그래도 강남 가까우니까요."

"하긴, 강남 너무 비싸서. 의사도 봉직의 월급이면 부모가 뒤 좀 봐줘야 가능하니까, 그 동네."

"네, 저는 그런 부모는 없고 빚은 많잖아요. 지금 집 대출 이자만 해도 버거운데요, 뭐."

"연정아, 너 그런 부모 없고 빚 많은 거 내 앞에서 할 소리 아니다? 넌 보내야 할 위자료는 없잖나. 난 병원 빚에 애들 앞으로 들어가는 돈까지 해서 어디 내놔도 뒤지지 않는 빚 경력이 있는 몸이야. 야, 근데 나도 참 생각해보면 그래. 이렇게 내 코가 석 잔데 내가 그런 동네에서 지금의 병원을 만들어보겠다고 설쳤으니. 얼마나 나 꿈을 호되게 꾸고 산

거니?"

연정은 그런 지윤을 보며 웃었다. 지윤이 미국에서 막 들어왔을 때, 강남에서 지윤의 실력은 소문이 자자했었다. 워낙 수술 실력이 뛰어나서 대표원장이 지윤의 수술을 보러 들어올 정도였다. 그때도 지윤은 강남에서는 드물게 성전환 수술을 진행했었다. 하지만 병원에 성소수자가 드나든다는 소문이 퍼지자 다른 환자들이 분리를 요구하는 일이 벌어졌다. 에이즈 걸리면 어떡하냐고 얼토당토않게 항의하는 환자까지 생겨났지만 지윤은 좌시하지 않았다. 그 사람들 여러분처럼 다 자기 돈 내고 정당하게 오는 거라고 에이즈랑 동성애가 직접적 관련이 있는 건 아니라고 설명했다. 사과를 기대했던 사람들의 표적이 이번엔 지윤으로 바뀌었다. 남편의 폭력 때문이었던 이혼이 지윤의 동성애 때문이라는 헛소문이 돌았다. 누군가 병원 게시판에 그걸 올렸고 병원은 말 그대로 난리가 났다. 지금의 연정이라면 나서서 옹호 글이라도 올렸을까. 그랬다면 그 난리는 곧 잠잠해졌을까. 하나는 맞고 다른 건 아니었을 것이다. 연정이 이 사실을 그때 알았다면 어떻게든 지윤을 대변했을 것이다. 하지만 그렇더라도 그 사람들과 업계가 잠잠해지지는 않았을 것이다. 소문은 이상하게 흘러서 지윤이 에이즈 감염자라는 유언비어까지 돌았고 강남 바닥에서는 더 이상 일하기가 어려워졌다. 하지만 그때 지윤은 오히려 하나를 깨달았다고 한다. 초등학교 입학부터 남자아이들은 여자아이들을 욕할 때마다 '창녀'라는 말을 입에 달고 살았다. 성판매 여성을 비하하는 그 말, 그것은 여성 전체를 비하하는 데 스스럼없이 쓰였다. 그건 사회에서도 마찬가지였다. 사람들은 자신이 혐오하는 대상을 혐오하는 존재에게 뒤집어씌운다. 지윤에 대한 헛소문을 낸 사람들은 지독한 퀴어·여성 혐오자였을 것이다. 그리고 확실히 지윤은 그런 혐오의 반대편에 서 있고 싶은 사람이었다. 지윤은 아예 자신의 명의로 병원을 차렸다. 연대도 없고 친분도 없어도 되는 곳. 지윤은 종종 연정에게 업계를 그렇게 표현했다. 오직 중요한 건 상대하는 고객이 겹치나 안 겹치나였다. 지윤은 강남에서 나가자마자 마음이 편해졌다고 한다. 물론 병원 빚은 줄어들 기미가 안 보였지만 말이다.

"뭐 다 좋은데 여기서 멀긴 멀다. 오늘은 일하러 온 것도 아니라서 마음에 걸리네. 근데 오늘만 봐줘라, 담에 내가 적어도 강남까지는 나가줄게. 별로 정붙일 동네는 아니지만."

연정은 지윤을 만나면 긴장이 풀리는 느낌이 들었다. 지윤 말대로 연대도 없고 친분도 없는 동네라 그런지 아니면 이른 결혼이 문제였는지는 모르지만 연락하고 지내는 의대 동기가 거의 없었다. 물론 있어도 마음이 편하지 않았다. 사연 있는 사람이란 어디서나 그랬고 대부분의 구성원이 안정적인 사회에서 연정처럼 사연 있는 사람은 얼핏 이상한 사람이 되기 쉬웠다. 그런데 연정은 지윤을 만나면 좀 편안했다. 화장을 잘 안 하는 연정이 풀 메이크업을 하고 외출한 날, 돌아와 겨우 화장을 다 지우고 침대에 드러누울 때의 기분이랄까. 지윤의 악의 없음이 연정의 맨얼굴을 드러내게 할 때가 있었다.

"아니에요, 선배. 저 오늘 어차피 바로 집에 가서 쉬는 날 아니었어요."

"아, 그러고 보니 오늘 그날이구나. 도영이한테 잘 다녀왔어?"

"네. 참, 도영 아빠가 선배한테도 안부 전해달래요. 그리고 이거 주더라고요. 환자분이 홍삼 대리점 사장님이신데 많이 주셨다고."

"어휴, 그 선배는 무슨 의사가 이렇게 영양제를 대놓고 좋아해?"

"엉뚱한 면 있는 편이지요."

"뭐, 나는 네가 그래서 좋아했구나 싶었어. 그 선배에게 있는 엉뚱한 면. 가끔 돈 없는 환자들 무료로 수술시켜준다거나 하는 거. 사실 나는 이혼해봐서 알잖아. 이혼한 부부 자꾸 재결합 엮으려고 하면서 조강지처니 본처니 이런 말 붙

이는 사람들, 너무 심각하게 착각하고 판타지 속에 있다는
거 말이야. 그래서 이혼한 사람들한테 뭐 과거에 좋아했느
니 말았으니 이런 말조차 안 하고 싶은데…… 나는 네가 아
예 사랑 없이 누구랑 살 수 있는 사람은 아닌 거 같았거든."

지윤이 남들은 너가 돈 보고 결혼했다고 하지만 난 아니
라는 거 알았지,라는 말을 빼놓고 사랑을 일부러 강조했다
는 것을 연정은 알고 있었다. 연정은 고맙다는 말 대신 괜
한 너스레를 떨었다.

"도영 아빠가 들으면 섭섭하겠는데요? 은근히 자부심 있
잖아요. 지금도 자기 좋아하는 여자 많다고 그러는 걸요."

"얘, 연정아."

"네?"

"그런 걸 보고 하는 말이 있어. 뭔 줄 아니?"

"무슨?"

"한남. 야야, 웃지 마. 솔직히 한국에서 잘나가는 엘리트
남자 중에 재혼 어려운 사람 봤니? 몇 살이 됐든 그거 초월
이야. 여자만 힘들지. 여자는 자기 애 키워도 된다고 하면
아주 고마워서 절이라도 해야 하는데 남자는 자기 애 키워
주는 게 뭐 당연한 옵션인 줄 알잖아."

연정은 흥분해서 턱까지 벌게진 지윤을 보고 다시 웃음
이 터졌다. 하지만 연정이 웃은 건 공감되지 않아서가 아니

었다. 지윤 말대로 도영이를 낳은 전남편의 전부인은 전문
직은 아니었지만 그래도 양육비를 꽤나 많이 보냈다. 성품
도 바른 사람 같았는데 전남편 앞에서는 그저 죄인처럼 굴
었다. 연정의 눈치도 많이 보는 것 같았다. 처음에 연정은
합의이혼에 서로 사이가 나쁜 것도 아닌데 왜 그러나 싶었
는데 도영이를 키우면서 낳아준 그 사람에게 많은 동질감
을 느꼈다. 도영이가 어디서 무릎이라도 까지면 두 여자가
동시에 죄인이 되는 기분이었다. 아이가 좋은 성적을 받아
오면 그것은 그것대로 서로 눈치를 봐야 했다. 도영 아빠는
도영이에 관련한 중요한 일은 낳아준 그 사람과만 대화했
기에 연정은 가끔 자신이 그저 빨래하고 밥해주는 사람이
된 기분이 들기도 했다. 그때 연정은 전남편을 보면서 그런
생각을 했다. 정말 사랑하는데도 이해 못 할 이 다름은 뭘
까. 그럴 때면 아이는 중간에서 저 혼자가 됐다. 연정의 마
음에 깊이 남은 하나가 그거였다, 도영이와는 기쁨도 슬픔
도 마음껏 나누지 못했다는 것.
　사실 그래서 도영이가 사춘기가 되었을 때 연정은 좀 기
뺐다. 도영이는 제 엄마나 아빠보다 연정에게 비밀을 많이
말했고 둘만의 이야기가 생기기 시작했으니까. 남편을 거
치지 않아도 되는 이런 말들 말이다.

"구연정 여사님, 친엄마의 의미가 뭔 줄 알아요?"

하루는 도영이 그런 말을 하기에 연정은 긴장했었다. 자신이 뭔가 못 해준 게 있으려나 했는데 도영이가 씩 웃더니 그렇게 말했었다.

"친엄마의 의미는 친한 엄마. 구연정 여사님은 뭐, 나랑 절친이시지."

그렇게, 연정은 도영이와 이야기하면서 겨우 그 집에서 숨을 쉴 수 있게 되었다. 하지만 그런 도영이가 왜 그 일에 대해선 말하지 못했던 걸까. 자신이 동성애자인 걸 알고 약점으로 잡아 괴롭히는 남학생들이 있었다는 것을…… 무서웠던 걸까. 엄마인 내가 도영이 너를 못 지켜줄까 싶어 그랬니. 아니면 나도 너를 싫어할까 봐? 도영이 죽고 나서 연정은 처음 몇 달간은 그런 말도 안 되는 원망의 마음이라도 품으며 숨을 쉬어보려고 노력했다. 하지만 시간이 흐르고 연정은 원망 대신 인정하는 마음을 가지게 되었다. 그건 도영이 죽었다는 것에 대한 인정이 아니었다. 그저 이제 연정의 숨통을 틔워준 사람이 없으니 연정이 숨을 쉬려면 그 집에서 나와야 한다는 것에 대한 인정이었다. 갑작스럽게 떠오른 도영의 생각에 연정이 깊은 한숨을 내쉬었을 때였다. 지윤은 이해한다는 듯 시선을 바닥에 두다 이내 연정의 손을 잡아주었다.

"연정아, 도영이 생각하니?"

"네, 뭐. 이제 아주 떨치고 살기는 어려울 것 같아요."

"그렇지. 사실 잊는다는 말은 안 맞아. 기억이 희미해지거나 익숙해지는 거지. 아예 잊는다는 게 어디 되니……"

"그러게요. 그런데 선배, 저 오늘은 일 이야기 조금만 해도 될까요?"

"아휴. 구 원장님, 일이라뇨? 저 퇴근한 지 한 시간도 안 되었거든요?"

고개를 저으면서도 지윤은 말을 이어보라는 듯이 손을 몇 번 흔들어 보였다. 연정은 잠시 손을 들어 맥주 한 잔을 추가 주문하고는 가방에서 쪽지 하나를 꺼내어 지윤에게 내밀었다. 뭐야, 추리소설 마니아께서 주는 의뢰서인가? 그렇게 말하며 연정을 놀리던 지윤은 쪽지에 씌어진 글을 읽고 고개를 갸웃했다. 예상했던 반응이라는 듯이 이번엔 연정이 휴대폰으로 자신의 메일 계정을 열어 보였다. 연정에게서 휴대폰을 넘겨받아 메일을 읽던 지윤의 표정이 심상치 않게 변했다. 잠시 후 연정이 보여준 두번째 메일까지 다 읽은 지윤이 맥주를 조금 마셨고 팔짱을 끼며 얕은 한숨을 내비쳤다.

"그때 그 환자분인 거지? 네가 수술했던 첫 환자."

"네, 그 환자분이 맞는 거 같아요. 아니, 맞아요. 제가 선

174

배 병원에서 처음으로 수술을 맡은 환자이기도 하고 저랑 여러모로 비슷한 지점이 있어서 이런저런 이야기를 나누기도 했거든요. 그래서 더 정확히 기억나요."

"나도 기억나. 네가 그때 말했었잖아. 직업이 의학사 전공하는 연구자라고. 의대 졸업하고 의학사 전공하는 사람 거의 없어서 네가 놀라워했잖아."

"네, 선배도 아시다시피 한국에서 의학사 전공하는 사람 몇이나 되겠어요?"

"응, 너나 그 분야 좀 알지. 특히 의대 나와서 의학사 전공하는 사람, 미국이나 일본은 몰라도 한국은 정말 몇 없잖아. 돈 전혀 안 되니까. 너 그때 그 이야기 하면서 꽤나 흥분했었던 것도 떠오르고. 너랑 관심사 비슷해서 그런지 이야기가 통한다고. 근데 기록을 다시 확인해보긴 해야겠지만, 그때 수술 잘되지 않았었니?"

"저도 그렇게 기억해요. 본인도 만족하셨고요."

"그런데 지금, 그 환자분이 지금껏 실종 상태라는 거지? 더군다나 논문은 표절 시비라고? 너도 받았다던 그 논문 아니니?"

"네, 저도 그거 읽고 줄곧 마음속으로 응원하고 있었거든요. 저는 못다 한 일이기도 하고…… 그분의 행적을 공식적으로 확인할 수 있는 마지막 기록이 저에게 수술받은 것이

고요. 그래서 선배, 그 환자 기록이요. 저 다시 한번 확인하
고 싶어서요."

지윤은 팔짱을 풀며 깊은 숨을 한 번 내쉬었다. 경찰에
신고하지 그러냐는 말이 별로 의미 없는 상황인 게 빤했다.
인터섹스나 트랜스젠더의 경우 가족과 연락을 잘 안 하는
편이기 때문에 신고가 별 도움이 안 될 때도 많았다. 하지
만 지윤은 연정이 이렇게 이 일에 나서려고 하는 이유를 알
것 같아서 더욱 마음이 착잡했다. 도영이. 연정이 키운 전
남편의 아이. 도영이는 열넷이 되던 해 죽었다. 지윤에게도
그 소식이 들려올 정도였으니 대단한 화젯거리이긴 했던
것 같다. 그때 들은 말은 이거였다. 도영이가 학교에서 여러
남학생과 성관계를 가졌고 그러다 선생님에게 들켜서 자살
을 했다는 것. 연정과 다시 연락이 닿고 나서 지윤은 그 사
건의 진실을 알았다. 도영이는 집단 성폭행을 당했고 그 쇼
크로 사망한 뒤 물탱크에 버려졌다. 지윤은 아무런 표정 없
이 그 말을 하던 연정을 기억한다. 사실 인간의 얼굴은 가
장 많은 의사 전달을 할 수 있는 신체 기관이다. 그래서 수
화를 할 때 표정까지 언어로 포함한다. 그런데 그때 연정은
마치 얼굴을 영영, 한 인간의 언어를 영원히 잃어버린 사람
같았다. 지윤은 그런 연정을 보며 마음이 아팠고 또 이 세
상에 화가 치밀었다. 설사 도영이가 여러 남학생과 성관계

를 가졌다고 한들, 지윤의 입장에서는 그게 무슨 흥인가 싶었다. 무엇보다 딸을 잃은 연정의 슬픔부터 헤아릴 만도 할 텐데 역시나 한국 사회는 그렇게 만만한 곳이 아니었다. '혹시 그 애가 죽길 기다린 거 아니야? 자기 애도 안 가지고 이상하잖아?' '구연정 집안이 좀 많이 딸리잖아. 남자 돈 보고 결혼했겠지, 뭐.' 이런 말까지 돌았을 때 지윤은 졸업생 단톡방을 나와버렸다. 그래서 얼마나 더 무슨 말과 증거가 돌아다니는지는 모른다. 하지만 하나는 알 것 같았다. 아이를 낳고 키워보지 않은 연정이 도영이를 키우며 자기 기준에서 얼마나 최선의 최선을 다했는지 말이다. 아이를 처음 키울 때를 생각하면 그랬다. 아이를 낳은 것만으로 엄마가 되는 게 전혀 아니었다. 애를 낳았다지만 지윤 자신도 아무것도 몰랐다. 그러니 연정과 지윤은 그냥 똑같은 초보 엄마였다. 모두가 그랬다.

지윤은 연정이 처음 수술을 맡던 날 혼잣말하듯 중얼거렸던 것을 기억한다.

"엄마가, 엄마가 살려줄게. 엄마가 다 해줄게. 엄마가 너 살게 해줄게."

한참 후에야 지윤은 연정의 말이 무슨 의미인지 알았다. 도영이 마지막 순간에 문자를 보낸 사람은 연정이었다고 했다. 아줌마 살려주세요. 엄마, 나 살고 싶어요, 엄마가 나 좀 살려주세요. 그 문자에는 이렇게 적혀 있었다고. 연정은 도영이를 부검하고 싶어 했다. 성폭행의 흔적을 찾기 위해서였다. 물론 그것은 연정에게 없는 권한이었다. 한국에서 법이라는 건 무조건 친자 중심이었다. 생물학적인 부모가 아이를 버려도 친자 포기 각서를 받아내지 않으면 별도리가 없으니까. 연정은 동화에서조차 '나쁜 년'으로 자주 나오던 '계모'일 뿐이니까. 그래, 그런 계모도 있다. 하지만 그런 계모가 아닌 사람도 있다. 사람들의 시선이 그런 계모를 만드는 것일지도 몰랐다. 거기까지 생각했을 때 지윤은 연정이 말하는 그 환자가 선명하게 떠올랐다. 연정이 처음 맡은 환자라서 지윤도 각별하게 생각했었다. 하지만 분명 그때 그 환자는 이미…… 지윤은 살짝 고개를 저었다.

"연정아, 내 기억이 잘못된 건지 모르겠는데 그 환자분. 그때도 실종 신고 네가 한 번 하지 않았니? 그냥 경찰에 다시 좀더 강력하게 도움을 요청하는 게 어떨까? 나 아는 사람 찾으면 경찰 쪽 한 명은 있을 거고."

지윤은 이 말을 하면서도 자신의 행동이 기만적이라고 생각했다. 이 사회는 조금도 공평하지 않으니까. 공권력이 큰 도움이 되지 못한다는 것은 지윤도 이미 알았다. 그 환자에 대해서 연정이 이전에 어떤 노력을 했는지 알고 있었다. 하지만 연정이 더 이상 슬픔에 휘말리는 일은 안 보고 싶었다.

"선배, 나 누가 우리 도영이 같은 일을 겪는 거 그냥 손 놓고 보고 싶지 않아요."

지윤은 가만히 맥주 잔을 내려다보았다. 이윽고 한숨을 내쉬며 오케이,라고 손가락 모양을 해 보였다. 둘은 맥주를 마저 비웠고 걸어서 갈 수 있는 거리에 위치한 지윤의 병원으로 향했다.

"퇴근하고 병원 다시 오니까 두 배로 피곤한 거 같아."

장난스레 말하며 병원 문을 여는 지윤을 보면서 연정은 그 너스레에 긴장이 조금 풀린 듯 웃음이 나왔다. 병원에 들어서면서는 좀더 마음이 편안해지기도 했는데 연정은 지윤의 병원을 올 때마다 그런 생각이 들었다. 어떻게 보면 같은 성형외과인데 자신이 일하는 강남 한복판의 성형외과와는 확연히 다른 분위기라는 생각. 연정은 처음 이곳에 왔을 때 어릴 적 다녔던 소아과나 이비인후과를 떠올렸었다. 인자한 할머니 의사가 계시던 곳, 깔끔했지만 비싼 물건은 없어 보였고 의사와 오랜 친구 같은 단골 환자들이 있던 곳. 소독약 냄새가 늘 공기 중에 퍼져 있던 곳. 하나둘씩 불이 다시 켜지는 지윤의 병원 복도를 지나 진료실로 들어섰을 때였다. 언제나처럼 가장 먼저 눈이 가는 사진, 바로 마릴린 먼로.

*

    연정은 6년 전, 처음 성형외과의로 발을 들인 다음부터 주말에, 그리고 오프 날을 털어서 하는 일이 있었다. 트랜스젠더들의 수술이었다. 처음엔 선배였던 지윤을 도와서 수술 보조를 하는 것부터 시작했다. 지윤은 이미 본과 때부터 입버릇처럼 자신은 성형학을 하겠다고 했었다. 학과에서 부모의 직업이 평범한 사람은 지윤과 연정뿐이어서 연정은 처음에 지윤이 돈이 필요해서 성형외과를 선택한 것이라고 생각했다. 그런데 어느 날 학과 술자리에서 지윤이 그런 말을 했다. 자신은 미용 쪽으로 성형을 할 생각은 없다고, 사고로 얼굴 복원이 필요하거나 트랜스젠더나 인터섹스인 환자만 받겠다고 했다. 지윤의 그 말을 듣던 선배들은 졸업해보라며, 막상 월급 단위를 보면 일단 벌 수 있을 때 벌어야겠다는 생각만 들 것이라는 말을 반복했다. 선배들의 예상은 제대로 빗나갔다. 지윤이 미국으로 유학을 갔고 남편 뒷바라지와 자신의 공부를 병행한다는 이야기가 들려왔다. 그때 연정은 도영이를 키우며 결혼 생활 중이었다. 지윤의 소식을 듣고 그저 자신이 못 한 일을 해내는 게 멋있다고만 느꼈다. 그런 마음 덕분이었을지도 모르겠다. 6년 전, 연정이 무작정 일을 배워보고 싶다고 지윤을 찾아간 것 말이다.

처음에 연정은 지윤을 알아보지 못했다. 연정과 분명 같은 업계에, 고작 한두 살 차이였는데 지윤은 화장기 하나 없는 얼굴에 아웃렛 가판에서 팔 것 같은 학생복 느낌의 셔츠를 입고 있었다. 뒤로 묶은 머리끈은 속고무줄이 살짝 튀어나올 만큼 늘어져 있었는데 연정은 자신이 지난 10여 년 동안 주변에서 지윤 같은 옷차림을 하고 있는 사람을 본 적이 없다는 걸 깨달았다. 결혼 후 연정의 주변 사람들은 대부분 주름 하나 없는 옷과 피부와 손을 가졌었다. 지윤은 눈가의 주름을 신경 쓰지 않고 활짝 웃어 보였는데 연정은 그 순간 지윤보다 자신이 백 년은 더 산 사람처럼 보인다고 생각했다. 이상하게 눈물이 날 것 같은 기분이었고 그래서인지 연정은 정말 아무 말이나 떠들어댔다. 지윤 선배, 오늘 컨디션은 어떤 것 같아요? 가족들은 안녕하시죠? 별의별 말을 하던 연정은 문득 지윤이 그런 자신을 보고 미소 짓고 있다는 걸 깨달았다. 당황한 연정이 선배는 정말 그대로라고, 하나도 안 늙었다고 말했을 때였다. 지윤이 웃음을 터뜨리더니 다시 고개를 비스듬히 기울였다.

"글쎄, 그대로인 거, 좋은 건가? 우리 업계에서?"

자신이 무슨 말실수를 했는지 헤아리느라 눈동자를 굴리

는 연정을 바라보던 지윤은 이내 심각한 게 아니라는 듯이 가볍게 손사래를 쳐 보였다.

"연정아, 우리 업계가 그런 말을 하잖아. 성형은 원본이 없어지는 거라고. 그래서 더 예민한 거라고. 근데 나는 자주 생각했어. 아니, 요즘 더 자주 생각하게 됐어. 원본이라는 게 사람들에게 대체 뭘까, 하고."

지윤의 그 말에 연정은 마치 잃어버린 물건을 급하게 찾느라 방을 헤집는 자신에게 그러지 말고 순서를 정해보라고 말하는 것 같은 명징함을 느꼈다.

"어머, 근데 내 정신 좀 봐. 너를 여기에 세워두고 또 내 이야기에 빠질 뻔했네."

지윤이 그런 말을 하지 않았더라면 연정은 지윤이 말한 '원본'에 대해 생각하느라 자신이 내내 병원 로비에 서 있었다는 것도 잊었을 것이다. 지윤을 따라 들어간 원장실 또한 성형외과가 아닌 것만 같았다. 돈 없어서 인테리어를 못했다는 지윤의 농담에도 연정은 문득 그런 생각을 했다. 아름답다는 게 뭘까, 하는 생각. 물론 지윤의 병원 분위기만이 정답이라는 건 아니다. 연정이 근무하는 강남의 병원도, 정말 아름다운 곳이라고 자주 생각했다. 누군가는 생각 없이 얼굴에 집착하는 사람들이 오는 곳이라 말하겠지만 그게 다가 아니었다. 게다가 보여지는 얼굴만 생각하면 어떤가,

사회가 여자들을 그렇게 만들어놓고 좀 억울하지 않나 싶기도 했다. 그러다 연정은 커피를 가져오겠다는 지윤의 말에 문득 정신을 차렸고 홀로 남겨진 채 그제야 진료실을 둘러보았다. 연정이 뒤를 돌았을 때였다. 연정은 예상치 못한 한 사람의 사진에 멈춰 섰다. 연정은 마치 거울을 들여다보듯 한참이나 그 사진 속 얼굴을 마주했다. 아마 지윤이 들어오지 않았다면 연정은 계속 그 사진 속 얼굴을 바라봤을 것이다.

"마릴린 먼로 말이야. 어릴 땐 몰랐는데 정말 매력적이긴 하더라?"

연정은 퍼뜩 잠에서 깬 사람처럼 자그맣게 몸서리를 한 번 치고는 뒤돌아 지윤을 바라봤다. 지윤은 연정 너머의 마릴린 먼로를 보고 있었다. 지윤이 한창 인의협에 들어가려 했던 때 마릴린 먼로는 여자들 사이에서조차 논쟁의 인물이었다. 그때 지윤은 분명 마릴린 먼로에 대해 탐탁지 않은 입장이었다. 마릴린 먼로 같은 인물들이 미의 기준이 되어 여성들이 외모에 집착하게 만들었기 때문이라고 했다. 연정은 좀 유보적인 입장이었다. 연정이 생각하기에 마릴린 먼로의 외모에 집착한 건 마릴린 먼로 자신이 아니라 남성들이었다. 그들은 여자들을 마릴린 먼로에 비교하면서 여자들조차 마릴린 먼로를 비난하게 만들었다. 권력자가 만들어낸, 권력 없는 사람들끼리 물어뜯는 구조. 연정이 느끼기엔 그랬다.

"연정아, 나도 변했어. 내가 수술한 사람 중에 한 분이 상담 때 마릴린 먼로 사진을 들고 오신 적이 있거든?"

지윤은 연정에게 커피를 쥐여주고는 자리를 가리키며 앉으라는 시늉을 해 보였다. 연정이 앉자 그제야 지윤도 자리에 앉았다. 가까이서 보니 지윤의 머리에 새치가 꽤 많았다.

"FTM 수술 상담이었거든? 근데 난데없이 마릴린 먼로 사진을 가지고 오신 거야. 그래서 나 정말 생각 없이 뭐라 했게? 내가 신이어도 이거는 안 돼요, 그랬지. 앞에 있는 사람 겉모습이 여성이니까 아, 마릴린 먼로처럼 외모 고쳐달라는 거구나, 싶어서 나도 모르게 그 말이 튀어나와버린 거지. 지금 생각해도 너무 죄송스럽고 자신이 부끄럽네?"

연정은 그렇게 말하는 지윤의 진심을 느꼈다. 지윤은 씩 웃으며 커피를 한 모금 마셨고 다시 진지한 표정이 되어 물었다.

"연정아, 나 근데 이 일 하면서 이런 생각 많이 해봤어. 개성이라는 거, 정말 중요하다고들 하면서도 여자라면 이래야지, 이런 게 박혀 있잖아. 그러니까 퀴어들은 오히려 더 그 세상이 정해놓은 남자상, 여자상으로 보이고 싶어 하는 게 아닐까 하는 거."

'선배, 우리 도영이도 그랬어요. 치마 절대 안 입으려고 하고 머리 짧게 자르고요.' 연정은 차마 이 말을 입 밖으로 꺼내지 못했다. 연정은 자주 그런 생각을 했다. 차라리 연정이 도영이의 마음을 진작에 알았다면 도영이가 굳이 어떤 정해놓은 틀에 자신을 맞추려고 하지 않았을지도 모른다고. 도영이가 가고 난 후 오히려 연정은 관련 책과 자료를 많이 보았다. 세대마다 집단마다 퀴어들이 하는 말과 행동이 있다는 것. 연정은 그게 아무리 생각해도 그들을 소수로 만든 사람들의 편견 때문인 것만 같았다. 지윤의 말처럼 말이다.

"우리 무슨 이야기 중이었더라. 아, 맞다. 마릴린 먼로 이야기 중이었지? 어, 그때, 내가 수술 맡은 환자분, 마릴린 먼로 사진 들고 오신 분 말이야. 그분이 그러시더라? 세상에서 가장 추앙받고 세상에서 가장 멸시당하는 사람이 마릴린 먼로인 것 같다고. 그러면서 덧붙이셨어. 여자들 다 그런 일 겪잖아요. 남자들, 뭔가 자기가 가지고 싶은 여자들한테는 예쁘다 사랑한다 말했다가 자기 맘대로 안 되는 것 같으면 죽여버리는 거. 그렇게 죽게 되는 여자들 있잖아요,라고."

연정은 가만히 고개를 끄덕였다. 실제 마릴린 먼로에게 아름다움은 득이 되기도 했지만 독이 되기도 했다. 그 유명한 사건, 제임스 조이스를 읽을 만큼 독서광이었던 마릴린 먼로가 도스토옙스키의 인물을 연기하고 싶다고 하자 어느 남성 기자가 이렇게 비아냥댔다. "도스토옙스키 스펠링이나 쓸 줄 알아?" 마릴린 먼로 본인이 아닌데도 이 이야기를 읽었을 때 연정은 모멸감을 느꼈다.

지윤의 이야기가 계속되면서 연정은 자세를 조금 고쳐 앉았다. 트랜스젠더 성형수술에 대해 배우고 싶다고 찾아간 연정에게 그런 말을 하는 지윤의 얼굴은 아주 젊은 사람 같기도 했고 한편으로는 나이를 가늠하기 어려울 정도로 늙은 동화 속 할머니 같기도 했다.

"왜, 사람들. 툭하면 근본 없다는 말 많이 하잖아? 그리고 또 뭐야, 성형한 사람들 혐오하는 말들. 원판 불변의 법칙이 뭐 어쩌고저쩌고."

지윤의 입에서 나온 근본이라는 말에 연정은 하마터면 밑도 끝도 없이 아주 오랜만에 만난 사람 앞에서 눈물을 흘릴 뻔했다. 그 말은 연정의 뒤에서 사람들이 연정과 도영이를 두고 가장 많이 내뱉은 말이었다. 근본 없는 집구석, 지새끼가 아니니까 저렇게 내버려두지. 그래, 그놈의 근본. 그거 좀 없어졌으면 했지. 연정은 빠르게 숨을 골랐다. 도영이 생각을 하니 더 울컥했지만 여기서 지금 눈물을 흘리며 자신의 이야기를 할 시간은 없었다.

"근데 연정아, 난 생각했어. 그 원본이라는 것도 결국엔, 세상 사람들이 정해놓은 진짜 같은 무언가잖아? 그 원본 안에 안 들어가면 가짜라는 거고. 그럼 그 원본, 꼭 필요한 걸까? 그게 없어져야 가짜라는 말 안 들을 수 있는 사람들도 있지 않을까? 트랜스젠더도 그렇고…… 성폭행당한 분들이 가끔 오셔. 얼굴을 지워달라고."

연정은 그때 도영이를 떠올리고 있었다. 아줌마, 난 왜 여자로 태어났을까요? 아줌마는 여자인 게 좋아요? 처음에 연정은 그저 여자로 사는 게 무섭다는 말을 하는 줄 알았다. 살면 살수록 연정도 여자로 사는 게 더욱더 무서워지는 세상이긴 했다. 그래서 그럴 때마다 연정은 그래도 너는 좋은 환경에서 자라는 거라고 달래듯 말하곤 했었다.

"아줌마, 내가 여자가 아니었다면 나도 그 애랑 결혼할 수 있었겠죠? 왜 사람들은 사랑 없이도 결혼한다고 하는데 나는 안 되는 거예요? 내가 남자가 아니라서요?"

연정은 도영이의 그 말까지는 떠올리지 않으려 애썼다. 나는 그런 네 앞에서 사랑 없이 결혼해서 잘 산다는 말이나 했던 사람이다. 심지어 그건 거짓말이었어. 난 네 아빠를 정말 사랑해서 죽어도 헤어질 수가 없어서 결혼한 거야. 그런데 그게 아무것도 아닌 줄 알았어. 내가 가진 게 뭔지도 몰랐어. 도영이가 실종되었던 날, 연정은 문자 하나를 받았

다. 평소보다 너무 늦어진 귀가 시간에 연정이 몇 번이나
도영이에게 전화를 건 직후였다.

아줌마, 살려주세요. 엄마, 나 살고 싶어요, 엄마가 나 좀 살려주
세요.

연정은 도영의 문자메시지를 떠올릴 때마다 어딘가에 기
억을 지우는 약이라도 있으면 좋겠다고 생각했다.

"연정아, 거기서 뭐 해?"

연정이 도영의 생각 끝에 차오른 눈물 때문에 잠시 숨을
고르는 사이 어느새 지윤이 진료실에서 빼꼼히 고개를 내
밀고 손짓하고 있었다. 연정은 숨을 한 번 크게 내쉬었다.
혹시 도영이는 이럴 줄 알고 자신에게 그렇게 탐정소설을
권했던 걸까. 연정은 잠시 걸음을 멈춰 섰다. 가만히, 마릴
린 먼로 사진을 떠올리던 연정이 중얼거리듯 지윤에게 물
었다.

"그런데 선배, 마릴린 먼로가 도둑신부라는 거, 알고 있
었어요?"

도둑신부? 지윤은 고개를 갸웃했다. 지윤도 마릴린 먼로
가 여러 차례 결혼한 것은 안다. 그중 야구선수 남편에게는
지윤 자신처럼 마릴린 먼로도 심각한 가정 폭력을 오랜 시
간 당한 것도 안다. 하지만 먼로가 도둑신부라는 말은 처음

듣는다. 아니, 도둑신부라는 말 자체를 들어본 적이 없는 것
같다. 남자들이 허락 없이 신부를 훔치기라도 했단 말이야?
말 그대로 도둑놈들이네? 지윤의 말에 연정은 고개를 돌려
지윤을 바라봤다.

· 제6장 ·
일단은 추리소설, 어쩌면 연애소설

*

 진짜,라는 게 뭘까.

 자가 격리 이틀째, 서울에 온 지 이틀째. 설영은 아까부터 여권에 적힌 국가명을 골똘히 바라보고 있었다. 간혹 이름까지 세츠에라고 하면 일본에서 설영이 한국인임을 인식하는 사람은 거의 없었다. 그대로 일본인인 척해도 큰 탈 없이 살 수 있을지도 모른다. 그리고 가끔은 그게 더 편할 때도 있었다. 물론 설영의 그 일본인인 '척'에는 생존의 이유가 섞여 들어 있었지만.

 생각해보면 이 '진짜'라는 건 항상 의뭉스러운 것이었다. 심지어 추리소설에서도 항상 '진짜'를 찾지만 사람들이 '진짜'라고 생각했던 게 '진짜'였던 적은 거의 없었다. 하지만 역시나 '척'하는 사람이라면 이 사람을 빼놓고 말하기는 어려울 것 같았다.

그러니까, 바로 셜록 말이다.

셜록이 '척'하지 않던 시절, 셜록은 정말 말끔하게 혼자였다. 바다 한가운데 뜬 부표 같은 모양. 아니, 부표는 흔들리기라도 하지 셜록은 그 흔들림도 없는 확고한 혼자. 홀로 그 자체였다.

그래서였을 거다. 처음에 설영은 셜록이 연구소에서 겪는다는 은근한 따돌림을 크게 생각하지 않았던 것 같다. 하지만 시간이 흐르자 설영 또한 더는 '선택과 배제' 운운하며 셜록을 대충 걱정하는 척에서 끝나지 않게 되었다. 종일 아무하고도 거의 대화를 할 수가 없었던 셜록은 날이면 날마다 설영에게 연락을 하기 시작했던 것이다. 당시 셜록이 어찌나 설영에게 빗발치게 전화를 해댔던지 설영은 한동안 잠을 잘 때도 배 위에 휴대폰을 올려놓아야 할 지경에 이르렀다. 끝도 없이 이어지는 휴대폰의 진동을 종일 느끼다 보니 한 달이 지났을 무렵에는 결국 셜록의 관심을 다른 곳으로 돌려야겠다는 판단을 내렸다. 그러나 좋아하는 건 협소하고 싫어하는 건 산더미 같은 셜록의 관심을 대체 어떻게 돌린다는 것인가. 여러 날을 고민한 끝에 설영은 문득 퇴근 후에는 거의 매번 집에서 좋아하는 가수들이 출연하는 프로그램을 본다는 셜록의 말이 떠올랐다. 이윽고 셜록의 거실에 놓인 텔레비전이 생각났다. 바로 그거였다. 텔레비전. 셜록은 남들이 사회생활 하며 차근차근 집을 늘리는 것처럼 자신의 텔레비전 치수를 늘려나가는 인물이었다. 연구와 텔레비전, 그리고 설영. 셜록의 친구를 요약해보자면 그정도였다. 하필 거기에 설영 자신이 끼고 말았다는 게 좀 피곤했지만 설영에게도 셜록은 중요한 친구였기에 그저 자신의 지분을 좀 줄이면 되는 게 아닌가 싶었다. 그런 생각이 들자 설영은 곧장 국내 드라마부터 해외 드라마까지 사이트를 뒤져 직접 셜록의 취향에 맞는 프로그램을 찾아나가기 시작했다. 그사이 진동과 함께 찾아온 몇 번의 불면을 견뎌냈는지 모르겠다. 어쨌거나 설영은 셜록의 확실한 관심을 끌 만한 드라마를 찾아냈다.

"너 혹시 〈셜록〉 알아?"

"셜록? 셜록 홈스를 내가 모를 리가 없지, 넌 레이먼드 챈들러나 메그레 경감을 더 좋아한다고 말할 테지만 말이야. 하지만 대중적인 취향을 좋아하는 게 매도당할 일은 아니지. 원전을 고집하지 않는 그 유연함은 또 어떻고?"

"어? 어, 그래그래. 셜록 홈스 좋지. 챈들러도 좋고. 그걸 왜 비교해, 여기서? 아무튼 근데 그 셜록 홈스 말고 또 다른 셜록, 드라마 〈셜록〉."

"네가 이제 드디어 문화 연구를 시작하려는 모양이지?"

셜록은 또다시 설영에게 연구의 중요성에 대해 떠들어댔고 평소라면 대화는 잠시 중단되었겠으나, 빗발치는 전화를 피하려면 이제 뜻을 이루어야 할 때였다.

"한번 봐봐, 네가 좋아할 만한 내용이야. 너도 방금 말했잖아. 어쨌든 너도 소설로는 셜록 홈스 좋아하지 않아?"

곁눈질로 설영이 건넨 아이패드의 화면을 힐끔거리는 셜록을 보면서 하마터면 '그거에 너와 똑같은 사회성 제로의 인간이 나와'라고 말할 뻔했다. 사실 그게 드라마 〈셜록〉을 추천한 진짜 이유이기도 했다. 이제 원전을 따지는 게 무의미하긴 했지만 어쨌거나 원전에서의 셜록 홈스가 그냥 무뚝뚝한 성격을 가진 캐릭터라면 드라마에서 그는 사회성이 없는 인물이었다. 그리고 그것이 바로 친구 셜록과의 유사점이었다. 하지만 이 모든 걸 셜록에게 사실대로 말할 순 없었다. 설영은 잠시 고뇌에 휩싸였다가 겨우 이렇게 말문을 뗐다.

"주인공 셜록이 너처럼 참 멋있더라."

아니나 다를까. 셜록은 설영의 말이 끝나기가 무섭게 인터넷을 뒤져 드라마를 다운 받았다. 그러고는 밤을 새워 이미 방영된 에피소드들을 다 본 뒤부터는 본방송을 위해 전력 질주하기 시작했다. 이제는 정말 시도 때도 없는 셜록의 전화를 피할 수 있을 거란 생각이 들었다. 그러나 사건이 그렇게 쉽게 해결된다면, 그것은 역시 셜록이 얽힌 일이라고 말할 수 없을 거였다. 설영 또한 셜록을 좋아하기에 셜록이 너무 연락을 안 한다면 오히려 설영이 먼저 할 생각도 있었다. 그러나 셜록은 설영에게 그런 그리움의 기회를 주지 않았다.

"왓슨, 날세."

셜록에게 연락이 줄어든 뒤 다시 숙면을 즐기게 된 평화로운 주말 아침이었다. 설영은 잠시 휴대폰을 귀에서 떼고 생각에 잠겨야만 했다. 이윽고 휴대폰 화면에 뜬 이름을 다시 한번 확인했다. 아무리 봐도 분명 셜록이었다. 잠이 덜 깨서 잘못 보고 들은 걸까. 설영이 상황을 파악하려 침대에서 일어나려는 순간이었다. 셜록의 아주 또렷한 목소리가 다시 넘어왔다.

"왓슨, 게으르게 아직 자고 있는 모양이군."

적어도 드라마라면 새로운 시즌을 볼지 말지 정도라도 자신이 결정할 수 있었겠지만 안타깝게도 설영의 친구 셜록은 현실 속에 있었다. 설영은 동의한 기억이 없는데 어느새 새로운 시즌의 왓슨 역으로 투입되어 있었다.

그리고 그때부터 셜록은 툭하면 자신을 셜록으로, 설영

을 왓슨으로 불러대며 급기야 셜록 행세를 하기 시작했다. 셜록은 물론 그냥 그런 호칭들을 불러대는 것으로 끝날 사람은 아니었다.

셜록은 셜록 행세를 한다는 핑계로 설영에게 많은 걸 해주었다. 나름 큰맘 먹고 신청한 비싼 건강검진을 하기 위해 종합병원에 방문했을 때였다. 예약한 시간보다 늦게 시작하게 된 검진에 예상보다 많은 비용이 청구되었다. 셜록은 검진 항목은 물론 상담 시 말해주었던 예상 가격에 대한 공시와 환자 동의 여부까지 따져 묻더니 급기야 병원허가등록번호까지 캐묻기 시작했다. 결국 설영은 그 건강검진의 일부 비용을 보험으로 처리할 수 있었고 불필요한 검사에 대해선 환불도 받을 수 있었다. 게다가 셜록은 영세하고 오래된 식당 같은 곳에서는 설영보다 친절하고 깍듯한 사람이었다. 설영은 셜록이 자신이 하고 싶었던 말과 행동을 셜록 행세를 하면서 대신 해주고 있는 게 아닌가 싶었던 적이 많았다.

"셜록…… 넌 어떤 게 진짜였니. 아니, 가짜인 적이 한 번도 없었던 거니……?"

그렇게 중얼거리던 설영은 문득 휴대폰의 검은 액정에 비친 자신의 얼굴을 잠시 바라봤다.

물론 '척'하지 않는 감각도 있었다. 아니, '감각'이나 '기분' '마음'이야말로 '척'하지 않고 활발하게 반응 중이었다.

자가 격리 5일째, 설영의 혀가 먼저 감각하고 있었다. 처음엔 구청에서 보내준 구호물품의 음식들이 맵기만 했었다. 일본에서 이 음식들을 안 먹은 게 아니었다. 김치찌개나 떡볶이는 물론이고 짜장에 탕수육까지, 신오쿠보역에 수시로 나가 먹었었다. 그러고 보면 정말 재료라는 게 신기하긴 했다. 게다가 일본 음식은 정말 달고 짜서 한국 음식과는 다른 의미로 굉장히 자극적이었는데 왠지 그 맛들이 전부 심심하게 기억될 정도였다.

그러나 역시 가장 크게 달라진 감각이라면 역시 한국어의 일상적 사용이었다. 설영은 자신이 업무 메일을 한국어로 쓴다는 사실을 느끼며 자신이 한국에 와 있음을 다시 깨달을 수 있었다. 그건 확실히 헨리 제임스와 메일을 주고받을 때도 느낄 수 있는 감각이었다. 헨리 제임스도 설영도 이제 일본어가 아닌 한국어를 쓰고 있었다. 그저 공간이 바뀐 것인데, 비행기로 두 시간 남짓을 날아왔을 뿐인데. 그렇게 노트북 키보드를 한국어로 변경시키며 설영은 자신도 모르게 신바를 떠올렸다. 한국에 와 있음을 느끼는 건 동시에 신바와 멀어졌다는 뜻이기도 했다.

설영은 고개를 저어가며 신바에게 빠져드는 생각을 잠시

붙들어 세웠다. 당장은 헨리 제임스의 메일을 보며 셜록에 대해 기억을 되살리는 게 우선 같았다. 헨리 제임스는 미국으로 돌아갈 계획이라고 했다. 그는 평생 동안 1930년대부터 1970년대까지의 한국 퀴어에 대한 연구를 진행했었다.

윤설영 귀하

안녕하세요, 윤설영 선생님. 헨리 제임스입니다.

지금은 한국에 와 계시겠군요? 코로나19가 다 끝나지 않아 이래저래 피곤한 상황에 한국에 돌아오시게 되었지만, 그래도 환영의 의미로 한국어를 써보았습니다. 조금 어색할 수 있을 것입니다. 아시겠지만 저는 곧 연구소에서 2년의 임기가 끝납니다. 재계약은 하지 않고 돌아가는 계획입니다. 설영 선생님을 제가 추천한 것도 아실 것입니다. 그런데 논문의 공저자 이지연 선생이 근무했던 연구소에 연락을 해보니 벌써 5년 전 무단 결근을 시작으로 실종된 상태더군요. 당시 기재했던 가족관계란에는 윤설영 선생을 가족으로 써놓았습니다. 그래서 어렵게 알아낸 법적 가족에게도 연락해보았습니다만, 실종 신고를 바라지 않는다는 말과…… 가족으로 인연을 끊었다는 말만 반복해서 돌아왔습니다. 그런 와중에 6년 전 이지연 씨가 성별 지정을 받았다는 내용을 알게 되었습니다.

　6년 전이라는 말에 설영은 두통이 찾아들어 잠시 눈을 감고 관자놀이를 짚었다. 환상통이 찾아올 때마다 기억도 찾아오면 좋겠지만 6년 전의 그 8개월은 설영에게 깜깜한 밤이나 마찬가지다, 그것도 전기가 하나도 들어오지 않는 그런 시골길의 밤. 설영도 궁금하긴 하다. 그 8개월 사이 셜록에게 어떤 일이 있었는지, 자신은 왜 기억을 잃은 것인지. 8개월 전의 일은 기억하기에 더 그랬다. 설영의 기억이 없는 그 8개월을 제외한 시간 동안 셜록과 설영은 정말 절친한 친구였다. 헨리 제임스의 말처럼, 셜록이 가족관계란에 윤설영이라는 이름을 써놓을 수 있을 정도였다. 셜록은 가족과 원래 사이가 좋지 않아서 연락을 거의 하지 않았다. 서로 외엔 친구도, 가족도 없었다는 뜻이다. 왜 그렇게까지 됐을까. 거슬러 올라가면 역시나 사람들에게 환영받지 못했던 셜록이 있었다. 사람들은 셜록의 모든 걸 못마땅해했다. 옷차림, 말투, 행동. 셜록이 지향하는 자신의 정체성. 누군가에게는 그것이 얼마나 절박한 문제인지 생각조차 하지 않은 채……

　'설영아, 나 윤아인데 너에게 지연이에 대해서 해줄 말이 있어. 지연이가 연구소에서 좀 힘든 상황인 것 같다.'

설영의 지워진 8개월간의 기억 중 조각처럼 남은 내용이었다. 그 뒤에 설영은 윤아에게 전화를 걸긴 했다. 물론 기억을 잃고 병원에서 깨어난 후 한참이 지나서였다. 그런데 어찌 된 일인지 윤아의 번호는 전혀 다른 누군가가 쓰고 있었다. 윤아마저 연락이 안 되었던 것이다. 그랬기에 그때 정말 셜록이 얼마나 연구소에서 시달림을 당했는지는 정확히 알지 못한다. 다만 걱정되는 마음에 설영이 이런 말을 했던 기억은 남아 있다.

"셜록 너에겐 왜 중간이라는 게 없는 걸까."

그때 설영은 저도 모르게 중얼거리곤 했다. 그리고 설영은 6년 8개월의 시간이 지난 지금, 자신의 말을 후회하고 있었다. 중간이 되고 싶어도 중간이 될 수 없는 사람들이 극단으로 내몰린다는 걸 이제는 안다. 지금이라면 셜록에게 그렇게 상처가 되는 말을 하지는 않았을 것이다. 그리고 6년 전 그때…… 한 번이라도 셜록을 찾아보았을지도 모르겠다. 설영은 그저 셜록이 바빠져서 자신에게 연락을 하지 않는다고만 생각했었다. 그렇게 낙담하기만 했었다.

설영은 헨리 제임스와 몇 번 더 메일을 주고받으며 셜록의 마지막 기록에 대해 좀더 들을 수 있었다. 셜록이 다녔다는 병원과 진료 날짜로 추정되는 조퇴 날짜 같은 것들. 설영은 구글에서 병원 이름을 검색했다. 확실히 그곳은 6년

8개월 전, 할머니가 돌아가신 후 셜록과 자신이 함께 살던 빌라 근처였다. 설영은 이런저런 자료들을 구글링하는 동시에 셜록이 보낸 추신에 대해 나름의 정리를 시작하자고 마음먹었다. 그날 오후 코로나 재검사 결과가 음성이라는 소식을 들은 직후부터 곧장 시작했다.

셜록의 추신에 대해 본격적으로 생각하기 전, 설영은 하나의 룰을 정했다. 셜록이 보내준 추신의 해석은 자신이 아는 것에서부터 시작하자는 거였다. 그가 굳이 설영에게 메일을 보내고 추신을 강조 표기해 보냈다는 건, 다른 이들보다는 설영이 내용을 잘 알 거라는 생각이 들어서였을 것이다. 거기까지 생각이 정리되자 이전보다는 좀 수월해졌다.

그리하여, 우선 "죽은 아버지". 설영이 아는 유일한 '죽은 아버지'는 1960년대 씌어진 소설이었다. 미국 포스트모더니즘 소설의 상징이라는데 막상 서사는 매우 단순했다. 이른바 죽은 아버지로 상징되는 어떤 감시자의 출현, 그게 다였다. 중요한 건 이 아버지가 늘 곁에 '맴돈다'는 점이다. 설영은 셜록에게 편지를 받고 난 뒤 그 소설을 다시 읽었다. 물론 추신의 내용을 유추하는 데 별다른 변화는 없었다. 설영이 여성학을 접하기 이전에 읽은 책 중에 어떤 부분은 이제 재미있게 읽을 수 없다는 사실 하나를 깨달았을 뿐이었다. 게다가 작가는 재미보다 그저 머릿속을 맴도는 죽은 아버지, 그 자체를 원한 건지도 몰랐으니까.

두번째는 "간텐바인".

이건 독일의 작가 막스 프리쉬가 쓴 소설 제목의 일부였다. 물론 원제는 따로 있다. "나를 간텐바인이라고 하자". 독일에서 간텐바인이라는 이름은 가장 흔한 이름 중 하나라고 한다. 소설에는 정말 다양한 간텐바인들이 나온다. 이름은 같지만 어떤 역사와 사회의 테두리 안에서는 다른 시간을 경유할 수밖에 없는 간텐바인들.

"우리 모두는 경험을 가지고 있지만 각자의 이야기를 가지고 있지는 않다."

설영은 저런 메모를 남겼던 기억을 떠올렸다.

이제, 세번째. "화산 아래서" 그리고 "마운트 아날로그".

이쯤 되고 나서야 설영은 추신의 단어들이 모두 소설 제목이라는 걸 깨달았다. 설영은 무심코 이런 말을 중얼거렸다. "그런데 셜록, 너는 내게 연구를 하라고 늘 권했잖아……" 하지만 또 생각해보면, 셜록은 설영에게 소설을 쓰지 말라고 한 적이 없었다. 오히려 시야를 좀 넓혀보라고 했었지. 거기까지 생각했을 때 설영은 좀 서글퍼졌다. 그때는 보이지 않는 게 이제 보인다는 건 그 시절에서 확실히 거리감이 생겼다는 뜻이기도 했다. 지난 6년여 동안 셜록에 대

해 깊게 생각해본 적이 없던 것 같은데도. 한때 아주 가까
웠던 친구일 뿐이라고 생각했는데도. 설영은 왠지 자신이
정말 셜록을 잊어가고 있었구나, 그토록 소중했던 것이 이
렇게 잊히기도 하는구나, 하는 마음이 들었다. 그런데도 셜
록은 설영이라면 이 추신을 보고 분명 무언가를 알 수 있을
거라고 판단했던 것이다. 설영은 숨을 한 번 크게 내쉬었다.

자, 그래서 다시.

우선 "화산 아래서"는 맬컴 라우리가 10년 동안 써 내려
간 소설의 제목이다. 설영은 『화산 아래서』를 끝까지 읽지
못했다. 절반쯤 읽었을 때 인터넷 서점에서 함께 주문했던
『마운트 아날로그』가 배송되었고 가벼운 마음으로 넘겨본
그 책에 곧장 마음을 빼앗겼기 때문이다. 그런데 왜인지 설
영은 『화산 아래서』를 다 읽었다고 생각했던 거다.

그래서 이번엔, "마운트 아날로그".

'마운트 아날로그'는 '언어의 산'으로 표상되는 미지의
산이다. 소설 속 등장인물들은 마운트 아날로그를 찾아 떠
난다. 마운트 아날로그가 소설 속에 실제 존재하는지 끝내
알 수는 없다. 이 소설은 미완성이기 때문이다.

여기까지 왔을 때 설영은 환상통이 아닌 실제 두통을 조
금 느꼈다. 6년 8개월 사이, 설영은 확실히 많이 바뀌었다.
어떤 작품을 다시 볼 때는 한숨을 내쉬기도 했다. 셜록은

그럼 그사이에 어떻게 변했을까. 그런데 왜 자꾸 설영은 셜록이 그저 6년 8개월 전에 멈춰 있는 것 같다는 생각이 드는 걸까, 그러니까 마치 '죽은 아버지'처럼…… 설영은 불길한 마음을 얼른 고개를 저으며 쫓아냈다.

이 두 소설을 두고 굳이 뭔가를 끄집어내자면 모두 제목에 산이 등장한다는 것 정도였다.

그렇게 네번째, "도둑신부"에 대하여.

원래 '도둑신부'라는 단어는 제2차 세계대전 당시 만들어진 말이었다. 전쟁이 길어지면서 딸을 가진 부모들은 전쟁 중 강간을 피하기 위해 딸들을 결혼시켰다. 그냥 팔아넘기는 경우도 있었다. 도둑신부는 당시 가짜 이름을 가진 군인들의 신부가 되어주었던 '전쟁신부'들을 가리키는 말이었다. 설영은 마거릿 애트우드의 『도둑신부』를 떠올렸다. 설영은 그날 앉은자리에서 『도둑신부』 두 권을 다 읽어내려갔다.

세번째 코로나 검사를 한 날, 설영은 추신의 다섯번째 단서로 넘어갔다. "죽은 자들의 백과전서".

다닐로 키슈가 쓴 이 소설은 제2차 세계대전 당시 평범한 사람들에 대한 기록이기도 했다. 소설에 등장하는 인물들의 실제 삶은 마지막까지 그저 평범하고 행복했기를 바라면서, 설영은 이 소설만은 다시 읽지 않았다.

설영이 알아낸 것이라고는 나열된 단어가 소설 제목이라는 것과 대략 1960년대에서 1970년대경 발표되었다는 것 정도였다. 어느덧 관할보건소에서 온 문자가 자정을 기점으로 격리 해제를 알리고 있었다. 하지만 설영은 이제 만날 사람도 별로 없는 서울에서의 자가 격리 해제보다 연달아 도착한 메일들에 더 신경이 쓰였다.

세 통의 메일 중 처음 온 메일은 이케다의 것이었다.

이케다는 설영에게 셜록을 찾지 못한다고 해도 공저 기록이 사라지는 건 아니라는 말들로 격려를 한가득 보내왔다. 격려이면서 동시에 아쉬움이기도 한 문장에서 설영은 이케다가 포기하지 못하고 있다고 느꼈다. 설영의 임용과도 관련 있을 수 있겠지만 다른 한편으로 빨치산 여성 생존자와 공중의학의 선택과 배제라는 주제는 같은 연구자로서 흥미를 불러일으키는 일일 테니까. 설영은 답장으로 해야 할 말이 곧장 정리되지 않아 뒤로 가기를 눌렀다.

두번째 메일의 발신자를 보고는 자세를 잠시 고쳐 앉았다. 구연정이었기 때문이다. 설영은 만날 날짜 몇 개를 골라 써넣고 연정에게 빠르게 답장을 보냈다. 그리고 마지막은,

셜록이었다.

설영은 셜록의 이름과 발송된 메일의 날짜를 여러 번 확

인했다. 메일에는 오직 두 개의 사진만이 첨부되어 있었다. 멀리서 커다란 산등성이를 찍은 사진 하나와 마릴린 먼로 옆에서 팔짱을 끼고 서 있는 동양인 여성이 찍힌 사진. 하지만 설영에게 사진은 눈에 잘 들어오지 않았다. 메일 속에 셜록이 숨어 있는 것도 아닌데 설영은 여러 차례 메일에 씌어진 이름을 확인했고 결국엔 고개를 갸웃했다. 잠시 생각을 멈춘 설영은 사진에 찍힌 산등성이를 바라보다 이윽고 산을 검색해주는 사이트에 접속했다. 셜록이 보낸 사진 속 산은 지리산이었다.

셜록, 너 대체 어디 있니.

설영은 턱을 괴고 지리산을 한참이나 바라보았다. 시계가 어느새 자정을 넘어서고 있었다. 이제는 정말 서울에 온 것이다.

*

자가 격리가 해제된 다음 날, 설영은 연정의 퇴근 시간에 맞춰 강남에 위치한 병원으로 향했다. 사실 구연정이라는 사람은 셜록의 주치의이긴 했어도 굳이 설영을 도와줄 필요가 없는 사람이었다. 이렇게 만나준다고 한 것만으로도 정말 고마운 일이었다. 다만, 너무 오랜만에 사람을 만나서

인지, 아니면 연정의 시간을 뺏을 수 없다는 마음에서인지 설영은 자꾸만 말문이 막혔다. 연정은 그런 설영을 보다가 잠시 진료실 밖으로 나가 커피를 가져와 설영 앞에 두었다.

"설영 씨, 자가 격리 기간 동안 너무 힘드셨죠? 그거 보통 일 아니라고 하던데요? 서울 오시자마자 그러셔서 여기는 제대로 보지도 못하셨겠어요."

"아, 네, 감사합니다. 좀 답답하긴 하더라고요. 그런데 사실 만날 사람도 없고요. 가족도 이젠 서울에 없어서요."

"가족도요? 혹시 어디, 이민 가신 거예요? 아니면 같이 일본으로 이주하신 거예요?"

연정은 나이가 많아 보이지 않는 설영에게 가족이 없다는 말이 의아한 듯했다.

"할머니가 저를 키워주셨는데 7년 전쯤에 돌아가셨어요. 친척도 없고요. 할머니가 제 친엄마고 가장 친한 친구였고 그랬어요."

"친, 엄마요?"

"아, 네, 저는 할머니가 제 친엄마나 마찬가지라고 생각했어요. 저랑 가장 친한 사람이요."

연정은 그런 설영을 잠시 바라보다 다시 말문을 열었다.

"많이 보고 싶으시겠어요. 저, 그러면 그 친구분, 그러니까 이지연 씨하고는,"

"네, 할머니 돌아가시고 잠깐 같이 살았는데…… 할머니도 살아 계실 때 지연이 많이 좋아하셨고요. 그런데 제 기억에서 지연이가 갑자기 사라졌어요. 그게, 저도 확실히 말씀을 못 드리는 이유가요, 제가 기억상실증을 좀 앓았거든요. 사고가 있었어요."

"아…… 힘든 이야기는 굳이 안 하셔도 돼요."

"그게, 힘들다기보다는요. 정말, 기억이 안 나서요. 저도 왜 그렇게 된 건지……"

설영의 말에 연정이 기억을 더듬고 있을 때였다. 아까부터 무언가 묻고 싶은 듯 입술을 달던 설영이 조심스러운 목소리로 입을 열었다.

"저, 그런데, 구연정 선생님. 제가 잘 몰라서 여쭤보는데요."

"네, 편히 말씀하세요. 궁금한 게 있으세요?"

"아무래도 마음에 걸리는 게 있어서요. 종잡을 수가 없어서…… 지연이가 처음 보낸 메일에 있던 마릴린 먼로 사진 때문에요. 음, 마릴린 먼로는 미인의 상징 같은 건가요? 성형학적으로도요?"

사실 설영은 셜록의 첫번째 메일에 첨부된 마릴린 먼로 사진이 흥미롭긴 했지만 그 의도를 파악하긴 정말 어렵다고 생각했다. 셜록의 박사논문의 시대적 배경이 한국전쟁

210

직후라고 해도, 그때 마릴린 먼로가 한국에 온 건 일회성이었다. 마릴린 먼로와 직접 관련이 있는 것 같지는 않았었다.

"음, 글쎄요. 아름다움이라는 게 개인적이면서도 사실 굉장히 사회적인 것이기도 해요. 시대별로도 나라별로도 다르거든요. 생물학적으로도 얼굴은 진화의 산물이지 고정 불변의 것은 아니고요. 인간의 지금 이 얼굴도 어떻게 더 바뀔지 모를 일이죠. 사람들이 본판 불변의 법칙이네 뭐네 하면서 성형하는 사람 비웃는데 그런 건 원래 없는 건지도 모르는 거거든요. 한국은 특히 자연미인을 굉장한 척도로 보지만요. 제가 여기서 돈 벌어먹고 살아서 이렇게 말한다고 여기실지 모르지만 과학적으로도 그래요. 다만 성형이 비판의 대상이 되었던 건 사실 그 아름다움이 굉장히 백인 기준이기 때문이어서였을 듯해요. 서구적 미인이라는 말, 많이 들어보셨을 거예요. 동양인은 쭉 찢어진 눈에 납작한 코로 묘사되곤 했잖아요. 마치 그게 못생긴 얼굴의 상징인 양 말이에요. 저, 그런데 윤설영 씨. 저도 궁금했어요. 이지연 씨가 첨부한 그 마릴린 먼로 사진이요. 윤설영 씨는 혹시 짐작 가시는 이유가 없으실까요?"

"네, 저도 잘 모르겠어요. 그런데…… 좀 엉뚱하게 느껴지시겠지만요. 이런 생각이 문득 떠오르는 거예요."

연정은 설영의 다음 말을 기다렸다. 오늘은 예약 환자도 없고 마무리할 시간도 가까워져서 가능했다. 다행인 일이었다.

"선생님, 그거 아세요? 마릴린 먼로가 도둑신부였다는 사실이요."

"도둑신부요?"

"네, 마릴린 먼로 본명이 노마 진이었잖아요. 그 시절의 마릴린 먼로 말이에요. 그 시기에 전 세계적으로 도둑신부, 전쟁신부가 있었어요. 전쟁으로 남자가 귀해지자 얼굴 한 번 못 본 남자와 여자를 혼인시키는 거였기 때문에 도둑신부나 전쟁신부로 불렸고요."

"그럼 그 여자들은 사랑하지도 않는 사람하고 이미 한 번 결혼한 여자가 돼버리는 거네요? 아닌 경우도 있겠지만, 거의 대부분은 사랑해서는 아닐 테고요. 또 남자가 돌아오리란 법은 없을 텐데요. 전쟁통이니까."

"네, 그렇죠. 그래서 그런 여자들이 자기 자신의 사랑을 찾아가기라도 하면……"

연정은 알 것 같았다. 그런 여자들이 자신의 삶을 찾아가려 했을 때 쏟아졌을 세상의 손가락질 말이다. 우습게도 그런 비난은 외모와 자주 결합되었다. 세상의 기준으로 아름다우면 아름다운 대로 '얼굴로 먹고산다'는 비난을 듣는다. 반대로 세상의 기준에 못 미친다고 생각되면 돈이라도 많아야겠다, 공부 열심히 해라 같은 말들을 한다. 상상력들도 참 빈약했다. 어쩐지 그런 세상의 말들은 지윤이 이야기해 주었던 마릴린 먼로와 연결되기도 했다. 가장 아름답고 가장 혐오받는 얼굴, 마릴린 먼로. 연정은 자신과 전혀 상관없는 그 얼굴이 측은하게 느껴졌다. 한편으로는 자신과 비슷하게 보이기도 했다. 아니, 연정과 설영과 그리고 자신에게 수술을 받은, 설영의 친구 이지연 씨까지, 자신에게 찾아오는 많은 여성 환자가 모두 사진 속 그 얼굴과 비슷해 보였다.

"선생님, 한국에도 전쟁통에 도둑신부 참 많았겠죠? 왜 인지 그런 비극은 여자들에게는 더 가혹한 것 같아요. 우리는 전쟁 중에 공을 세운 군인들만 배우고 자랐지만요."

마릴린 먼로 사진을 보던 설영이 그렇게 말하며 연정을 바라봤다. 연정은 어쩐지 자신의 속내를 들킨 것 같아 얼른 입술을 말며 고개만 끄덕였다. 연정이 설영을 만나겠다고 말은 했지만 고민했던 것도 사실이었다. 이지연 씨가 실종된 건 5년 전이었지만 기록을 살펴보니 최초로 병원에 내원했던 것은 6년여 전쯤이었다. 당시 이지연은 인터섹스 판정을 받았고 자신의 성 지향성을 따라 하나의 성을 선택하고 싶다고 했었다. 그래서 탑top수술과 질 봉합 수술을 받았다. 지윤의 병원이었지만 당시 수술을 맡은 건 연정이었다.

연정이라면 확실히 이지연의 행적을 공식적으로 확인해줄 수 있다. 그렇지만 또 의사라면 당연히 환자의 개인정보를 보호해야 한다.

"윤설영 씨, 이제 저도 솔직하게 말씀드릴게요. 죄송해요. 환자의 기록은 법적인 절차를 밟지 않고서는 말씀드릴 수가 없어요. 경찰에 신고를 다시 해보시는 게 어떨까요? 아무래도 임용 관련으로 이 일을 하시는 거라면 그편이 시간을 좀더 줄이는 게 아닐까요? 제가 뭔가를 같이 찾아드리는 것보다도요."

연정은 가만히 설영의 표정을 살폈다. 네 이익을 위해서 친구를 찾는 거라면 경찰의 힘을 빌려라, 결국 이런 말이었으니까.

"선생님."

"네, 설영 씨."

"이상하게 들으실 수도 있겠지만. 저는 법의 판결만을 기다릴 순 없어요. 물론 법에 호소도 해보겠지만요."

연정은 그 말 앞에 멈춰 섰다. 설영은 마치 누군가의 옷자락을 간절히 잡는 사람 같은 표정이 되어 있었다.

"저, 선생님. 지금까지도 제가 시간을 많이 빼앗았죠. 알아요. 많이 바쁘시겠지만, 제게 10분만 더 시간을 내주실 수 있으실까요?"

＊

　"제가…… 지연이랑 영화관에 딱 한 번 같이 간 적이 있어요."

　연정은 다소 엉뚱하게 느껴지는 영화관 이야기에 고개를 갸웃해 보였다. 설영은, 조금 엉뚱해 보이시겠지만요, 하며 이내 이야기를 이어갔다. 그날 설영이 셜록과 함께 보러 간 영화는 구로사와 기요시의 「해안가로의 여행」이었다. 설영은 워낙 그 감독을 좋아했기 때문에 극장 홈페이지에서 영화 상영을 알리는 글을 보자마자 표를 두 장 예매했었다. 예매하고 나서야 셜록은 텔레비전 드라마나 예능이 아니면 보지 않는다는 사실이 떠올라 걱정스러웠다. 그 감독의 영화는 한정적으로 상영했고 그나마 자주 하지 않아서 생각할 겨를이 없었던 거다. 하지만 막상 설영의 이야기를 들은 셜록은 평소와 달리 흔쾌히 영화를 보러 가자고 했다. 물론 영화관에 가는 길 내내 설영은 셜록에게서 구로사와 기요시의 일대기를 들어야 했지만 말이다. 셜록은 일대기를 말하며 중간중간 설영의 눈치를 살폈는데 그건 분명히 설영이 감동받기를 은근히 기대하는 사람의 행동이었다. 물론 그걸로 쉽게 끝날 셜록이 아니어서 구로사와 기요시 일대기의 말미에는 아직 보지도 않은 「해안가로의 여행」에 대한 감상평까지 늘어놓았다. 그쯤 되니 설영도 슬쩍 웃음이 터지기도 했는데 셜록은 일관되게 진지했다. 어디서 들은 건지 이런 말까지 덧붙였기 때문이다.

"원래 사람들은 무엇이든 사라지고 난 다음에야 그 이름을 부르는 법이지."

아직 영화를 보지도 않은 셜록이 한 말은 「해안가로의 여행」의 줄거리에 관한 나름의 요약이었다. 그 영화는 3년 전 사라진 남편의 영혼이 갑자기 아내 앞에 나타나면서 시작된다. 남편의 영혼은 3년 전 아무 말도 없이 사라지면서 묻혀버렸던 진실을 밝히고 오해를 풀기 위해 나타난 거였다. 아내는 그런 남편의 영혼과 함께 여행을 떠난다. 설영은 줄줄 이어지는 셜록의 말에 그저, 셜록 네가 그렇게까지 그 감독을 좋아하는지 몰랐다고만 맞장구를 쳐줬다. 솔직히 말하자면 설영은 『씨네21』의 특별전 리뷰 코너에서 셜록이 해주었던 이야기와 꼭 같은 글을 읽은 기억이 있었다. 묘하게도 기분이 나쁘지 않았다. 설영을 만나기 전 온갖 불만을 품어가며 잡지를 읽었을 셜록의 모습이 떠올라서 오히려 웃음이 터질 것만 같았다.

"그런데 꼭 기억을 해내게 하는 게 좋은 건지는 모르겠네……"

웃음을 참으며 설영이 그런 말을 중얼거리자 셜록은 무

슨 말이냐며 진실은 승리해야 한다는 둥 엉뚱한 소리를 늘어놓았고 그런 모습이 설영을 더 웃게 만들었다. 확실히 셜록은 영화를 글로 본 게 분명해 보였다.

드디어 영화가 시작되었을 무렵이었다. 이제 막 첫 장면이 시작되는데 누군가가 부스럭거리더니 이내 무언가를 꺼내 씹었다. 미세하게 냄새가 올라왔다. 설영은 순간 입을 막고 구역질을 참았다. 누군가 오이를 잘라 먹고 있었던 것이다. 그 사람은 아마도 자신이 먹는 것이 오이니까 냄새가 나지 않을 거라 여겼을 거다. 극장에 따라 맥주나 오징어도 먹게 해주니까 말이다. 그렇지만 그 극장은 예술영화 전용 상영관을 표방하는 곳이었고 상영에 방해가 된다는 이유로 생수 외엔 반입을 금지한다는 표지판이 늘 세워져 있었다. 오이 냄새 알레르기가 있는 설영이 애써 구토를 참는 모습을 보다 셜록은 갑자기 앞자리 사람의 어깨를 조심스레 두드렸다.

"실례합니다. 친구가 오이 냄새를 못 맡아서요."

앞사람은 처음엔 셜록의 목소리, 그러니까 셜록의 '여자 같지 않은 목소리'를 듣고서는 아유 죄송합니다, 하며 뒤를 돌았다. 그러나 이내 셜록을 넘겨보더니 무슨 대단한 유세를 떤다는 듯한 표정을 지으며 오이를 가방에 던지듯 집어넣었다.

"요즘 여자애들은 별나네, 오이가 무슨 냄새가 난다고. 집에서 살림들 안 하니까 그렇지. 별 유세를 다 보겠네."

그저 그런 해프닝 정도로 잘 마무리될 것 같던 상황은 그 사람의 혼잣말에 다시 원점으로 돌아갔다. 그 말을 들은 셜록은 곧장 여자이고 남자인 게 무슨 상관인지,를 시작으로 알레르기가 있는 사람에게 그것이 얼마나 폭력인지 모르는 것인지까지 따져 물었다. 그러자 앞사람은 대뜸, 야 너 몇 살이야, 우리 때는 여자애들이 영화관에 드나드는 게 자랑이 아니었어!라며 셜록을 밀쳤다. 말싸움은 이제 몸싸움이 되어갔다. 결국 설영과 셜록, 다른 관객까지 모두 영화관 스태프의 제지로 영화 중간에 상영관에서 나와야만 했다.

"영화를 못 보게 되어 미안하네……"

그때까지 설영은 오히려 셜록에게 안절부절못하고 있었다. 항상 그랬다. 오이 냄새 알레르기라니, 주변 사람들은 오히려 조금만 참아보라고 할 때가 많았다. 그래서 한동안 잘 피해 다녔다고 생각했는데, 하필 셜록과 처음으로 영화관에 온 날에 이렇게 누군가와 시비까지 붙은 것이다. 셜록이 자신 때문에 언성을 높였다는 생각이 들자 미안함에 저절로 어깨가 처졌다. 그런데 셜록이 설영에게 사과를 건넨 것이다.

"네가 좋아하는 감독이라고 했는데 말이야."

셜록은 발로 애꿎은 바닥을 몇 번 찼다. 그러더니 이렇게 덧붙였다.

"너는 뭐 좋아한다거나 싫어한다는 말 잘 안 하는데."

진심으로 미안해하며 시무룩한 표정을 짓는 셜록에게 설영은 그날 가지튀김과 맥주를 사 줬다. 중국음식점에서 가지튀김과 맥주를 잔뜩 먹은 셜록은 대체 언제 시무룩했냐는 듯, 커다란 텔레비전 화면으로 자기가 좋아하는 아이돌 가수의 공연을 실컷 보더니 다시 기분이 좋아져서 집으로 돌아갔다.

"며칠 후에 보니까 지연이가 그 영화 파일을 구매해서 메일로 보냈더라고요."

설영은 그 말을 하면서 조금 웃어 보였다. 시선이 어느새 연정의 어깨 너머에 있었다. 연정은 설영의 모습이 다시 한 번 낯이 익다고 생각했다. 도영이에 대한 이야기를 할 때의 자신과 닮아 있었다. 어느 날엔가 지윤이 그랬었다.

"연정아, 누가 보면 여기 도영이 와 있는 줄 알겠다, 네 앞에 있는 거 나야, 나."

반쯤 체념해도 반 이상은 절대 체념할 수 없는 마음 같은 것, 최대한 담담하게 말하고 있지만 실은 절박하게 매달리고 싶어서 하는 이야기들. 상황과 상대는 전혀 달랐지만 연정도 이런 마음을 품은 경험이 있었다. 도영이가 남자들과 모텔에 들어갔다는 걸 봤다던 그 남학생 앞에서 연정은 무릎을 꿇고 지금의 설영과 비슷한 표정을 하며 사정했었다. 그땐 도영의 휴대폰을 모두 본 다음이었다. 명백한 증거들 말이다.

'제발, 우리 도영이는 동성을 사랑하는 애야. 너 우리 도영이가 네 친구들이랑 잤다고 말한 거, 그거 다 거짓말이잖아. 진실을 말해줘, 제발……'

연정은 설영의 이야기를 들으며 또다시 테이블 위에 놓인 추리소설들을 바라보고 있었다. 이지연은 아마 윤설영이라는 이 사람과 함께하고 싶었을 것이다. 자신이 도영이의 세계를 들여다보려고 추리소설을 읽는 것처럼 말이다. 살면서 한 번도 궁금한 적이 없던 세계, 그 세계를 연정도 도영을 통해 보았다. 시계가 어느새 8시를 가리키고 있었다. 연정이 가운을 벗어 들었다. 제가 시간을 너무 빼앗았죠, 죄송합니다. 연정이 일어서자 설영은 당황한 듯 얼굴까지 조금 붉어졌다. 일본에는 민폐 문화라는 게 있다. 민폐를 절대 끼치지 않으려 하는 문화라고, 일본에서 온 환자들이 말해주곤 했었다. 정작 그 민폐 문화를 잘 지키는 건 일본에서 오래 산 외국인들 같다고 연정은 생각했다. 눈치를 볼 수밖에 없는 입장들. 연정은 설영에게 씩 웃어 보였다.

"설영 씨는 혹시 추리소설 좋아하세요? 국문과라고 하셨던 거 같은데……"

"네? 사실 요즘엔 제 연구와 관련된 책 아니면 소설 자체를 잘 안 읽어요. 부끄럽네요."

"뭐, 저도 최근엔 제 관심사 빼고는 안 읽으니까요. 아, 저도 사실 대학원에서 의학사 공부했어요. 친구분처럼 끝까지는 안 했고요. 놀라운 우연이죠? 그런데 저도 의학사 책 안 읽은 지 백 년이에요."

연정은 아까보다 설영이 자신에게 친근함을 느낀다고 생각했다. 그런가 하면 연정은 안도감을 느끼고 있는 중이었다.

"설영 씨는 셜록 홈스에 관한 드라마나 영화, 책을 어디까지 보셨나요?"

"셜록이요? 솔직히 전 셜록 홈스에는 딱히 관심이 없었어요. 원전을 제대로 기억하는 사람이 있긴 할까요? 물론 그게 매력인 것 같지만요. 그런데 그건 왜……"

"그러게요. 셜록 홈스가 참 시대에 맞춰서 문화에 맞춰서 다양하더라고요. 원전을 고집하지 않은 것, 전 오히려 그래서 셜록이라는 인물이 오래 기억되고 있다고 생각해요. 그런데 아쉬운 건요, 또 그 이름이나 역할이 갖는 성격, 행동 패턴은 그대로예요. 셜록은 천재에 사회성 부족한 남자, 왓슨은 추리력은 부족해도 성실하고 다정하고 보수적인 남

자. 그래서 〈에놀라 홈즈〉가 더 인기였는지 몰라요. 아, 저
도 이 업계에서 일하다 보니 인기 드라마는 꼭 봐야 하거든
요. 배우들 얼굴은 아주 중요한 자료니까요."

설영은 연정을 유심히 바라봤다. 설영은 지금 연정의 의
도가 무엇인지 파악하려는 것 같았다. 그런가 하면 연정은
지금 자신이 뱉고 있는 말이 굉장히 자신 같지 않다고 느꼈
다. 흡사 요즘 읽고 있는 추리소설 『기나긴 이별』의 필립 말
로를 연기하는 것처럼 느껴지기도 했다. 직선적으로 말하
지 않고 조금은 건들대며 에두르는.

"설영 씨, 설영 씨 메일을 받고 저도 셜록 홈스에 관련한
영화나 드라마 같은 걸 다시 찾아봤어요. 그러다가 얼마 전
엔 왓슨이 여성으로 설정된 드라마를 보게 됐어요. 근데 사
실 성별만 여성으로 바뀌고 셜록에게 종속된 건 똑같더라
고요. 그래서 그 똑같은 성격 설정에 딱 왓슨의 성별만 여
자로 바꾼 게 오히려 저는 훨씬 더 마음에 걸렸답니다."

여전히 의아한 표정을 감추지 못하는 설영에게 연정은
그런 말을 했다.

"셜록와 왓슨의 성격이나 구도가 완전히 바뀐 것도 아닌
상태에서 굳이…… 하나의 커플로 오래 불리던 셜록과 왓
슨을 남성과 여성으로 설정한다는 게 전 좀 그랬어요. 한국
은 이성 간의 사랑 이야기만을 좋아하는 것 같거든요."

연정은 문학이나 영화나 극을 잘 모르는 자신이 오해하
는 건지도 모른다고 말하면서도 자신의 오해가 그저 오해
이길 바란다는 말도 슬쩍 밀어 넣었다.

"제가 같이 찾아드릴 수 있는 건 있지 않을까요? 의사로
서 말고요. 구연정으로서요. 환자의 신상은 절대 비밀 보장
이라서요."

설영은 연정이 내민 손을 물끄러미 바라보다 이내 그 손
을 잡았다. 연정이 가운을 정리하며 말했다.

"우리 이제 여기서 나가요."

그날 설영은 한국에 와서 처음으로 누군가와 함께 밥을
먹었다. 뭘 먹었는지 기억나지 않지만 나눴던 대화만은 선
명했다. 연정이 들려주는 셜록의 마지막 모습들, 그 이야기
를 들은 설영이 거듭 물었던 건 이것이었다.

"지연이, 행복해하던가요?"

· 제 7 장 ·

왓슨들

*

눈썹 정리되어 있지 않음. 속눈썹 시술 없음. 피부색과 톤은 동안에 가까움. 피부과나 성형외과 쪽 미용 시술과 수술의 흔적이 보이지 않음. 재생 불가능한 기미, 눈에 띄는 색소 침착이나 처짐 상태 확인 안 됨. 운동화는 무인양품 세일 상품. 셔츠와 청바지는 유니클로. 가방 브랜드는 확인 불가하나 패브릭 재질. 머리카락 상태는 대략 한 달 전후 헤어숍 방문. 네일 케어 없음.

연정이 설영을 처음 봤을 때 눈에 들어왔던 것들이다. 만약 설영을 환자로 만났다면 아마 가벼운 보톡스 시술 정도를 권유하고 피부과 쪽으로 돌렸을 것이다. 그것도 병원에서 일반 내원 환자들을 대상으로 하는 월별 할인 이벤트로 말이다. 설영의 외적 조건으로 보았을 때 설영이 감당할 수 있는 시술이나 수술의 비용은 빤했다. 사실 강남과 타 지역의 시술이나 수술 비용 차이가 발생하는 건 이 때문이었다. 주요 고객층 자체가 달랐으니까, 그렇다고 일반적인 내원 환자를 받지 않을 수는 없으니 이벤트 가격으로 돌렸다. 이러니 강남을 두고 사람 겉모습으로 계급을 나누는 곳이라는 말이 나오는 거다. 하지만 익숙해지는 것과는 별개로 마음이 편하진 않았다. 연정은 의대에서 잘 차려입고 다니는 선배나 동기 들이 참 신기했었다. 연정은 과외하느라, 조느라, 수업 이해하느라 바빴다. 주위를 둘러보면 자신만 그렇게 바쁜 것 같았다. 대학원을 가서는 공부에 빠져서 세수나 겨우 하고 학교를 갔었다. 이혼 전에도 마찬가지였다. 전남편의 병원에 가본 적도 없지만 아마 시술을 해준다고 해도 가지 않았을 것이다. 연정에게는 화장을 할 시간도, 관심도 별로 없었다. 도영과 관련해서 유치원에 가거나 학교에 갈 때에나 화장을 하고 옷을 신경 써서 입었다. 도영이는 그런 연정을 보며 타고난 '탈코'를 했다며 좋아했었다. 연정은 도영이가 그 말을 하면서 왜 그렇게 기뻐했는지, 조금 더 일찍 알았으면 좋았을 거라고 생각했다. 그런 연정이다 보니 가끔 자신이 하는 계산이 부끄럽고 껄끄러웠다. 분명 자신도 어디선가는 이렇게 값어치가 매겨질 거라는 사실을 알게 된 거니까. 게다가 어느 순간부터는 병원과 전혀 상관없는 사람을 만나도 자연스레 그런 생각이 드니 문제였다. 아니, 문제인가. 상담실장은 어쩌면 연정이 성장했다고 좋아할 수도 있었다. 연정은 그런 마음이 들자 되레 설영에게 조금 더 친절해지고 싶었다. 사람을 '판단'하는 곳에서 자신이 그 기준에 못 미친다고 느껴지면 사람들은 스스로를 낮추게 되고 이런 마음을 이용하는 이들은 자연스레 그들을 배제시킨다. 자존감은 그렇게 낮아지는 것인데, 그래서인지 설영은 앉는 자세마저도 불편해 보였다. 설영이 조금 편안해 보였던 건 이지연 씨의 메일 이야기를 꺼냈을 때였다.

"저, 구연정 선생님. 사실 여기 오기 전에 셜록으로부터, 아니 지연이, 지연이에게 세번째 메일을 받았어요."

설영은 이게 어떻게 된 일인지 모르겠다며 얼굴을 긁적였다. 연정은 얼른, 얼굴에 자꾸 손대는 건 별로 안 좋다고 말하려다 입을 다물었다.

"다른 거 하나는 알았는데요. 여기 제 휴대폰 보시면…… 새로 온 메일에 첨부된 사진 속 여자분은 최은희라는 원로 배우시더라고요."

"마릴린 먼로 옆에서 팔짱을 끼고 있는 이 여자분 말씀이시죠? 한국전쟁 당시일 텐데, 옷차림이나 그런 게 나쁘지 않네요? 얼굴도 정말 상당히 서구적이세요. 굉장히 인기였겠어요. 당시 분위기로 봐서 더욱더."

"네, 그때 전쟁이 길어지면서 군 위문 공연도 많았고 군을 아예 따라다니던 배우나 극단도 많았나 봐요. 최은희 씨는 그렇게 군을 따라다니면서 성폭행 피해도 겪으셨다고 하더라고요."

"전쟁 중에 여성 성폭행 사건은 무마되기가 쉽다고 들었어요. 전시라는 말을 붙여서요."

"네, 아무래도…… 죽지 않은 게 다행이라는, 말도 안 되는 이야기도 했었대요."

설영과 연정은 동시에 한숨을 내쉬었다. 전쟁 중이 아닌 요즘에도 마찬가지잖아요. 둘 다 이 말을 삼키는 중이었다. 먼저 분위기를 바꾼 건 이번엔 설영이었다.

"참, 두번째 사진은 찾아보니 지리산이었어요."

"지리산이요? 마릴린 먼로가 방문했던 부대는 지리산 쪽은 아니었죠?"

"네, 마릴린 먼로는 지리산과 상관없어요. 최전선은 아니고 중부 전선쯤이었으니까요. 그런데 사실 지연이랑 지리산은 좀 연관이 있을지도 몰라요."

"왜요? 이지연 씨 고향이 지리산 쪽이었어요? 아, 너무 단순한 생각인가요?"

"아뇨, 아뇨. 관련 있다고 하면 고향 같은 것부터 떠올리는 게 당연하죠. 그런데 그건 아니고요. 지연이 박사논문 때문에 그쪽에 있는 대학에 자료 조사 간 적 있거든요."

"그 박사논문이라면 저도 있어요. 그때 기억에…… 빨치산 여성 생존자에 관한 공중의학사 논문이었던 거 같은데요. 생존자들 만나러 가신 거군요?"

"네, 그런데 재밌다고 해야 할지 참 알 수 없다고 해야 할지 모르겠는데요. 생존자분을 지리산에서 뵌 건 아니에요."

"그럼, 어디 계신 거예요?"

"도쿄요."

"네? 도쿄요? 아니, 거기…… 거기 어떻게."

설영과 연정이 동시에 음, 하는 소리를 내뱉었고 곧 서로의 행동에 웃음을 조금 터뜨렸다. 연정은 이런 웃음이 앞선 심란함을 조금 거둬들인다고 느꼈다.

"그게, 그분들 산속에서도 성범죄에 늘 노출되어 계셨던 거 같고 내려와서는 조사받으면서 그런 범죄에 시달리신 거 같아요. 제가 뵌 분은 그래서 결국 한국에 정착 못 하시고 외국으로 가신 듯해요. 그래도 말이 통하는 나라가 일본이었던 거고요."

"사회적으로도 낙인찍히고…… 이중 피해를 입으신 거군요."

연정은 그 말을 하면서 자신도 모르게 입술을 깨물었다. 도영이만 봐도 그랬다. 아니, 도영이뿐인가. 성범죄 사건은 피해자가 고립되는 경우가 대부분이었다. 아마 도영이가 살아 있었다면 연정도 그 아이들을 피해 어디로든 도망쳤을 것이다.

"아. 그리고 이거 말인데요."

설영이 생각난 듯 추신에 대한 이야기를 꺼낸 것도 그쯤이었다. 죽은 아버지, 간텐바인, 화산 아래서, 마운트 아날로그, 도둑신부, 죽은 자들의 백과전서…… 연정에게는 미로 같던 그 단어들이 설영의 말을 들으니 약간 이해가 되는 듯도 했다. 확실히 이지연은 윤설영에게만 해주고 싶었던 말이 있었나 보다. 도영이가 자신에게 그랬던 것처럼 말이다. 연정은 잠시 책상 위에 놓인 추리소설에 시선을 두었다.

"저, 설영 씨. 저는 사실 문학을 잘 몰라서 말씀하신 작가들의 책은 모르겠어요. 그런데 제가 아는 도둑신부가 있는 것 같긴 해요. 의외로 참 주변에 많을지도 모르겠고요. 어쨌거나 제가 아는 건 바로 이거예요."

연정이 팔을 뻗어 집은 책은 레이먼드 챈들러의 추리소설 『기나긴 이별』이었다. 설영은 잠시 미간을 찌푸렸다. 두 가지 이유에서였다. 과연 이제 자신이 늘 아름답기만 한 여자 주인공과 거들먹거리긴 하지만 천재인 탐정 필립 말로

가 나오는 그 시리즈를 재미있게만 읽을 수 있을까 하는 생
각이 우선이었고 또 두번째는…… 저 소설 속 범인이 결국
의뢰인 여자였던 것이 기억났기 때문이다. 내용은 아주 대
략적으로만 생각났고 전체적으론 가물가물했다. 여자가 기
억을 잃었고 현재 남편을 사랑했지만 자신을 속여온 그 남
편의 외도를 눈치챘고…… 그러다가 기억 속 누군가를 찾
아 나섰던 것 같은데 내용이 더는 기억나지 않았다. 설영은
잠시 생각에 잠겼다. 그런데 그때 저 의뢰인 여자가 왜 범
행을 저질렀더라? 분명 그녀는 무언가에 복수하고 싶어 했
는데, 그게 자신을 속인 남편에 한정된 건 아니었다. 대상이
명확히 떠오르지 않았다. 어떻게 보면 자신의 삶을 그렇게
만든 이 세상에 대한 복수 같은 느낌이기도 했었다. 그러니
까 자신의 의지와 상관없이 그저 군대에 가지 않는 여성이
라는 이유로 팔려 도둑신부가 되었고, 그 바람에 기억과 사
랑을 잃었고…… 남자란 그저 바람피우고 여자를 거느리는
게 당연하다고 여겨지는 사회 분위기 속에서 인내하며 가
면을 쓰고 살아야 했던 한 여성의…… 그런 세상의 폭력과
혐오에 대한 복수 말이다.

"설영 씨, 그래서 저도, 한두 가지 정도 생각해봤어요."

갑작스러운 연정의 말에 설영은 자신이 혹시 입 밖으로
생각을 소리 내어 말했나 싶어서 고개를 퍼뜩 들었다. 하지

만 연정은 자신의 컴퓨터 화면을 유심히 바라보고 있었다.

"이지연 씨가 보내온 추신에 씌어진 소설을 저는 하나도 읽어보지 않아서 검색해보았거든요. 그런데 말씀해주신 것 말고도 공통점이 있더라고요. 작가들이 제2차 세계대전을 겪었던데요. 그러니까, 전쟁을 겪은 사람들이네요."

"그러고 보니 마릴린 먼로도 그렇네요. 전쟁 중에 첫번째 결혼을 했고. 결혼이라기보다는 팔아넘겨진 거지만요. 도둑신부라는 거 자체도 전쟁 중 생긴 것이기도 하고요."

"여태까지의 공통점을 살펴보면……"

"네, 그냥 단어만으로 나열해보니까 전쟁, 도둑신부, 마릴린 먼로, 지리산 그리고……"

"그런데 죽은 마녀는요? 설영 씨, 혹시 비슷한 책 제목 없어요?"

설영과 연정이 또다시 동시에 음, 하는 소리와 함께 한숨을 내쉬었다. 그러고는 곧장 웃음이 터졌다. 이번엔 아까보다 조금 더 가벼운 웃음소리였다. 우선 저녁을 먹읍시다. 연정이 의사 가운을 벗으며 그렇게 말했고 설영은 고개를 끄덕이며 가방을 챙겨 들었다. 책상 위에 놓인 『기나긴 이별』의 표지를 잠시 바라봤지만 얼른 연정을 따라 진료실을 나섰다.

*

　설영 씨, 저 며칠 동안 자리 비울 것 같아요.

　물론 셜록이 지리산 사진을 보내왔다고 해서 연정과 설
영이 곧장 지리산으로 향한 건 아니었다. 역시나 이길 수
없는 인생의 최강자는 일상이었다. 연정의 병원에는 코로
나19 이후 잠시 주춤했던 손님들이 대거 몰리는 것 같았다.
해외여행에 쓰던 비용을 다른 곳에서 소비하기로 마음먹은
건지도 몰랐다. 병원에 몰리는 사람들은 대부분 휴가를 내
고 수술을 받으러 오는 사람들이었다. 그런가 하면 설영에
게도 한국에서의 일상이 삶에 개입되고 있었다. 숙소로 머
물 곳을 정했고 그러다 보니 신원을 보증할 이런저런 서류
가 필요해졌다. 주민센터에서 하루를 꼬박 보내는 날도 있
었다. 은행 업무는 설영처럼 저녁형 인간에게는 아주 큰 시
련이었다. 연정이 휴대폰에 은행 앱을 다운 받을 것을 추천
해줬다. 설영은 몇 년 사이에 일본 은행에서만 거래를 하
는 사람이 되어 있었다. 연정이 아니었으면 여러모로 고생
스러웠을 것이다. 항상 도움만 받았기 때문에 어떻게든 더
이상 폐가 되고 싶지 않은 마음에 먼저 연락을 하진 않았는
데, 어느 날엔가 연정이 설영에게 트위터 주소를 하나 보내

며 이렇게 덧붙였다.

"아무래도 메시지로 모든 걸 말하기는 어려우니까 혹시 어떤 정보가 생기면 이곳에 남겨주면 좋을 것 같아요. 둘 다 말이죠."

설영이 주소를 클릭해보니 트위터 비공개 계정이었다. 우선 팔로를 신청하고 다시 확인한 프로필의 닉네임은 '왓슨들'이었다. 설영은 웃음을 터뜨렸다. 셜록 없는 왓슨들의 세계, 과연 왓슨은 추리에 성공할 수 있을 것인가. 설영은 기념비적인 사건이 되겠네, 하고 팔로 승인을 기다렸다가 첫 글을 남겼다.

'축 왓슨.'

연정이 바쁜 병원 일정으로 잠시 자리를 비운 사이, 설영은 연구소 면접까지 자신에게 약 2주가량의 시간이 있다는 걸 셈해보았다. 그러면서 왜 그 선배를 못 떠올렸을까, 싶은 사람이 한 명 떠올랐다.

호준 선배. 셜록의 첫번째 메일처럼 혹시 정말 연구소를 옮겼다면 직접적인 도움은 안 될 수도 있는 사람이었다. 셜록이 처음 들어갔던 연구소에서 같이 일했던 연구원 선배였다. 설영의 기억으론 셜록과 함께 대학원 다른 이들의 부러움을 살 정도로 잘나가던 사람이기도 했다. 한국에서 가장 좋은 학교에서 학부를 나와 이른 나이에 평론으로 등단한 경력이 있었고, 이런저런 학회에서 발표한 논문의 수도 많고 퀄리티도 좋아서 일찌감치 연구소 조교부터 보조 연구원 자리까지 했던 사람이었다. 물론 셜록과 세부 전공이 달라서인지, 셜록이 워낙 남들에게 무관심해서인지 설영에게는 둘이 라이벌이라는 느낌은 전혀 없었다. 학과에서는 호준이 셜록을 좋아한다는 소문도 있었다. 설영은 우선 학교 홈페이지를 뒤져보았다. 그리고 너무나 쉽게 호준의 메일 주소를 얻게 되었는데, 호준이 산하기관의 연구교수로 등록되어 있었기 때문이었다. 잘되어서 다행이네. 설영이 호준에게 연락해보기 위해 메일함을 열었을 때 설영의 긴장을 풀어줄 만한 메일이 와 있는 것을 보았다. 이케다로부터였다.

세츠에 선생, 일은 잘 되어가고 있습니까. 이케다입니다. 이제 아는 사람도 별반 없을 그곳에서 답답하겠지만 코로나19가 준 휴가라고 생각하세요. 이렇게밖에 말을 못하겠군요. 도쿄는 올림픽 이후에도 여전한 난리입니다. 아무래도 확진자가 갑자기 줄어든 것도 집계상의 오류가 아닌지 의아한 일인데 텔레비전을 켜면 무속인이, 심리학자가, 이름을 정확하게 밝히지 않은 각층의 사람들이 나와서 코로나19 이후의 상황과 선거 후의 상황들을 예측하곤 합니다. 말들이 넘쳐흐르네요. 물론 하나도 안 맞았습니다만. 자, 어떤가요? 이런 나라에서 올림픽이 열렸다는 것 자체가 기적인가요?

설영은 오랜만에 온 이케다 선생의 메일에 옅게 웃음을 터뜨렸다. 원래대로라면 아마 설영도 도쿄에서 올림픽에 대해 찬반을 벌였을 것이고, 이제는 위드코로나에 대해 이야기를 나눴을 것이다. 한국의 선거에 대해선 뭔가 제3자의 입장으로, 일본의 선거에 대해선 애매한 웃음으로 눙쳤을지도 모르겠다. 이 모든 걸 웃으며 회상하다니, 역시 사람 사이에는 적절한 거리가 필요한 걸까, 설영은 그러다 곧 아니라는 생각을 했다. 일본에서는 서울이 전혀 그립지 않았으니 말이다. 설영은 어쩐지 답장을 좀 천천히 하고 싶다고 생각했다. 이건 휴대폰이나 태블릿 피시로도 충분히 가능했지만 길게 쓰고 싶을 땐 노트북으로 답을 하는 심정과 비슷한 것이었다. 뭔가 길게 대화를 하고 싶어서 조금 미루는 형태. 그리고 반드시 해야 할 일이 있어서 다른 것에 마음을 못 쏟을 때도 포함되어 있었다. 호준에게 메일을 보내야 하는 상황이 그랬던 거다.

"윤설영, 너 정말 기억을 아예 못 하는 거야?"

설영은 오랜만에 만난 호준이 인사도 없이 다짜고짜 자신에게 그런 말을 해오자 자신도 모르게 허리를 곧추 펴며 뒤로 좀 물러앉게 되었다. 원래 이런 걸 아무 인사도 없이 물을 만큼 친밀했던가도 생각하게 되었다. 호준을 만나기까지, 몇 번이나 메일을 보내고 답을 기다렸었다. 수신함에 들어가서 확인해보면 분명 읽음으로 표시되어 있는데도 답이 없어서 결국 전화를 한 참이었다. 호준은 설영에게 몇 번이나 아무 기억이 없는지 물었고 의외로 순순히 만날 약속을 잡았다. 겨우 연락이 된 호준은 어쩐지 오히려 설영을 의심하는 목소리였다. 설영이 지난 5년간 한국에 없었다는 것, 그리고 6년 전 8개월을 전혀 기억하지 못한다는 걸 여러 차례 확인하고도 무언가 설영을 끊임없이 관찰하는 눈치였다.

"정말 기억 하나도 못 하는 모양이네? 이지연의 마지막에 대해서 말이야."

"마지막,이요?"

"아, 그러니까, 내 말은. 내 말이 좀 이상했나? 뭐, 실종되기 전이라고 해두자. 근데 넌 어떻게 이렇게 하나도 기억을 못 하는 거냐? 정말 그때, 그러니까 그 사고 직전의 일이 하나도 기억 안 나는 거야?"

"네, 병원에서는 언젠가 기억이 돌아올지도 모른다고 하긴 했어요. 그때가 아직은 아닌 모양이고요."

"그래, 너가 기억 안 난다고 하니까 나도 믿고 말할게."

셜록의 실종과 연구소 사람들이 관련이 있는 것도 아닐 텐데, 설영은 이게 그렇게까지 신뢰를 바탕으로 말할 일인가 의아했다.

"설영이 너, 하긴 8개월이면 그럴 수 있겠네. 아마 그 뒤 일걸? 지연이 걔 연구소 옮긴 거 맞아. 너도 알다시피 걔 적응 하나도 못 했잖아. 회식 가서도 채식 타령이나 하고 분위기 못 맞추는 스타일. 너도 알지?"

회식은 법적인 근무 시수에 포함되지 않으니까요, 설영은 이 말을 하려다 삼켰다. 호준의 비위를 건드리고 싶지 않아서였다. 아직 들을 말이 있었으니까. 하지만 설영은 아까부터 호준이 셜록을 자꾸만 어떤 문제가 있는 사람으로 몰아간다는 느낌이 들었다. 설영이 기억하는 호준은 셜록과 세미나나 스터디를 늘 하고 싶어 했을 정도로 셜록에게 호감을 보였던 사람이었다. 물론 셜록은 전혀 관심없어 했지만.

"네가 지연이에 대해서 어떻게 기억하는지는 모르겠지

240

만 같이 일하는 사람들도 참 힘들었다는 것만은 알아줘. 노래방을 가도, 술집에 가서도 산통 깨는 소리나 하고. 한번은 내가 술을 많이 마신 날이었는데 날 그냥 길에 두고 가더라니까."

설영은 최대한 표정을 숨기기 위해 노력했다. 연구소 사람들은 소장이 참석하는 회식조차 일부러 셜록에게는 제대로 된 시간과 장소를 알려주지 않았다. 그러다 겨우 윤아가 셜록에게 일정을 알려줘서 참석하게 되면 술을 먹지 않는 셜록에게 온갖 술잔을 다 가져다줬다. 술만 마시면 여자들의 허벅지에 손을 올린다는 소장 옆에 셜록의 자리를 만들어주던 사람들이었다. 그들이 보기에 셜록의 성별은 여자고, 그들은 그걸 잘 이용했다. 설영은 순간 목뒤부터 정수리로 올라오는 뻐근한 고통을 느꼈다. 환상통의 기미였다.

"아무튼 나도 뭐 그사이에 결혼하고 임용 받느라 바빴다."

"아, 선배 결혼하셨군요. 몰랐어요. 축하드려요. 임용도 축하드려요."

"그래, 엎드려 절 받기 같지만 고맙다. 그리고 이렇게 지연이 찾겠다고 온 너한테 좀 미안한 말이긴 한데. 그 시기가 네가 기억 못 하는 그때인지는 잘 모르겠지만 지연이 걔 그때 불륜 스캔들로 연구소 어차피 그만뒀어야 했을 거야."

설영은 호준의 마지막 말에 너무 놀라 하마터면 들고 있던 잔을 놓칠 뻔했다. 분명 얼음 잔이었는데 손에서 땀이 흘렀다. 하지만 호준은 설영의 반응을 예상했다는 듯, 아니 무언가 이 말은 분명히 해야겠다는 듯 개의치 않고 말을 이어나갔다.

"지연이 걔 당시 연구소 소장하고 그렇고 그런 사이였다는 말이 있었어. 지연이도 잠깐 나오라는 소장 말에 웃으면서 답 문자 보내고 그런 거 이미 다 경찰서에서 확인한 사실일걸? 지연이 걔가 바로 연구원 됐잖아. 우리 학교 출신도 아니고 의대라고는 해도 지방대 출신이었는데."

"지연이가 남자를 만났다고요?"

설영은 호준을 빤히 바라보며 다시 물었다. 지연이가, 남자를요? 결국 시선을 먼저 피한 것도 호준이었다.

"야, 윤설영. 너 눈으로 나 잡아먹겠다? 왜? 너 왜 나를 그렇게 봐? 넌 기억도 못 하잖아."

그러더니 호준은 갑자기 이후에 회의가 있어서 들어가봐야 한다고 했다. 너 곧 우리 학교 면접 본다며?라는 말도 잊지 않았는데 그건 마치 네가 일본에 있으면 몰라도 여기서는 내가 선배야. 알지?라고 말하는 것만 같았다. 하지만 설영은 숙소로 돌아오는 지하철에서, 언덕에서, 계단을 오르면서, 현관 앞에서 오로지 이 말만 중얼거렸다. 셜록이 남자를요? 셜록이 남자를 만났다고요? 하지만 셜록은……

설영은 6년보다 훨씬 전, 자신과 셜록이 함께했던 날들로 돌아가고 있었다. 함께 밥을 먹고 함께 잠을 자고 함께 꿈을 꿨고…… 그래, 사람 속을 다 안다고 자신하는 것만큼 어리석은 것이 또 있을까. 하지만 정체성은 무슨 속마음 같은 게 아니었다. 상황 따라 사람 따라 그렇게 쉽게 바뀌는 게 아니었다. 차라리 국적이 바뀌고 이름을 바꾸는 게 빠르다고 할 수 있을 거였다.

숙소로 돌아와서도 한참을 멍하니 앉아 있던 설영은 '왓슨들'에 글이 하나 올라왔다는 휴대폰 알림을 확인하고 나서야 겨우 몸을 움직였다. 편의점에서 음식들을 픽업해 왔다. 그래도 무언가라도 먹고 짧게라도 오늘 일과 상관없이 밖엘 나갔다 오고 나니 그제야 샤워도 하고 노트북도 켤 수 있을 것 같았다. 하지만 잠시 후에는 다시금 의아한 마음이 되었다. 연정이 올린 게시물에는 설영이 셜록에게 메일로 받은 그 지리산 사진이 있었다. 아니, 정확하게 말하자면 그 지리산 사진이 액자에 넣어져 있는 걸 찍은 사진이었다.

설영 씨, 앞서 보여주신 사진이 낯익어서 생각해보다 떠올랐어요. 이전에 이지연 씨가 저에게 상담받으면서 보여주었던 사진과 같은 거였어요. 그때 제가 이지연 씨께 사진이 멋있다고 하니까 병원 상담 계정으로 저에게 전달을 부탁하셨고요.

설영이 뭐라고 반응하기도 전에 사진에 타래를 이어서 글이 달렸다. 액자에 넣어진 사진이라면, 셜록도 실제 지리산을 가서 사진을 찍어온 게 아니라 어디엔가 있는 이 지리산 사진을 셜록이 찾아가 찍었다는 뜻이 된다.

이지연 씨는 수술이 끝나면 이 사진을 찍은 곳에 갈 거라고 했어요. 만날 사람이 있다고 말이에요. 그러니까, 지리산에 간다고 말이에요. 약간 장난치듯이, 그렇게 말했어요.

만약 지리산 풍경을 찍은 사진이 걸린 곳에 갔다면 아마도 그곳이 설영과 연정이 확인할 수 있는 셜록의 마지막 행선지일 것이다. 순간 설영의 머릿속에는 하나의 장면이 지나갔다. 셜록과 함께 빨치산 생존자를 만나러 갔을 때 정작 그 생존자는 지리산에 없었다. 이의선 할머니는 도쿄에 있었다. 먹고살아야 하는데 도저히 한국에서 살 수가 없으니까 떠났다던 그 말. 정착하고 싶어도 따가운 시선에 그럴 수 없었으니까. 피해자들의 삶이 마치 하나처럼, 어떤 때는 놀랍도록 단순하게 불행해지는 것도 그 이유였다. 그러니까 셜록이 말한 지리산은, 지리산이 아닐지도 몰랐다. 연정의 말처럼 지리산 풍경을 찍은 사진이 걸린 어떤 곳일지도…… 설영이 생각에 잠긴 사이에도 연정의 글은 조금 더 타래를 만들며 이어지고 있었다.

미완성된 산 아래의 도둑신부라면 뭘까요? 아니면 죽은 아버지들의 산? 그것도 아니면 죽은 마녀들의 산?

설영은 이의선 할머니를 만났던 그때의 풍경들을 하나씩 떠올리고 있었다. 도쿄의 도시락 가게, 잘 익은 우메보시, 뜨거운 낮에 갑자기 쏟아지던 비와 시원한 국물에 적셔 먹었던 국수. 설영은 연정의 글 아래 천천히 답글을 달았다.

빨치산, 아닐까요.

그러므로 그 타래의 끝에서 이야기를 마무리한 것은 설영이었다. 설영과 연정이 가야 할 곳이 정해진 셈이기도 했다.

· 제8장 ·

아득히 가까운 곳

*

　"우리 구 원장님 미간부터 어떻게 해야겠다, 다른 사람 주름 말고. 아이고 어떻게 해, 미간으로 온 짜증을 다 말씀하고 계셔."

　상담실장의 말에도 연정은 고개를 들 힘이 나지 않았다. 코로나19가 장기화되면서 성형 파트는 자연스레 피부과 진료를 분담하는 형태가 되어가고 있었다. 연정은 처음에 웬만하면 하지 않으려고 했었다. 많은 병원에서 그런 식으로 일이 진행되고 있고 당연히 연정도 하려면 할 수 있었지만 인간의 몸을, 얼굴을 다루는 일은 정말 늘 긴장되었다. 특히나 손에 익지 않은 분야는 더 그랬다. 하지만 연정도 이 병원의 부품 중 하나일 뿐이었으니 선택권이란 없었다. 물론 하다 보니 재미가 붙긴 했다. 피부과 파트 원장님께 실리프팅 같은 시술을 배울 땐 의사로서 도전 정신도 생겼다. 하지만 솔직히 제모 시술 같은 일은 연정에게는 좀 힘들었다. 시술 자체가 어렵다기보다는, 뭐랄까⋯⋯

"그놈이 뭐라고 나불댄 거예요? 또 이상한 말 했어요? CCTV 돌려보면 다 나오니까 구 원장님 마음에 박힌 말 있으면 대표원장님께 말해버려요."

연정이 남성 주요 부위의 제모 시술을 하면 문제가 생길 때가 있었다. 당연히 시술 결과의 문제가 아니었다. 왁싱숍에서 하는 것과 달리 피부과에서 하는 제모 시술은 뿌리까지 레이저로 태우는 것이기 때문에 굉장히 섬세한 작업이었고 연약한 피부를 상하지 않게 하는 것도 중요했다. 물론 집중을 요하는 게 아니라 하더라도 연정은 성형외과 의사로서 남성이든 여성이든 신체를 봐왔기 때문에 특정 신체에 민감하지 않았다. 그런데 참 신기한 일이었다. 남성인 피부과 대표원장님이 시술할 땐 일어나지 않는 일이, 연정이 남성의 주요 부위 제모를 맡아서 시술할 때만 발생한다. 그러니까 오히려 환자로부터 비롯된 성추행과 성희롱. 공무원도 직업 군인도 심지어 의사나 변호사도, 그러니까 흔히 말하는 철밥통 직업이라는 것도 남자들에게만 안전한 직업인 것 같다는 생각이 들었다. 연정은 서랍을 더듬거리며 타이레놀을 찾았다. 상담실장이 얼른 유니폼 앞주머니에서 타이레놀을 하나 꺼내 물과 함께 연정 앞에 두었다.

"그때 그 일본에서 찾아오신 분은 어떻게 되신 거예요? 원장님이 환자를 놓치실 분은 아니신데."

연정은 상담실장이 오늘은 왜 찰흙으로 빚은 얼굴 이야기와 추리소설 이야기를 안 꺼내나 했었다. 골프나 프로포폴 잔소리도 왜 안 하나 했는데 다른 이야기가 궁금해서였다. 하긴 그 뒤에 설영이 연정의 환자로 병원에 온 것도 아니었으니 상담실장은 마치 이야기 첫 장만 본 사람의 심정일 수 있었다.

"아, 그게. 우리 병원하고는 좀 안 맞아서 다른 병원 추천해드렸어요."

"왜요? 무슨 환자였는데요?"

"뭐, 그냥…… 피부 정돈 정도만 하면 되는 분이시라 굳이 여기서 시술을 안 하셔도 될 것 같아서요."

연정은 자신이 말하고도 조금 머쓱함을 느꼈다. 요즘 같은 때에 일본에서 온 환자를 다른 병원으로 돌린다니 너무 빤한 핑계를 댔다 싶었는데 의외로 상담실장은 잠시 연정을 보더니 어깨를 으쓱해 보였다.

"하긴 요즘은 일본 사람들이라고 돈 많은 건 아니더라고요? 예전에 우리 엄마도 일본 아줌마들 잡으려고 난리였는데."

　아주 가끔이지만 상담실장은 자신의 어머니 이야기를 하
곤 했다. 상담실장 말로는 이른바 '현타' 오는 날에 그렇다
는데, 일반적인 방문 환자에게 너무 비싼 시술을 권유하거
나 그 반대로 경제적 상황을 고려해서 웃으면서 다른 병원
으로 돌릴 때라고 했다. 그 이야기의 시작은 언제나 상담실
장의 어머니로부터였다. 상담실장의 어머니는 화장품 방
문 판매원을 오래 하다가 아이엠에프 사태가 터지고 직업
을 잃은 다음에는 집에 마사지실을 차려놓고 돈을 벌었다
고 했다. 망한 병원에서 나온 중고 시술 기기를 겁도 없이
들이고 그걸로 돈을 벌었다고. 그거 불법 아니에요? 하루는
연정이 조심스럽게 물었는데 상담실장의 대답은 아주 명쾌
했다. 엄마는 그게 불법인지도 몰랐었다고.

　"예전에 신사, 압구정, 강남 이 일대가 다 업소였잖아요.
저기 위쪽이랑 군부대만 있는 거 아니었고 강남이 중심이
었죠. 그런데 심지어 업소 출신이 병원 가면 대놓고 박대하
는 데도 있었다 하더라고요. 그러니 어떻게 해. 남자들은 예
쁜 여자, 예쁜 여자 하는데. 사람들도 그냥 위험한지 뭔지도
모르고 이뻐진다 하니까 너나없이 간 거예요. 다들 여자들
한테 외모 지적들 해대고 먹고는 살아야 하는데, 또 성형외
과나 피부과 가면 내 돈 내고도 한심한 여자 취급당하니."

상담실장의 어머니는 부도가 난 병원의 시술 기계를 중고로 빼돌리는 업자에게서 넘겨받아 무허가 시술을 한 셈이었다. 하지만 단속에 걸렸을 때 그 업자가 한 말은 이거였다. "나는 반성 안 해. 얼굴 뜯어고치려고 한 여자들인데, 이게 무슨 죽을병 걸린 사람을 내가 속인 거야? 어디 사람 죽었어?"

마음을 죽였겠죠, 연정은 마음속으로 중얼거렸다. 외모와 정신이 분리되어 있다는 건, 적어도 성형외과의로서는 합의해주기가 힘든 말이었다.

"그래서인가, 우리 엄마는 내가 피부과 의사가 되기를 그렇게 바랐는데. 나는 상담실장이 되었네요. 근데 우리 엄마 밖에 나가서는 내가 병원에서 일한다고만 하지, 상담실장이라고는 또 안 해요. 왜 그럴까, 그 양반은요."

이번엔 연정이 그저 어깨를 으쓱해 보였다. 그렇지만 연정에게도 이런 말을 들으면 떠오르는 것들이 있었다. 연정이 의학사 공부를 할 때 잠시 성형의학사에 관심을 가진 적이 있었다. 성형의학사는 정말 자료가 없어서 고생을 많이 했었다. 고작 한국전쟁 직후 미군이 들여온 언청이 수술에 관한 언급이 공식 기록의 전부일 정도였다. 그때 오기로 뒤져본 1960년대 신문 기사에서 그런 게 있었다. 전쟁이 끝나고 군의관들 보조하던 사람들이 남대문 쪽과 서울역 쪽에 성형외과를 불법으로 차려서 탈이 났다는 거였다. 이들은 의사 면허가 있지만 결혼 후 더 이상 일을 하지 않는 '부인' 들에게서 면허를 산 다음 무허가로 시술과 수술을 하다가 큰 상해를 입혔다는 것이다. 불법 시술을 한 이들을 붙잡아 경찰이 죄를 인정하냐고 물으니 이렇게 대답했단다. "부모에게 받은 얼굴 버리고 새 얼굴로 단장하려 한 여자들에게 하나도 미안하지 않다." 이 모습에 오히려 경찰들이 아연했다는 내용이었다.

그 생각을 하니 타이레놀을 먹어도 두통은 쉬이 가라앉지 않았다. 관자놀이를 짚으며 두통이 가라앉길 기다리던 연정은 문득 아까부터 뒤집어놓았던 휴대폰이 울리고 있다는 걸 깨달았다. 전남편의 메시지였다. 자세가 저절로 달라졌는데 상담실장은 연정의 표정을 힐긋 보더니 답은 됐다는 듯 손사래를 한 번 해 보였다.

연정은 그런 상담실장의 뒷모습을 보고 낮게 숨을 내쉬었다. 그래도 상담실장과의 이런 짧은 수다가 아니었으면 마음은 더 가라앉았을 것이다. 사람 마음이란 참 간단하다, 어떤 때는. 그리고 또 어떤 때는 너무 간단하지 않다. 가령 전남편의 메시지 같은 것. 이혼한 뒤로 연정에게 메시지를 보낸다면 오로지 도영이 일 때문이었다.

이사 때문에 도영이 방을 정리하다가 이런 게 나왔습니다.

전남편의 메시지에는 영상 하나가 첨부되어 있었다. 멈춰진 동영상 섬네일에 도영이가 있었다. 연정은 숨을 한 번 고른 후 영상을 클릭했다. 그건 도영이가 중학교 들어가던 해 어버이날 연정에게 보내려고 했던 영상 편지였다. 무슨 이유에서인지 연정은 그해 이걸 받지 못했다. 연정은 오래 그 영상을 들여다보았다. 먼저 침묵을 깬 건 전남편이었다.

도영이가 예전에 쓰던 휴대폰인가 본데 켜보니 다른 건 없고 이 영상하고 연정 선생님과 수연이라는 그 친구랑 찍은 사진 몇 장만 있습니다. 연정 선생님이 받기를 원치 않으면 제가 가지고 있겠습니다. 도영이 방을 그대로 두기로 한 약속도 지키겠습니다.

연정은 연달아 메시지가 나타났다가 사라지는데도 여전히 영상만 반복해서 들여다보고 있었다. 영상 속에서 도영이는 누군가 들고 있는 휴대폰 카메라 앞에 서서 어색한지 눈을 몇 번 굴리고 앞머리를 손대보고 기어이 푸하하 웃곤 했다. 연정은 도영이의 짧은 앞머리를 보자 그때의 일이 자연스레 떠올랐다. 처음으로 자른 앞머리였는데 눈썹 위까지 올라가게 되었다고 집에 오자마자 백팩을 던지고 울음을 터뜨리던 도영이.

"넌 뭐 이런 걸로 우냐? 앞머리야 다시 자라는 거지."

제 아빠의 무심함에 연정이, 그사이에 마음이 상하니까 그렇죠, 하니까 얼른 연정 옆으로 와서 팔짱을 끼던 도영이. 연정의 입가에 옅은 미소가 떠올랐다가 사라졌다. 잠시 멈췄던 동영상을 다시 재생하자 도영이와 영상을 찍어준 수연이의 대화가 고스란히 녹음되어 있었다.

"수연아, 나 앞머리 안 갈라졌어? 말해줘야지."

"아 괜찮아 괜찮아 이도영."

그래, 수연이. 처음에 연정은 그냥 수연이를 도영이와 가장 친한 친구 정도로 생각했다. 너무 수연이랑만 어울리나 싶어 가벼운 걱정을 가끔 했었다. 생각해보면 수연이가 도영이와 성별이 같기 때문에 그냥 그렇게 생각해버린 거였다. 지금은 정확히 알고 있다. 도영이의 오랜 연인 수연이. 그리고 영상 속 두 사람은 지금 이 세상에 없다.

"아줌마, 아줌마가 세상에서 가장 사랑하는 나 이도영 님의 생일에 셜리 잭슨 시리즈랑 퍼트리샤 하이스미스 책 사줘서 고마워. 수연이랑 놀러 가는데 아빠에게 비밀로 하고 과외 갔다고 해줘서 그것도 진짜 고마워! 아줌마, 탐정소설 나랑 같이 읽어줘서 고마워! 다다다다 고맙습니다! 이 영상은 세상에서 수연이 다음으로 구연정 여사를 사랑하는 여사님의 하나뿐인 자식 도영이가 어버이날을 기념해서 찍은 거. 아줌마 나 키워주고 사랑해줘서 고마워!"

이거는 제대로 나왔을까? 아 근데 아줌마가 이거 보고 오글거린다고 하면 어떻게 하지? 이런 중얼거림과 함께 도영이 얼굴이 카메라 쪽으로 다가오면서 점점 확대되는 것처럼 보이더니 어느 순간 영상이 누군가 자른 것처럼 확 끊겼다. 연정은 되감기를 눌렀다가 도영이의 얼굴이 화면에 가장 가까이 다가온 순간에 얼른 정지 버튼을 누르고 무방비 상태로 웃고 있는 도영이의 얼굴을 오래 들여다보았다. 아마도 카메라를 들고 있는 수연이에게는 이런 웃음을 보이는 아이였나 보다 싶었다. 새삼스러웠다. 행운이기도 했다. 자식이 사랑하는 사람을 볼 때 어떤 얼굴을 하는지 보게 되어서, 가장 행복한 순간에 도영이는 어떤 표정이었는지 볼 수 있어서 다행이었다. 도영아 너 나이 안 먹어서 좋겠다. 이 아줌마는 너랑 오늘도 조금 더 시간 차이가 나는데. 오늘 같은 날 힘내라고 응원 보내는 거니? 연정은 기쁜데 왠지 좀 울고 싶기도 했다. 가만 생각해보니 이런 날은 이전에도 한 번 있었다. 아마도 도영이 아빠인 전남편을 처음 만났던 그날일 것이다.

*

　도영의 아빠, 그러니까 전남편을 처음 만난 건 연정이 의학사 전공으로 막 대학원에 입학했을 때였다. 연정은 그때 좀 외롭다는 생각이 들었다. 의대 선배들은 연정에게 자주 이런 이야기를 했다. '너 나중에 필드 나가서 월급 통장 한 번 받아봐라. 우리가 얼마나 고생하면서 다녔는데 의학사 교수 해서 그게 감당이 되냐?' 이건 지윤이 한국에서 전공의 과정을 밟지 않겠다고 했을 때 이미 돌았던 말이기도 하다.

　근데, 우리가 고생을 하면 뭘 얼마나 했지?

　연정은 선배들의 말을 들을 때마다 그런 생각이 들었다. 물론 연정도 자주 가족을 떠올렸다. 평생 교사 일을 해서 연정과 언니를 뒷바라지한 아버지와 가정주부로 산 어머니. 그래도 연정은 의대에 입학하기 전까지 자신이 무척 좋은 환경에서 자랐다고 생각했다. 연정은 아이엠에프 세대이기도 해서 재수를 한 친구들이 거의 없었다. 하지만 연정은 어렵지 않게 재수를 결심할 수도 있었다. 연정은 자신이 다 누리고 살았다고 생각했다. 연정의 언니도 아르바이트를 딱히 하지 않고 공무원 시험에 매진해서 지방에서 공무원 일을 하고 있었다. 본인도 가족도 모두 만족하며 살고 있었다. 하지만 의대에 와서 연정은 점차 가족들의 이야

258

기를 하기가 어려웠다. 연정이 가족 이야기를 할 때면 반응들이 대부분 이러했다. 야, 너 정말 열심히 벌어야겠다. 부모님이 너한테 기대 몰빵하겠네?라든지 심한 경우엔 부모님 너한테 안 달라붙게 잘해야겠다,라고 하는 사람들도 많았다. 그러면서 본인들이 얼마나 공부를 많이 했고 오래 했는지를 말했다. 이렇게 의사들이 공부를 많이 하는데 사회에서 돈만 아는 사람으로 취급한다는 불만도 늘 많았다. 그럴 때마다 연정은 그들의 자기 연민이 싫으면서도 한편으론 가족에 대해 자꾸만 숨기려 드는 자신 또한 치사하게 느껴졌다. 그런 위축된 마음으로 시작한 공부였는데 막상 시작해보니 이것은 거의 구원이었다.

일단 대학원을 평계로 의대 동기들과 멀어질 수 있었다. 물론 그뿐 아니었다. 연정은 공부가 자신에게는 정말 중요하다는 걸 깨닫고 있었다. 처음엔 상이군인들의 재활에 대해서 연구하면서 재활의학사에 관심을 가졌었다. 연정을 흥분하게 한 것은 한국 최초의 재활의학과 의사가 바로 여성인 오정희 박사라는 사실이었다. 그럼에도 관련 자료가 한국에는 거의 없다는 것도 연정을 다른 방식으로 흥분시켰다. 연정은 의대에 만연한 여성 차별적인 시선을 알면서도 어쩔 수 없지, 하고 받아들이던 사람이었다. 임상 실험 환자를 성희롱하고 여자 간호사들 얼굴 품평하던 남자 선배들…… "너는 여자라서 이런 거 못 할 텐데?" 신경외과를 지망했다는 여자 선배가 들었다던 모욕적인 말들. 너무 흔히 들어온 말에 연정은 그저 나 혼자 나서서 뭐 하겠어, 이러고 마는 사람이었다. 하지만 의학사 연구로 넘어오면서 연정은 그걸 기록하는 사람이 되었고 그제야 자신이 하고 싶은 말을 하는 것 같은 기분이 들었다. 그리고 무엇보다 연정에게 의학사 연구는…… 그 사람을 만나게 해준 통로 였으니까.

도영의 아빠인 전남편 말이다. 그때 연정은 재활의학사를 연구하면서 성형의학사에 관심을 가지게 되었다. 그때는 지금처럼 K-뷰티라는 말도 없었을 때였고 성형이라고 하면 예뻐지고 싶은 여자들의 허영심으로 인식될 때였다. 하지만 어느 날 신문에 씌어져 있던 '성괴'라는 단어를 보면서 연정은 정말 이상하다고 생각했었다. 연정이 보기에 여성들의 외모에 신경 쓰는 건 오히려 남성들 같았다. 텔레비전 예능에서 범죄를 저지르려던 사람이 여자의 얼굴을 보고 도망친다는 말도 안 되는 개그를 웃어넘길 수 없던 것도 그 이유였다. 실제 여성들이 당하는 성범죄 연령에 대해 말하자면 소아 포르노 같은 경우는 신생아 때부터였다. 80세 할머니가 강간 범죄를 당하는 일은 쉬쉬할 뿐이지 수치상으로 적은 게 아니었다. 그런데 그걸 여성의 외모와 관련지어 말한다니. 심지어 여자로 분장한 남자가 얼굴이 무기니 어쩌니 그런 말을 하고 있다니…… 범죄를 당하는 것에까지 외모를 평가하고 자격을 운운하는데 사회의 다른 부분에서는 과연 어떨까. 성형을 해서라도 사회가 원하는 얼굴형을 갖고 싶은 건 당연하게 느껴졌다.

연정이 공부했던 재활의학사에 따르면 성형의 기원은 언청이 수술이었다. 미군이 처음으로 시행했다는 그 수술. 그 자료를 보면서 연정은 다시 한번 의문을 가졌다.

'아름다움에 대한 관심은 아주 오래전부터일 텐데, 이게 시작이라고?'

연정은 사실 의학사를 공부하면서 단 하나에 불만을 가지고 있었는데 그게 바로 미국 중심의 자료 해석과 연구 방향이었다. 아닐지도 몰라. 그렇게 생각하게 된 건 한 줄 정도로 요약되어 있던 이 문장을 보고 나서다.

"전쟁 시기 일본의 성판매 여성들이 미용 목적으로 코 수술 등을 즐겨 하였다."

그걸 발견한 것은 국립중앙도서관의 한국 신문과 잡지 코너였다. 연정은 금맥을 발견한 사람의 기분이 되었다. 그 당시 신문과 잡지엔 여성들의 미용과 외모에 관한 이야기가 넘쳐났다. 연정은 곧장 신문과 잡지를 뒤지기 시작했다. 그러면서 어렴풋하게 알게 되었다. 미용성형과 재건성형은 다른 분야인데 미용성형에 대해서는 거의 다뤄지지 않았다는 것 말이다. 전쟁 이후 남대문이나 서울역 근처의 성판매 여성들을 중심으로 불법 시술이 유행해서 문제라는 기사들을 발견하면서 이제 연정은 본격적으로 알아야겠다고 생각했다. 그렇게 졸업 이후 처음으로 모교 졸업생 중에 성형외과 의사들을 찾아보았다.

그러니까, 아무리 생각해봐도 정말 공부는 연정에게 여러모로 구원이었다. 태어나 처음으로 자기가 원하는 것을 해보게 해주었으니까, 그리고 역시나 그 사람을 만나게 해주었으니까. 도영이 아빠. 너무 오래 부르지 않아 이름을 부르는 게 어색한 연정의 전남편.

그는 강남 한가운데 위치한 성형외과의 의사였다. 그때 연정은 다른 지역보다 강남이 중요하다고 생각했다. 지금 생각하면 무슨 배짱인가 싶었지만 연정은 무작정 전남편에게, 어떻게 보면 까마득한 선배인 그에게 전화를 걸어 자신이 하는 일을 설명했다. 그리고 만나고 싶다고 했다. 웃기게도, 아주 단정적으로 말했었다. "저는 선배님을 꼭 뵈어야 하겠습니다." 휴대폰 너머에서 전남편은 잠시 동안 말이 없었는데 후에 직접 들어보니 이러했다.

"그날이 크리스마스이브였잖아요. 알죠? 크리스마스이

브는 우리 업계에서 제일 바쁜 날 중에 하나란 거. 연정 씨가 하도 똑 부러지게 만나야겠다고 하는데 이걸 설득하려면 시간이 좀 걸릴 것 같은 거죠. 그래서 그냥 에라 모르겠다. 바빠서 도저히 안 되겠다, 일단 만난다고 하자. 이렇게 된 거예요."

지금의 연정이라면 절대 크리스마스이브에 전화를 걸어서 그런 말을 하지는 않을 것이다. 남들이 놀러갈 때 수술하면 이틀 정도 조용하게 쉴 수 있기 때문에 크리스마스이브나 한 해의 마지막 날은 업계에서 손꼽게 바쁜 날 중에 하나였다. 물론 그게 아니더라도 가족과 함께 보내는 날이었을 텐데, 지금 생각하면 무식을 넘어 무례했다. 그런데 정작 전남편은 그날의 기억이 그저 좋았나 보다.

"연정 선생님이 멀리서 걸어오는데 처음엔 좀 걱정인 거예요. 아니, 그날 눈발이 날렸잖아요. 그런데 패딩도 아니고 얇은 부직포 같은 코트 하나 걸치고 천으로 된 운동화 신고. 무슨 책은 그렇게 많이 이고 지고 다니는지 빵빵한 배낭에 서점에 있다가 뛰어나오는데. 네, 거기 강남 교보에서요. 걱정인 거죠. 가까이서 보니까 얼굴에 선크림만 몇 번 펴 발랐는데, 글쎄, 잘 안 펴져서 군데군데 하얗게 된 부분이 있는 거 있죠? 그 순간에 왜 그런 생각이 들었나 나도 모르겠는데 그게 나쁘게 안 보이는 거예요. 그리고 의학사 공

부한다니까…… 의학사라면 우리 쪽에선 배고픈 축이잖아
요, 병리학만큼이나. 그래, 최대한 도와주자 싶고."

연정은 나중에 그 말을 듣고 좀 웃었다. 그때 연정은 나
름 신경을 쓰고 나간 것이었다. 지금에야 직업상 신경을 쓰
지만 그때 화장품이라는 건 선크림에 비비크림에 로션 한
개가 전부였다. 그래도 성형외과 의사 만난다니 왠지 모르
게 긴장이 되어서 머리도 묶고 선크림이라도 열심히 펴 바
르고 나간 거였다. 그래서 그럴 때마다 연정도 연정대로,

"난 뭐 자기 보면서 되게 멋있다 생각했겠어? 그래도 강
남에 성형외과 의사라니까 엄청 기대했는데. 명품 시계 하
나쯤은 감고 있을 줄 알았잖어. 유가네 닭갈비 사주고 말이
야."

이렇게 웃음 섞인 핀잔을 주곤 했다. 그럴 때면 전남편은
좀 억울하다는 표정이었다.

"우리 말은 제대로 합시다. 내가 밥 사준다니까 유가네 닭
갈비 먹고 싶다고 했잖아요, 연정 선생님이. 마지막에 볶음
밥에 치즈 추가할 때는 사람 보지도 않던데요? 내가 열심히
말하는데 눈치 보면서도 바닥에 눌어붙은 거까지 긁어 먹고
요. 근데 내가 성형외과는 가끔 의사도 아닌 것 같고 여자들
수발드는 데 같다고 하니까 나한테 그랬잖아요. 왜 아름다
움을 책임지는 사람이 그런 혐오적인 발언을 하냐고요."

연정과 전남편이 그러고 있으면 도영이가 지나가다, 거 좀 예의 좀 차립시다, 두 분 애정 과시 너무 시끄러워서 일 상에 방해되네요,라고 말해서 온 가족이 웃음을 짓게 만들 었다. 연정은 자신에게 그런 시절이 있었나 싶으면서도 누 군가가 자신을 기억해주는 것은 참 좋은 일이라고 생각됐 다. 연정은 자신의 전남편이 그런 사람인 것이 너무 고마 웠다.

그렇게 처음 그 사람을 만났던 날, 식사를 마치고 헤어지 면서 전남편은 연정에게 명함을 건넸다. 그러고는 자기 병 원에 한번 놀러 오라고 했다. 피부과 쪽에 말해서 케어해주 겠다고 했었다. 거기까지 들었을 때 연정은 당연히 다시 연 락할 마음이 없었다. 그래도 사람 앞에서 명함을 함부로 하 는 건 경우가 아닌 거 같아서 조심스레 지갑에 담았다. 물 론 그 명함이 쓸모가 있겠다고 생각한 건 전남편의 다음 행 동 때문이었다. 그날, 밥을 먹고 강남역까지 걷는 길에 전 남편과 연정은 공사장 가림막이 넘어지는 사건으로 아이 를 잃은 어머니가 눈 속에서 전단지를 나눠주는 걸 보았다. 연정이 얼른 아주머니에게 다가가 전단지 하나를 받았는데 돌아보니 전남편이 없었다.

'내가 너무 시간을 많이 빼앗았나? 그래도 뭐, 말도 없이 가셨담.'

연정이 주위를 두리번거렸을 땐 이미 주변에 사람들이 너무 많았다. 그런 분위기와 무관한 사람은 연정과 전단지를 나눠주시는 아주머니뿐인 것 같았다. 연정은 아주머니에게 따뜻한 음료라도 드리고 싶었지만 용기가 나지 않아서 잠시 머뭇거리다 고개 숙여 인사했고 이내 강남역으로 다시 걸었다.

그나저나 이 선배님은 정말 먼저 가신 걸까, 뭘 그렇게까지 할 일인가. 연정은 순간 우뚝 멈춰 섰다. 다시 뒤돌아 그 자리로 돌아갔고, 연정은 아주머니께 따뜻한 보리차를 건네는 전남편을 보았다.

"연정 선생님, 미안해요. 이거 좀 급하게 사 오느라고."

어째서…… 그때 연정의 입에서 흘러나온 말은 그거였다. 괜찮아요, 놀랐어요, 이런 게 아니라 어째서요.

"그냥요. 연정 선생님, 저도 아이 하나를 혼자 키우거든요. 개인적인 이야기를 불쑥 해버렸네요. 저 한 번 다녀왔거든요."

강남역 앞에 있는 파리바게트에서 이것저것 빵을 사서 들려주던 전남편에게 연정은 마지막 인사 대신 그다음 주에 병원에 놀러 가겠다고 말했다.

하지만 전남편과 살면서 연정도 어느 순간엔 내가 정말 이 사람을 사랑한 게 맞나 싶을 때도 있었다. 자신이 아닌 아이 엄마에게 먼저 아이 이야기를 할 때는 정말 섭섭한 마음이 들었었다. 도영이를 키운 건 나야, 도영이 내 아이라고. 이런 말을 삼키는 자신도 답답하게 느껴지기도 했다. 그래서 도영이가 "아줌마, 우리 아빠 좋아하죠?" 물었을 때 "이 나이까지 사랑으로 가슴 떨리면 병"이라고 했을 것이다. 하지만 지윤의 말이 맞았다. 연정은 사랑 없이 살 수가 없는 사람이었다. 도영이도, 전남편도 정말 사랑했다. 이건 다른 수식이 필요 없는 말이었다. 연정은 그저 많은 순간에 누군가를 흉내 냈을지도 모른다. 그러니까 그런 것 말이다. "무슨 사랑이에요, 부부가." 텔레비전이나 SNS에서 쉽게 말하는 사람들. 누군가와의 관계를 법적으로 인정받는다는 자체가 누리고 사는 것인지 몰라서 오만할 수 있었다. 사랑하는 사람에게 솔직하기만 해도 부족한 그런 순간에. 시간은 흐르고 되돌아오지 않는데 말이다. 연정 또한 도영이를 잃고 알았다. 자신이 그 사람을 정말 많이 사랑한다는 사실을 말이다. 생각해보면 그랬다. 도영이를 정말 사랑했지만 시작은 전남편이 맞았다.

전남편과의 만남에 대해 생각하느라 정신이 조금 팔려 있었던 모양이다. 문득 설영이 자신을 빤히 보고 있다는 사실이 느껴졌기 때문이다. 너무 자신의 이야기만 한 게 아닐까. 연정에게는 추억이지만 설영에게는 그저 상관없는 사람의 과거일 수 있었다. 연정이 다른 이야깃거리를 찾아내려 했을 때였다.

"저, 연정 선생님. 그런데, 그러면 왜 남편 분과는…… 아, 제가 너무 주제넘게……"

연정은 문득 옆에서 조금은 의아한 눈빛을 하고 있는 설영을 바라보았다. 그러면 왜 이혼을 하신 거예요, 굳이? 설영의 눈이 그런 말을 삼키고 있었다. 그리고 그 조심스러움이 연정을 무장해제하게 만들었다.

"결혼, 생각해보면 그거 없이도 나는 그 사람을 정말 사랑했거든요. 그 사람이 벌어다 주는 돈, 안정, 세상 사람들이 말하는 결혼 잘한 사람. 이런 조건이 다 없어도…… 아마, 결혼을 안 했어도 나는 도영이를 키웠을 거고 그 사람 곁에 있었을 거예요. 그냥 나는 그 사람 정말 사랑했거든요."

설영은 그 말을 하면서 애써 미소 짓는 연정을 잠시 바라보기만 했다. 얼핏 어긋나 있는 문장이지만 설영은 그렇기에 남편 곁에 더 있을 수가 없었던 연정의 마음 또한 알 것 같았다. 그리고 그렇게 화목하던 가정을 깬 것이 누구였을지, 무엇이었을지 알 것 같아서 화가 나고 또 그 화를 어떻게 할 수 없다는 게 무력하게 느껴졌다. 설영은 뭐라 말을 해야 할지 몰라 그저 바닥을 운동화로 툭툭 쳐보았다. 그런 설영을 보던 연정은 부러 밝은 목소리로 말을 이었다.

"설영 씨, 나는 타고난 모성애라는 말, 안 믿어요. 도영이를 처음 봤을 때부터 내 아이다, 이런 생각? 전혀 안 들었어요. 그냥 내가 사랑하는 남자의 아이다. 그거였어요. 도영이와 내 성향이 어쩌다 잘 맞았고 같이 살면서 정들고 친해지고. 그렇게 내 아이 된 거예요."

사실 설영은 연정의 사정을 알고 있었다. 연정을 만나기 전, 설영은 구연정이라는 사람을 알고 싶어서 검색을 좀 했었다. 기록이라는 게 어떤 때는 참 무서웠다. 당사자가 원치 않는 기록 말이다. 유튜브에서 이상한 영상을 하나 봤었다. 학교폭력을 당한 청소년 동성애자에 관한 것이었다. 설영은 처음에 페이크 다큐 같은 거라고 생각했다, 퀴어 혐오적 페이크 다큐. 구연정을 검색했는데 왜 이런 게 나왔지? 설영은 불쾌한 마음이 들어 영상을 넘기려고 했는데 그럴 수가 없었다. 그건 성형외과 의사 구연정이 아닌 엄마 구연정에 관한 이야기였다. 그 유튜브의 구성은 너무나 허술했고 믿을 만한 구석이라곤 조금도 없었다. 영상에서 연정은 아이를 동성애자로 만들어 죽이는 계모가 되어 있었다. 누군가의 감정과 정체성을 만들 수 있다고 말하는 것도 황당했는데, 연정과 아이 모두 불행하기 이를 데 없는 사람들로 표현한 건 황당함을 넘어 불쾌했다. 사람들은 너무 쉽게 누군가의 불행을 판단한다. 넌 엄마가 없으니까, 돈이 없으니까, 남편이 없으니까, 성소수자니까, 국가폭력 피해자니까…… 걱정하듯이, 염려하듯이 사람들은 말하곤 한다. 가끔 설영은 사람들이 오히려 '나도 이렇게 사는데 너네가 행복하면 안 되지' '불행해서 어떡하니, 너네 같은 애들도 사는데 나도 힘내야지' 하고 말하는 것 같다고 느꼈다. 그리고 그런 시선이 기어이 누군가를 불행하게 만든다. 역시나, 댓글은 더 심각했다. 설영은 댓글을 몽땅 신고 처리하고 포털 사이트에 그 사건을 검색했다. 밤새 기사를 검색해보고 알았다. 연정이 그토록 사랑으로 키운 아이는 집단 성폭행을 당한 후 쇼크로 사망했고 시신은 학교 옥상 물탱크에 버려졌다는 것을 말이다. 연정의 아이와 연인 관계였던 아이는 얼마 후 자살했다. 가해자들은 소년법이 적용되어 사회봉사 명령을 받았다. 가해자들이 연정의 아이와 그 연인을 괴롭힌 이유는 '레즈 페미인 척하고 다녀서'였다. 물론 이 기사는 그 수많은 기사 중 단 하나의 기사였고 이름도 들어본 적 없는 지역 잡지에 실린 단신이었다.

"저 그래서 설영 씨가 처음에 할머니 이야기 해주셨을 때 좋았어요. 친할머니인지는 몰라도 친엄마이긴 한 것 같다고 하신 거요."

설영이 할머니 이야기를 하면 대부분 설영이 너도 부모

님 살아 계셨으면 고생 안 했을 텐데,라고 했었다. 연정의 말을 들으며 설영은 신바가 했던 말을 떠올렸다.

"설영 씨랑 나는 다른 걸 보고도 같은 말을 할 거예요, 성향이 비슷하니까요."

그래, 친한 사람이 가족이지 뭐가 가족이야. 설영은 그런 생각을 하면서 고개를 더 크게 끄덕였다.

사실 그날은 설영이 연정에게 저녁을 사겠다고 한 날이었다. 설영은 언제나 연정에게 셜록의 이야기만을 묻고 돌아 나오는 자신이 좀 뻔뻔하게 느껴졌었다. 물론 연정의 시간을 빼앗고 싶지 않아서이긴 했지만 그 말은 돌려서 생각해보면 민폐를 끼치는 사람이 되고 싶지 않다는 자기방어에 가까운 것이기도 했다. 그래도 진땀까지 빼가며 겨우 연정에게 저녁을 사겠다고 했는데, 의외로 연정이 흔쾌하게 좋다고 대답했던 것이다. 연정과 설영은 유가네 닭갈비에서 밥까지 볶아 먹었고 아이스크림 할인점에 들러 메로나와 메가톤바로 입가심하며 역까지 함께 걷던 참이었다.

"설영 씨가 그랬잖아요. 왜 이렇게 자신을 도와주냐고요."

"아, 네. 정말 저라면 이렇게까지 못 할 것 같아요. 정말 감사해요."

설영은 아무래도 연정이 자신에게 여러모로 신경 써주는 이유가 좀 궁금해서 물어본 적이 있었다.

"제가 의학사를 정말 좋아했는데 다 못 했거든요. 응원하는 마음도 있었고요. 그리고…… 다른 이유도 있어요."

"다른, 이유요?"

"네, 우리 아이가 먼저 세상을 떠났어요. 학폭에 시달리고 이상한 소문에 시달리다가요. 그리고 그 사실도 은폐됐어요."

이제 누구도 그런 일은 안 겪으면 좋겠어요. 담담한 표정으로 그런 말을 하며 먼저 걸음을 옮기는 연정을 설영은 잠시 바라봤다. 설영은 연정이 저렇게 담담하게 말할 수 있게 되기까지 얼마나 힘들었을지 생각하느라 자꾸만 걸음이 늦어졌다. 그리고 그 끝에 떠오른 건 역시나 끝없이 따돌림을 당하던 셜록과 약을 삼킨 채 눈을 뜨지 않던 신바였다. 설영은 이내 조금 걸음을 재촉해 연정과 나란히 서서 걸었다. 그리고 잠시 목을 가다듬고는 연정에게 이렇게 말했다.

"저, 구연정 선생님. 저랑 혹시 총 쏘러 안 가실래요?"

"네? 총이요?"

"네, 저 총 쏘는 거 되게 좋아하는데 한국 와서 한 번도 안 쐈거든요. 검색해보니까, 여기 뒤편에 있는 사격장 한 시간에 8천5백 원이던데요?"

"사격을 하세요? 저 그런 취미는 처음 들어봐요. 어쩐지 멋지다……"

"아니에요, 저도 일본 가서 배운 건데요. 저랑 같이 살던 친구가 말 그대로 개폼 잡으면서 저한테 추천해줬거든요. 넌 정의로운 사람이야. 분노를 다스릴 줄 알아, 이러면서요. 웃기죠? 저도 웃겨요, 그때 떠올리면. 막상 그 뒤에 제가 사격에 빠지니까 웬 아저씨 취미에 빠졌냐고 엄청 놀려댔죠."

연정은 설영을 만나고 처음으로 설영이 환하게 웃는 걸 본다고 생각했다. 그 같이 사는 친구가 누군지는 몰라도 지금 꽤나 보고 싶지 않을까 생각될 정도였다.

"분노를 다스릴 줄 아는 정의로운 사람,이라니. 설영 씨 멋진 사람이네요, 역시. 전 사격을 전혀 모르지만 총은 위험한 거잖아요. 뭔가 중간이 없게 느껴져요. 그래서 누가 들고 있나도 중요할 것 같고."

"맞아요. 저의 코치님도 그러셨거든요. 칼이랑 달라서 총에는 양면이 없고 양극만 있다고요. 무엇보다 아무나 쥘 수 있는 게 아니기도 하고요."

"그러네요. 총은 누구나 가지기는 어렵죠."

"네, 그래서 저는 이왕 가진 거 좋은 것에 쓰면 괜찮지 않나 싶었는데 코치님은 일단 어떤 일이 터졌을 때 총부터 쓰겠다고 하는 생각부터 잘못이랬어요. 맞는 말씀이죠. 아 참, 웃긴 거 하나 말씀드릴게요. 사실 사격 코치님은 친구랑 반대로 제가 분노가 많아서 선수는 안 되겠다고 한 거예요."

"어머나. 그래도 계속하신 거죠?"

"네, 물론 코치님도 나중에는……"

설영은 말끝을 흐렸다. 그 남자에게 총을 겨눴던 자신의 모습이 생각나서였다. 설영은 가볍게 고개를 젓고 원래 하려던 말을 이었다.

"일단 한국에서의 첫 사격을 해보고 싶어요. 게다가 왠지 구연정 선생님이랑 같이 쏘면 두 배로 더 스트레스 날아갈 거 같아요. 가실래요? 저랑 함께 목표물을 맞히러요."

"음, 설영 씨가 도와주실 거죠? 그럼 저도 한번 쏴볼래요."

설영과 연정은 그날 밤 늦게까지 사격장에서 시간을 보냈다. 내일 근육이 좀 아프실지도 몰라요,라는 설영의 말마따나 사격은 근육과 정신에 긴장을 많이 해야 하는 일이었다. 연정은 총을 쥐면서 무언가 중독적이어서 취미로는 못 하겠다는 생각이 들긴 했지만 그래도 누군가가 좋아하는 일을 따라서 하는 게 너무 오랜만이라는 생각에 그 자체로 기쁘기도 했다. 다음 날이 둘이 함께 지리산에 찾아가기로 한 날이 아니었다면, 설영과 연정은 아마 더 늦게까지 그곳에 있었을지도 몰랐다.

제9장

피크닉 가기 좋은 계절

*

지리산은 생각보다 가까웠다.

서울시 중구에 위치한 피크닉 카페 지리산. 연정과 설영
은 한 블로그에서 셜록의 사진과 같은 사진을 찍은 게시물
을 발견했다.

'생각해보면 지리산이 꼭 그 지리산일 이유는 없지, 뭐.'

이의선 할머니처럼, 많은 경우 국가폭력 피해자들은 사
건 발생 지역 근처에 살지 않는다. 게다가 피해의 대물림을
막고자 하는 피해 당사자들의 노력으로 3세대쯤에는 그 사
실 자체를 아예 모르고 살기도 한다. 이 카페의 주인도 그
런 경우일 수 있었다. 피크닉 카페 지리산을 발견한 뒤 설
영은 인스타그램 디엠으로 카페 주인이라는 레나에게 최대

한 간결하게 만나보고 싶다는 제안을 보내며 그런 생각을
했었다.

하지만 막상 설영과 연정은 지리산의 문 앞에서 다시 한
번 서성여야 했다. 이미 카페나 음식점의 문을 열고 들어섰
는데 어쩐지 잘못 들어왔다는 생각이 드는 경우가 종종 있
다. 카페 문을 열었는데 그 안에 있는 사람들끼리 연령대가
비슷하거나 옷차림이 유사할 때가 있었다. 그러면 왠지 들
어가기가 조금 꺼려지곤 했다. 누가 눈치를 주는 건 아닌데
도 그랬다.

"그래서 종로엔 어르신들이 자주 가는 장소가 있고 그런
거 아닐까요? 병원만 해도 홍대 쪽 병원이랑 강남 쪽 병원
이랑 오는 손님들이 다르고 기대하는 시술이 다르니까요.
옷차림, 화장 다 천차만별이고요."

연정의 말을 들으면서 설영은 자신이 그런 것에 크게 개
의치 않는다고 생각했었다. 하지만 한국에 오고 나서 자신
이 지금의 옷차림으로 들어갈 수 있는 데가 맞는지, 어디를
가든 주위를 한번 둘러보게 되었다.

연정 또한 지리산에 처음 발을 내딛었을 때 조금 긴장했
다. 피크닉 카페인 지리산은 카페 내부를 정원처럼 꾸며놓
아서 마치 도심 가운데 작은 공원을 만들어놓은 것 같았다.
진열된 디저트들은 프랑스 현지 파티시에가 만든다고 되

어 있었는데 한눈에 봐도 입으로만 먹는 게 아닌 눈으로도 먹는 음식 같았다. 연정은 그런 카페 분위기를 살피다 카페 안에 있는 사람들의 연령대를 가늠하는 자신을 발견했다. 어째서 인스타그램 핫플레이스라고 소문이 자자했는지 알 것만 같았다. 누가 막지 않아도 아마 도영이와는 이 카페에 오지 않았을 거라는 생각도 들었다. 세상엔 노키즈존도 있고 중고등학생 입장을 금지하는 곳도 있었다. 한번은 노인 금지와 동성애자 금지라는 곳을 본 적도 있었다.

"어디 갈 때마다 금지당할까 봐 무서워요. 기준에서 벗어나면 누구든 금지당할 수 있는 거잖아요."

연정의 말에 설영도 문득 그런 생각이 들었다. 누구든 어린 시절이 있고 나이를 먹으면 노인이 된다. 내가 사랑하는 사람이 이성이 될 수도 있고 동성이 될 수도 있었다. 존재 자체를 금지당하는 게 무슨 기분일지…… 생각에 잠겨 있던 설영을 깨운 건 역시 연정이었다. 설영은 연정이 가리킨 곳을 보았다. 그것은 셜록이 보낸 사진에서 봤던 지리산 풍경이 걸린 액자였다. 연정과 설영이 동시에 그 앞에서 서로를 마주 보았을 때였다. 밝고 환한 음색이 둘을 반겨왔다.

"안녕하세요, 인스타 디엠 주신 윤설영 님, 맞으시죠? 저, 그때 답장 드렸던 레나예요."

피크닉 카페 지리산의 주인으로 알려진 레나였다. 설영

은 얼른 고개를 숙여 인사했고 그런 설영과 레나를 번갈아 보던 연정도 이내 고개를 숙여 인사했다. 연정은 순간 레나의 얼굴을 스캔하듯 살펴보았다.

'균형이 잘 잡힌 얼굴이네. 적어도 한 달에 한 번 정도는 규칙적으로 관리받은 얼굴이야.'

연정은 그러면서 역시나 자신이 편견에서 자유로운 사람이 아니라는 걸 느끼고 있었다. '국가폭력 피해자'에게 기대했던 건 뭐였을까. 확실히 연정이 과거 의학사를 공부할 때를 기준으로 보면 국가폭력 피해 당사자들은 대부분 힘든 삶을 영위했다. 그래도 국가폭력 3세대라고 할 수 있을 레나가 어두워 보이지 않아서 다행이란 생각이 들었다. 연정이 이런 생각을 하며 한편으로는 직업적 본능으로 레나의 얼굴을 관찰하고 있었다면, 설영은 레나의 속내를 궁금해하는 중이었다. 무슨 말부터 해야 듣는 입장에서 이 상황이 이상하지 않을 수 있을까. 사실 셜록이 이곳에 왔는지도 확실하지 않았다. 설사 셜록이 몇 년 전 이곳에 왔었다고 해도 그것이 레나가 설영에게 협조해야 할 이유가 되는 건 아니었다. 게다가 설영은 과거의 일부가 기억나지 않으면서 무작정 셜록을 찾겠다고 말하고 있었다. 연정과 설영, 레나 중에 사실 셜록의 최근 모습을 가장 기억하지 못하는 사람은 설영일 것이다. 하지만 설영은 이제 더는 망설이고 싶지 않았다. 박사논문 표절 시비, 빤히 옆에 있는 사람처럼 보내온 메일, 수수께끼 같은 추신 속 소설 리스트, 셜록의 수술, 그리고 자꾸만 셜록이 남성인 연구소장과 성 스캔들을 일으켰다고 주장하는 선배 호준까지. 연정은 잠시 말이 없는 설영을 보다가 얼른 휴대폰을 꺼냈다.

"안녕하세요, 레나 씨. 당황스러우실 수 있겠지만, 혹시 이런 사람을 아시는지 해서요."

화면 속 셜록은 두 사람이었다. 한 사람은 설영이 익숙하게 알고 있는 이지연, 또 한 사람은 설영은 처음 보는 이지연이 선택한 이지연, 그러니까 셜록 그 자체. '내가 기억을 잃은 사이에 셜록 너는 네 얼굴을 찾았구나……' 설영은 자신이 처음 보는 셜록의 사진으로도 셜록임을 단번에 알아볼 수 있다는 사실에 가슴속에서 무언가 뜨거운 것이 복받치는 것만 같았다. 하지만 입술을 말며 눈물을 참아냈다. 어렵게 찾은 레나에게 무엇인가라도 듣고 싶었던 것이다. 겨우 입을 뗀 설영이 말했다.

"제 친구예요."

그러면서 설영은 고개를 조금 돌렸다. 눈물을 참기 위해서였다. 레나는 그 모습을 보다 일어서 티슈를 조금 들고 돌아왔다.

"혹시 마릴린 먼로와 백과전서에 관심이 있는 분이셨나

요?"

설영과 연정은 지리산 사진을 봤을 때와 마찬가지로 동시에 서로를 바라봤다. 레나는 둘을 바라보다 깊은 한숨을 한 번 몰아쉬었다. 그건 아무래도 레나의 버릇 같은 거라고 연정은 생각했다.

"제가 이지연 씨 그분을 알아볼 수 있을 만큼…… 만나본 건 아니에요. 하지만……"

"지금 말씀은 직접 만나본 적이 없다는 뜻일까요?"

설영뿐 아니라 연정도 궁금한 게 많은 건 마찬가지였다. 연정은 퍼뜩 자신을 돌아본 레나에게 그제야 자신이 아직 정식 인사를 하지 않았다는 사실을 깨달았다.

"죄송해요. 제 소개가 늦었지요. 저는 약 6년 전, 이지연 씨 첫 수술을 담당했던 의사 구연정이에요. 5년 전쯤 다른 수술 건으로 다시 상담을 받으셨을 때 이지연 씨가 수술이 끝나고 회복되면 이곳을 찾아갈 거라고 말했어요."

"아, 그러셨군요! 제가 알고 있는 것만을 정확히 말하자면, 그때 이지연 씨가 저에게 여기 지리산 카페로 마릴린 먼로와 백과전서를 찾는 사람이 올 거라고 했어요."

레나에게 거기까지 들었을 때 연정은 문득 가게 한편이 조금 소란스러워졌다고 느꼈다. 사람들 몇이 레나를 향해 손을 흔들며 웃고 있었다. 레나는 설영과 연정에게 살짝 미안한 표정이 되었다.

"그런데 어떡하죠? 오늘 일정이 좀 많아서 제가 빠듯하게 시간을 잡은 것 같아요. 정말 죄송해요. 혹시 괜찮으시다면 설영 님과 연정 님 두 분 다른 날 다시 와주실 수도 있는 건가요? 오늘 저희 가게에서 정기적으로 하는 모임이 있는 날인데 코로나 때문에 오래 못 하기도 했고 그래서 미룰 수가 없었어요."

"아, 네. 레나 씨도 일정이 있으실 테죠. 그런데 여기 정기적으로 모임 예약도 받으시는 건가요? 손님이 많아서 회전율이 굉장히 빠를 것 같아서요."

"모임은 사실 어머니 때부터 해오신 걸 제가 이어받은 거예요."

"그럼 친목 모임이 아니네요?"

"네, 저랑 직접적으로 아는 분들은 아니에요."

레나는 그러면서, 이제는 다 알려졌겠지만, 하고는 숨을 크게 내쉬고 말을 이어갔다.

"저희 할머니 빨치산 생존자이시잖아요. 빈말 아니고 친구가 진짜 없어서 사람이 고프셨나 봐요."

"그럼, 이 카페도…… 할머님이 원래 카페를 여신 거예요?"

"아뇨, 카페는 엄마가요. 그 전엔 할머니가 장사를 하셨대요. 밥집을 하셨다는데 정말 워낙에 요리를 못하셨대요. 사실 저희 할머니뿐 아니라 할아버지도 빨치산이어서 도무지 할 일이 없으셨거든요. 국가폭력 피해자들이 어렵게 사는 건 다 그런 이유 때문인 것 같아요. 할아버지는 끝까지 전향 안 하셨거든요. 할머니가 다 책임지셨죠."

"고생이 많으셨겠네요."

"네, 그런데 다행히 할머니가 사업 수완이 좋으셨어요. 어떤 사람들은 우리 할머니한테, 국가폭력 피해자가 뭐 그렇게 돈에 환장했냐고 하기도 했다던데…… 할머니가 범법 행위를 한 것도 아닌데 왜 그런 말까지 들었어야 했는지는 잘 모르겠어요. 여긴 할머니가 하던 가게를 물려받은 자리예요."

설영은 연정과 레나의 이야기를 들으면서도 아까부터 시작된 환상통의 기미에 자꾸만 눈앞이 흐려지는 것 같았다. 설영은 여러 번 고개를 저어가며 정신을 차리기 위해 노력했다. 적어도 지리산 풍경 사진이 걸린 액자에 대해서라도 알고 싶었다. 레나는 설영이 액자를 뚫어져라 보는 것을 느끼곤 이렇게 말했다.

"이거 사진처럼 보이죠? 할머니가 그리신 거예요. 자세히 봐보세요. 신기하죠?"

레나는 그 말을 마지막으로 정말 가봐야겠다며 이내 고

개를 깊게 숙여 인사했고 설영과 연정도 동시에 고개를 숙였다.

"설영 씨, 좀 괜찮아요?"

레나가 자리를 뜨자마자 연정은 설영의 옆에 앉아 걱정스러운 표정으로 안색을 살폈다. 연정은 이미 얼음이 다 녹은 커피를 조금씩 마시면서 고개를 갸웃거렸다.

"설영 씨, 아무래도 제가 좀 편견이 있는 사람이긴 한가 봐요."

"네? 연정 선생님이 왜요?"

"그냥, 이런 공간이 있다는 게 제가 생각하는 빨치산 이미지랑 너무 매치가 안 돼서요."

"아, 저도 이건 좀 의외긴 하네요. 뭐, 도쿄에서 뵌 분은 도시락 가게를 하시기도 했지만."

설영과 연정이 지리산에 오기 전, 포털 사이트에서 이 카페를 검색했을 때였다. 누군가 빨치산 손녀가 이런 힙한 카페를 할 줄 몰랐다는 비아냥 섞인 글을 남겨놨었다. 처음엔 불쾌감에 얼굴이 붉어졌는데 생각해보니 설영 자신도 자주 그런 생각을 하는 것 같았다. 기저에는 너도 우리처럼 속물일 거라는 생각이 깔려 있는 거고.

"참, 설영 씨. 도쿄에서 도시락 가게 하시는 분 뵈었다는 건, 어떤 거예요?"

설영은 그제야 자신이 아직 연정에게 그 이야기를 하지
않았다는 사실을 깨달았다. 하지만 역시 오늘은 아닌 모양
이었다. 환상통이 다시 살아나고 있었다.

"설영 씨, 일단 오늘은 집에 가셔서 좀 쉬세요. 이래서는
몸 상하겠어요. 집까지 제가 태워드릴게요."

웬만한 통증이라면 혼자 가겠다고 할 설영이었지만 아
무래도 이번 환상통은 쉽게 사라지지 않을 듯했다. 요즘 환
상통의 주기가 조금씩 짧아지고 있었다. 그 짧은 통증 와중
에 마치 섬광처럼 짧은 기억들이 뒤죽박죽 일어서는 기분
이 들기도 했다. 하지만 고통이 가시면 기억도 잠잠해졌기
에 딱히 연결되는 기억을 발견하긴 어려웠다. 설영은 연정
에게 민폐를 끼쳐서 정말 죄송하다고 말한 후 차에 올랐다.

"민폐라뇨. 차 운전은 제 특기랍니다. 아이 키우면서 발
견한 저의 재능이에요. 한국에서 아이 데리고 대중교통 타
면 얼마나 눈치가 보이던지요."

*

「빨치산의 손녀, 서울 가운데서 자유를 외치다
밀실이 아닌 광장으로, 광장에서 핫 플레이스로,
남산 피크닉 카페 지리산」

「이념을 넘어 현실로, 현실을 넘어 셀럽으로,

빈티지 피크닉 카페 지리산」

설영은 노트북 화면을 보다 한숨을 내쉬었다. 자극적인
제목들에 비해 사실 기사 내용은 평범하기 그지없었다. 기
본적인 신상 정보에 가까운 것도 많았다. 그래도 유의미한
것이 있다면 레나의 할머니가 빨치산 여성 생존자라는 걸
확인했다는 것 정도였다. 그런데 문득 설영은 자신이 찾은
기사에서 기묘한 점을 발견했다. 많은 블로그 글과 신문 기
사를 찾아 읽어봤지만 그 어느 매체도 지리산의 주인인 레
나와 직접 인터뷰한 건 아니었다. 검색으로 조사하고 약간
의 서사를 이어 붙인 내용들. 레나의 사진은 한 장도 없었
다. 하지만 생각해보니 그건 셜록도 마찬가지였다. 셜록은
어째서 레나를 만나고도 글 한 줄 남기지 않은 걸까?

그런데 설영만 그런 생각을 한 건 아닌 모양이었다. 휴대
폰 알림을 확인해보니 왓슨들에 새 글이 올라와 있었다.

오늘 고생하셨어요. 몸은 괜찮으세요? 제가 검색을 한번 해보
았는데요. 아까 그 지리산에서 있던 모임 말이에요.

연정은 설영이 환상통에 정신이 없는 사이 그 모임을 좀

유심히 본 것 같았다. 하긴, 저렇게 잘나간다는 카페에서 굳이 자리를 비워가며 할머니 때부터 만든 모임이라니.

국가폭력으로 인한 성폭행 피해자 모임이더라고요?

설영은 오늘 그 모임이 빨치산 생존자 모임일 거라고 생각했다. 그런데 레나는 왜 굳이 연정에게 모임에 대해 설명하지 않은 걸까. 인터넷 검색 한 번이면 나오는 것을 말이다. 문득 설영은 오래전 셜록과 나눴던 이야기를 떠올렸다. 도쿄에서 의선 할머니를 만나고 돌아와 한창 논문을 쓰던 시기였을 것이다.

"왓슨, 나 할 말이 있다네."
"그냥 설영이라고 해. 무슨 말 하려고 또 셜록 행세냐고."
그즈음, 그러니까 셜록은 도쿄에서 돌아온 이후 오히려 박사논문에 난항을 겪는 것처럼 보였다.
"나 이거 박사논문으로는 완성 못 할 수도 있을 거 같아. 그냥 그 자체로도 물론 의미가 있지."
기껏 지도교수까지 기함시키며 새로 잡은 '빨치산 여성 생존자들로 보는 공중보건의 선택과 배제'라는 주제를 또 엎을지도 모른다니. 설영은 셜록의 앞날이 걱정되기 시작했다. 하지만 마음과 달리 걱정은 짜증으로 표출되어갔다.

"누구는 소설도 안 쓰고 거기까지 따라갔는데 너 이럴 거야?"

"정답을 바로 말할 때도 있군. 왓슨 아주 많이 성장했어."

"무슨 소리야. 자료 조사도 이제 다 했는데 뭘 못 쓴다는 거야. 맨날 나한테는 논문 쓰라고 난리더니만."

"이렇게 자신의 업적을 두 배로 키우는 건 왓슨에게는 어울리지 않지. 그러나저러나 말이네, 왓슨."

"왓슨이고 뭐고 너 왜 변덕 부린 건데? 박논 심사 일정도 좀 생각해봐."

"그거야 한 학기 더 하면 되는 거고. 내 말 잘 들어봐."

설영은 애가 탔지만 정작 셜록은 논문의 완성이 문제가 아닌 듯 굴었다. 되레 시종일관 심각한 표정이었다.

"왓슨, 이 이야기를 소설로 쓰면 좋을 것 같기도 해. 하지만 난 재주가 없으니."

"그건 또 무슨 소리야?"

셜록은 설영의 얼굴을 잠시 빤히 들여다보았다. 설영이 논문에 난항을 겪은 셜록을 걱정했다면 그즈음 셜록은 설영이 어렵게 등단해놓고 소설을 쓰지 않는 것이 영 걱정스러운 듯했다. 사실 설영은 그때 이미 많은 것에서 나가떨어지는 기분을 느끼고 있었다. 취직, 결혼, 연애 남들 다 하는

거 포기하고 소설을 쓰기 위해 매달렸던 설영이었다. 하지
만 등단하고 보니 여기는 소설만 잘 써서 되는 판이 아니었
다. 물론 설영이 실력이 모자라서일 수도 있을 것이다. 하루
는 세상에 대한 반항심에, 또 다른 날은 자신의 실력에 대
한 한탄으로 피가 마르는 기분이었다. 그래도 차마 셜록에
게는 그 말을 할 수가 없었다. 잘할 수 있다고, 포기하지 말
라고 그런 말조차 듣고 싶지 않았으니까. 그래서 셜록의 저
말에 설영은 뭐라고 대답해야 할지, 그저 한참을 침묵했는
데 셜록은 조금 의외의 말을 꺼냈다.

"왓슨, 네가 만약…… 굉장히 오랜 시간 권력에 의해 억
압받고 탄압받았던 그런 단체에 소속되었다고 생각해봐."

"그게 왜? 지금 그게 네 논문을 또 엎겠다는 거랑 무슨
상관인 건데?"

"기다려봐. 그런데 거기가 사실은 진보적이기는커녕 기
존 권력 구조만큼이나 굉장히 보수적이고 또…… 폭력적인
곳이라면? 가령 직위에 따라 성범죄 사건 같은 것이 빈번
한, 그런 곳이라면? 너는 진실을 아는 게 나을 거 같아, 아
니면 그냥 모르고 사는 게 나을 거 같아? 만약 안다고 해서
현실이 달라지는 게 아니라는 전제하에 말이야."

"그게, 무슨 말이야?"

설영은 괜히 좋지 않은 상상이 되었다. 셜록이 따돌림당

하는 걸 알고 있었으니까 그런 곳에서 무슨 일이든 더 일어
날 수 있다는 생각이 들어서였다. 설영의 생각을 멈추게 한
것은 셜록의 혼잣말이었다.

"사람들은 지키고 싶은 게 생기면…… 자신과 뜻이 다른
사람들은 결국 없는 사람 취급을 해버리고 마는 걸까……"

그때 설영은 셜록의 넋두리 같은 말이 모두 셜록 자신의
일에 대한 것이라고 생각했다. 그래서 어떻게 하면 셜록이
상처를 받지 않을 수 있을 것인지를 생각하느라 복잡했고
그렇기에 미처 더 묻지 못하고 지나갔었다. 하지만 돌이켜
보니 그것은 반드시 셜록의 일만이 아닐 수도 있었다. 놀랍
도록 셜록과 비슷한 일을 겪었던 과거 누군가의 일일 수도
있었다. 혹은 다시 반복될 수 있는 미래의 일일 수도 있었다.

괜찮으시면, 이번엔 우리 레나 씨와 약속을 잡지 말고 그냥 피
크닉 한번 가는 게 어떨까요? 지리산으로요.

왓슨들에 새로운 글이 올라오는 걸 보면서 설영은 피크
닉 카페 지리산을 떠올렸다. 지리산 사진, 빨치산 생존자였
던 할머니, 그리고 성폭행 피해자 모임, 그것을 숨겼던 레
나. 아니, 어쩌면 숨길 수밖에 없었을지도 모르는 레나. 그

제야 설영은 애써 밀어두었던 기억을 하나 떠올렸다.

· 제 10장 ·

두 번 쓰는 이야기

*

　신바가 한창 박사 후 과정 논문 마무리를 하고 있을 때였다. 출간까지 계약한 논문이라 품이 더 많이 드는 작업이었다. 신바는 대부분 학교 연구실에 있었고 그 외의 시간엔 주방에 있었다. 신바는 논문 스트레스가 쌓일 때마다 설영에게 뭔가를 만들어줬다. 그게 이른바 '신주쿠식' 닭튀김일 때도 있었고 짜파구리일 때도 있었다. 설영은 손만 씻고 얼른 식탁에 앉아 신바가 만들어준 음식을 맥주와 함께 먹었다. 추운 겨울엔 보리소주나 고구마소주를 놓고 먹었다. 처음엔 마냥 즐거웠는데 시간이 흐르고 나서야 깨달았다. 신바의 스트레스가 최고조라는 것을. 걱정 말아요. 밥값은 안받으니까. 나도 설영 씨랑 웃고 나면 기분 좀 풀리고 나아져요. 신바는 그렇게 말했지만 설영은 신바에게 무언가 해주고 싶었다. 그리고 그 마음은 오래전 설영의 기억에 있던 한 사람을 불러왔다. 물론 밥값을 하기 위한 건 아니었다.

이의선. 82세. 전라북도 남원 출생. 열넷 무렵 경상남도 산청 인근 지리산 자락에서 소리를 연습하러 나간다고 이야기한 후 실종. 이후 1973년 마지막 빨치산 토벌대에 의해 발견됨.

설영은 몇 년 전 셜록과 함께 만났던 이의선 할머니를 떠올렸던 것이다. 심지어 이제 그곳은 설영과 신바가 사는 곳에서 멀지 않았다. 산겐자야는 주오선을 타고 죽 올라가서 시부야선으로 갈아타면 금방이었다. 설영은 다시 그쪽 주제로 연구할 생각은 없었다. 하지만 자신이 신바를 도울 수 있다면 기꺼이 뭐든 할 수 있을 거 같았다. 아니나 다를까, 신바는 설영에게 의선 할머니가 도쿄에서 도시락 가게를 하고 있다는 사실을 듣자마자 반색했다. 설영은 빨치산 생존자가 도쿄에 있다는 사실이 기이하게 느껴졌다고 했지만 신바는 놀랄 일은 아니라는 듯 반응했다.

"이미 전쟁이 끝났을 때 빨치산은, 북한 정부에서 버린 패니까요. 남한 정부에서는 당연히 없애야 할 사람들이었

고요. 애당초 북한 정부는 그들을 다시 북으로 데려갈 마음
이 없었잖아요."

설영은 의선 할머니가 했던 말들이 떠올랐다.

"바깥에 선전할 때는 계급 없는 사회라고 했다지요? 각
부대마다 다를 순 있겠지만 제가 아는 선에서는 다 계급
이 있었어요. 저는 잡혀 온 거지만, 그곳이 평등하다고 해
서 왔다가 숙청당한 사람들 중에는 그런 계급 사회에 부정
적인 사람들이 꽤 있었던 것으로 기억해요. 그리고 혹시 오
해 살까 싶어 말해두자면…… 남자들은 안전했다, 내가 무
조건 이런 말을 하려는 게 아니에요. 알아요, 다들 위협받고
계급에 따라 차별대우 받았더랬죠. 하지만 이 말 하고 나면
또 억울한 기분이 듭니다. 왜냐면요, 아예 여자들은 그 위험
했다,라는 말조차 갖다 붙이지 못했잖아요? 계급을 떠나서,
모든 걸 떠나서 여자들은 다 위험했어요. 이 안에서뿐 아니
에요. 산을 내려가서도, 이제 거기서부터는 남조선 놈들이
갖은 성적 고문을 했습니다……"

의선 할머니는 그렇게 말하면서도 끝내 빨치산을 완벽하
게 부정하지는 못했다. 할머니도 거듭 말했다시피 잡혀 온
사람도 많았고 좋은 사람도 있던 곳이니까. 그런 사람들이
모두 빨갱이로 몰려 구분 없이 휘말린 셈이니까. 게다가 폭
력 상황에 오래 놓인 사람들이 모든 것을 정확하게 판단 내

리기는 쉽지 않다. 무엇보다…… 아마도 그 '언니'와의 기억 때문일 거라고 설영은 생각했었다. 어떤 좋은 기억들은 사람을 인생의 주인공으로 만들어주고 그 기억 하나로 평생을 버티며 살아가게도 하니까. 설영은 의선 할머니에게 빨치산에서의 기억은 그렇게 두 가지가 함께 가는 것이라고 생각했다.

"그런데 신바, 빨치산 구술 증언이…… 적어도 초기에는 다 좋은 이야기만 나오잖아. 가령 거기가 평등 사회였고 선택적 입산이었다는 내용들 말이야."

"실제로 좋은 것도 많지 않았을까요? 남한 정부가 무고한 사람들도 많이 죽였기 때문에 초기에는 특히 그랬겠죠. 그리고 시간이 흐를수록 이제…… 내부에서는 그곳이 한없이 좋기만 한 사람들도 생겼을 것이고요. 뭐랄까요, 여기 일본 안에서도, 여전히 어떤 계층은 일본이 정말 좋은 시대를 누리고 있다고 생각하지 않을까요? 심지어 북한 안에서도 지금이 가장 좋은 시기라고 생각하는 계급도 있겠죠."

"난 좀 헷갈렸어. 내가 너무 북한 사회를 좋게 보지 않아서 그 세계에 대해 이렇게 어둡게만 생각하는 건지."

설영은 다시 의선 할머니에 대해 생각했다. 의선 할머니가 말을 흐리던 그때와 지금 설영의 상황이 어쩌면 같을지도 몰랐다.

"그리고 피해자의 복권 문제가 있지 않을까요. 오랫동안 빨치산 집안이라고 낙인찍혀 국가폭력의 피해자가 되었으니까…… 물론 이해가 돼요. 실제로 남한에서 우익들이 그분들에게 한 행동을 생각하면 정말 인간의 짓이라고 생각할 수 없는 참상이었죠. 게다가 이후에 남한에 독재 정권이 연달아 들어서면서 연좌제도 있었잖아요. 전혀 상관 없는 자식들까지 사회 진출을 제한당했어요. 설영 씨가 더 많이 들어보셨겠죠."

"아…… 맞아. 그래서 빨갱이라는 말을, 그래. 우리 할머니도 그 단어를 무서워했어."

젊은 시절 임금 체불을 항의하다 구금됐던 할머니. 그때의 경험 때문일까. 좌익 사범도 아니었고 그쪽과 관련이 없었는데도 작업반장이 협박조로 입에 올렸던 빨갱이라는 말을 죽기 직전에도 두려워했다. 그 시대에 그 말은 항변 불능의 낙인이었을 것이다. 연좌제 관련한 제한은 1985년이 되어서야 해제되었다. 예를 들어 빨갱이로 한번 낙인찍히면 첫째 자식은 공부를 아무리 잘해도 이동 거리 제한에 따라 서울대에 갈 수 없었다. 즉 전라도에 산다고 하면 입학을 포기해야 하는 것이었다. 가만히 생각에 잠긴 설영을 보다 신바는 말을 이어나갔다.

"분명 복권이 필요한 사람들이 많았을 겁니다. 다만 복권에 도움이 되는 이야기와 안 되는 이야기를 가리기 시작하면서 문제가 시작된 거겠죠. 내부에서 더 중요한 사람들과 더 중요한 이야기를 생각하면서요. 그런 사람들은 내부의 안 좋은 이야기 같은 건 차단해야 한다고 생각했을 거예요."

"가령, 어떤?"

"뭐, 여성 대상 성범죄 사건들 말이죠. 안팎으로 아주 빈번하게 발생했던 문제였지만 아무래도 구술 증언이 주로 상부의 간부급을 중심으로 이뤄지기도 했고 또…… 성범죄 피해자의 경우 그 트라우마도 그렇고 사회적 시선도 녹록지 않아서 사회에 남아 있는 사람 자체가 많지 않아요. 그렇게 찾아낸 사람들 수가 협소해서 다 담기지 않았을 거예요. 그리고…… 설사 용기를 내서 증언을 한다 해도 반대편에서 정신적 문제를 거론해서 증언 채택이 어려워진 경우도 많고요. 일본군 성노예 증언도 그런 식으로 매도되었죠."

그래, 의선 할머니가 했던 말. '그 언니', 일본에서 들어왔다던 그 언니. 모든 남자의 선망의 대상이었다던 그 사람도 여러 소문에 시달렸다고 했다. 일본인이라는 것도 그 언니가 여성이고 빨치산이라는 것 앞에서는 전혀 위력적이지 않았다. 그런가 하면 의선 할머니 본인 또한 성범죄 피해자가 되었고 더 이상 한국에 남아 있을 수가 없었다고 했다. 신바의 말에 설영이 저도 모르게 중얼거리듯 혼잣말을 했다.

"그럼…… 지금과 뭐가 다른 걸까?"

신바는 잠시 그런 설영을 바라봤다. 안경을 올렸을 뿐 답을 하진 않았다. 아마도 할 수 있는 말이 없었던 것인지도 몰랐다. 그 침묵을 먼저 깬 건 설영이었다.

"신바, 우리…… 그 할머니한테 한번 가볼래?"

그렇게 다시, 몇 년 만에 이의선 할머니에게 가게 된 설영이었다. 물론 그때의 설영 옆에는 셜록이 아닌 신바가 있었다. 다행스럽게도 가게는 여전히 그 자리에 있었다. 가게 앞에는 이전처럼 노인들 몇이 앉아 있었다. 설영은 노인들이 앉아 있는 나무 벤치에 자신과 셜록이 함께 있던 때가 자연스레 떠오르기도 했다.

"여기인가요? 생각보다 우리 가까이에 있군요."

신바의 말에 설영은 얼른 고개를 끄덕이고 앞장서 가게 문을 열고 들어섰다. 하지만 카운터에는 의선 할머니가 아닌 중년 남자가 앞치마를 두르고 지친 기색으로 서 있었다. 설영을 따라 들어온 신바는 뭔가 조금 잘못되었다고 느꼈는지 먼저 나서지 않았다. 설영은 중년 남자에게 다가가 의선 할머니의 안부를 물었다. 남자는 잠시 설영을 보다가 일본어투가 섞인 한국어로 이렇게 되물었다.

"혹시, 한국인이신가요?"

그, 몇 년 전에 오셨던? 이어지는 남자의 질문에 설영이
고개를 끄덕이자 남자는 가게 가운데 하나뿐인 작은 탁자
를 가리켰다. 잠시만, 저기에 앉아 계시면, 하고는 가게에
딸린 좁은 계단을 밟고 2층으로 올라갔다. 설영은 남자가
의선 할머니와 함께 내려오리라고 생각하며 남자가 내어준
차가운 보리차를 신바와 함께 나눠 마시고 있었다. 하지만
잠시 후 다시 설영과 신바 앞에 나타난 사람은 의선 할머니
가 아닌 남자 혼자였다. 남자는 손에 편지 봉투를 들고 있
었다.

"어머니는 얼마 전 돌아가셨습니다."

아, 하는 신바의 탄식에 남자는 들고 있던 편지 봉투에서
영정사진으로 쓰였을 법한 할머니의 사진을 꺼내 보여주었
다. 설영은 눈이 뜨거워지는 것을 애써 참으며 미소를 지어
보였다. 사진 속 의선 할머니는 한껏 웃고 있었다. 쓰고 있
는 모자에는 깃털도 달려 있었다. 예쁘네요. 설영은 사진 속
의선 할머니를 쓰다듬었다. 남자는 감사하다는 말과 함께
고개를 숙였고 곧 다른 사진을 하나 더 내밀었다. 사진에
담긴 풍경은 엄청난 물건들이 쏟아질 듯 가득 차 있는 방이
었다. 설영과 신바가 동시에 의아한 표정으로 남자를 바라
보자 남자는 조금 쓸쓸한 미소를 지어 보였다.

"같은 도쿄 하늘 아래 살면서도 저도 자주 와보지 않았거든요. 그런데 어머니가 돌아가시고 물건을 치우려고 들어와 보니 가게 2층이 이렇게 되었더군요. 어머니가 쓰시던 그곳 말입니다."

설영에게 사진을 건네는 남자의 눈에 눈물이 조금 고여 있었다.

"이웃들이 오다가다 준 물건들을 모아두셨더라고요. 하나도 버리지 않고요. 다리 뻗고 주무실 데도 없이 말이죠."

대체 왜…… 사진 속 공간은 방 안이라고 생각하기 어려웠다. 설영이 기억하는 의선 할머니는 종일 반찬을 만들면서도 옷자락에 흔적 하나 남기지 않는 사람이었다. 1층 가게에는 정말 쓸모 있는 물건 외에는 남겨두지 않아서 작지만 답답한 느낌이 전혀 들지 않았었다. 그런데 어째서 이렇게 많은 물건을 손에 쥐듯이 모아놓은 걸까.

"그냥, 어머니는 누군가 자기를 기억하며 준 것을 버릴 수가 없었던 것 같습니다. 물건을 주는 순간엔 그 사람을 생각하는 거니까."

남자의 말에 이번엔 겨우 참고 있던 설영이 눈시울을 붉혔다.

"그리고 이건, 어머니 방을 정리하면서 나온 편지인데요."

편지는 신바가 먼저 받아서 읽어 내려갔다. 신바의 얼굴에 미소가 지어졌다.

"아버님께서 마릴린 먼로를 좋아하셨나 봐요?"

신바의 말에 먼저 반응한 건 설영이었다. 의선 할머니의 말이 떠올라서였다. 아버지라고? 하지만 의선 할머니는 그때…… 혼란스러운 설영과 달리 남자는 약간 홀가분해 보였다. 이제는 뭐 숨길 것 없죠, 이렇게 시작했다.

"제 아버지 되는 분 말씀이라면…… 저는 어릴 적에 어머니가 데려다 키운 아이입니다. 정말 사랑으로 키우셨는데 제가 보답을 못 했죠."

"네? 하지만 이 편지에는 분명히……"

신바는 편지를 남자와 설영 앞에 내려 보였다. 편지를 보고 나서야 설영도 어째서 신바가 자연스레 남자의 아버지에 대해 생각했는지 알 것 같았다. 편지는 청혼에 가까운 내용이었다. 남자는 조금 허탈하다는 듯, 그러면서도 뭔가 아쉬움이 묻어 있는 미소를 지어 보였다.

"어쩌면 여기 윤설영 님은 들으셨을지도 모르겠어요. 사실 저희 어머니는 산에서 내려오신 이후에 전향 과정에서 성범죄를 당하셨어요. 저에게는…… 죽기 직전에야 그런 말들을 하시더라고요."

신바가 설영을 바라보자 설영은 고개를 천천히 끄덕였다.

"사과라도 받고 돌아가셨으면 어머니가 좀더 편하셨을까

요."

　남자는 그러면서 잠시 고개를 숙였다. 이럴 땐 어떤 말을 해야 하는 걸까, 설영과 신바 또한 아무 말 없이 고개를 숙일 수밖에 없었다.

*

　"어머니는 이제 안 계시지만, 이 편지의 주인을 좀 찾아보고 싶기도 해요. 살아 계시다면 좋겠어요. 참, 돌아가시기 전에 사정하면서 어머니께 성함이라도 알려달라고 하니 뭐라고 하신 줄 아세요?"

　남자는 조금 웃어 보였다. 그러면서도 여전히 이해가 안된다는 듯한 표정을 보이기도 했다.

　"마녀래요. 숲속에서 마녀라고 불렸다네요."

　"네? 왜요?"

　"뭐, 이뻐서 많은 남자들이 이분을 좋아하셨다네요. 끄떡도 안 하셨대요. 그러니까 마녀라고 남자들이 소문내고 다녔다고요."

　잠시 남자를 바라보던 신바가 입술을 말며 조심스레 이렇게 물었다.

　"그래도 이제 어머님에 대해서는…… 받아들이시나 봐

요?"

설영의 말에 남자는 한숨을 길게 내쉬었다.

"전 어리석은 놈이었어요. 아니, 웃기는 놈이었죠. 자라면서 아비 없는 놈이라고 놀림을 많이 받았어요. 저는 그걸로 다시 어머니를 괴롭혔어요. 사람들, 근본 없다는 말 자주 욕으로 하잖아요. 근데 근본이란 게 날이 갈수록 뭔지 잘 모르겠네요. 그런 거 어차피 다 누가 만들어놓은 거 아닌가 싶고요."

남자의 말에 신바가 작게 고개를 끄덕이고 있었다.

"이제는 나를 키워준 내 어머니가 그렇게 사랑했다는 사람이 궁금할 따름입니다. 어머니가 저를 사랑으로 키운 건 전부 그분 덕분이 아닌가 싶어서 그래요. 사람은 옆에 있는 사람 영향을 받잖습니까. 저야 뭐 못된 인간이었지만 그래도 저도 저희 어머니 많이 닮았거든요."

남자는 그러더니 문득 생각난 듯 설영에게 꼭 해줘야 할 말이 있다고 했다.

"저, 어머니께서 오래전에 한국에서 찾아오셨던 분이 그 뒤에 다시 찾아오셨다고 하셨어요. 아마…… 8년 전쯤에는 여자 두 분이 오셨었고 그 뒤로는 두 분 중 한 분만 다시 오셨다고 했습니다."

설영은 그때 들고 있던 보리차 잔을 놓쳤었다. 신바가 순

306

발력 있게 받아내지 않았더라면 잔이 깨졌을 것이다. 하지만 그때 설영은 셜록이 실종된 줄 몰랐었고 그렇기에 놀라서 잔을 놓친 건 아니었다. 작은 실수였지만 지금 돌이켜보면 어떤 예감이었을까 싶기도 했다. 수건을 가지고 돌아온 남자는 설영이 다시 의선 할머니를 찾아왔던 그 사람이 아니라는 것에 조금 미안한 기색이었다. 자신이 헷갈려서 설영을 곤란하게 만든 건가 싶어서였을 것이다.

"그때 다시 찾아오신 분이 어머니께 그러셨대요. 자신이 꼭 그 마녀라는 사람을 찾아주겠다고요. 아…… 그러면서 어머니께 그 사람과 찍은 사진을 받아서 가셨다고 했습니다."

그랬기에 남자는 설영이 왔을 때 뒤늦게나마 그 소식을 전해주러 온 사람인 줄 알았던 거다.

"실망을 드려 죄송해요……"

설영은 진심으로 의선 할머니께 죄송스러웠다. 다만 그때는 셜록에 대해 묻지 않았었다. 단지 그저, 셜록 너는 정말 여전히 열심이구나, 이런 생각을 더했을 뿐이었다.

그리고 그때로부터 다시 시간이 흐른 지금 설영은 또 다른 생각을 하고 있었다.

빨치산, 성폭행, 도쿄, 지리산.

그럼 의선 할머니가 찾는 사람이 혹시…… 신바와 의선 할머니를 찾아갔던 그 기억을 떠올리던 설영은 불현듯 오래 맞추지 못했던 천 피스 퍼즐의 마지막 한 조각을 발견한 듯한 기분이 되었다.

설영은 트위터 앱을 열어서 연정에게 글을 남겼다가 이내 지웠다. 이번엔 전화를 걸었다. 처음이었다, 연정에게 전화를 건 것은.

그러나 연정은 그때 설영의 전화를 받지 못했다. 연정은 그때 지윤의 병원 진료실에 들어서던 참이었다.

*

지윤의 병원으로 들어서면서부터 연정은 조금 의아하면서도 한편으로는 걱정스러운 마음이 들기도 했었다. 연정이 아는 지윤은 수술 스케줄이 없는데 오라 가라 할 사람이 아니었다.

"선배, 제가 서포트할 수술이라도 급하게 잡혔어요?"

연정은 문을 등지고 있던 지윤이 서서히 돌아서는 걸 보면서 동시에 휴대폰 화면에 뜬 윤설영이라는 이름을 보았다. 연정은 전화를 받으려고 했다. 물론 지윤이 먼저 입을 떼지 않았다면 말이다. 지윤의 목소리가 떨리고 있었다.

"구연정. 너 그 환자, 이지연 씨 이미 5년 전에 실종 후 사망 추정이라는 것 알고 있었잖아. 그 메일, 누가 보낸 거야? 구연정, 너 대답해야 돼. 의사로서라도 대답해야 돼. 너 이거 명백한 거짓말이라고!"

지윤의 얼굴은 흥분으로 조금 붉어져 있었다. 지윤의 모니터 화면엔 이지연에 대한 신상 정보가 띄워져 있었다. 연정은 지윤과 화면을 번갈아 보았다. 연정은 지윤을 똑바로 바라봤다. 표정에 놀라는 기색이 없었다. 연정은 진료실 문을 닫았다. 해가 반쯤 든 진료실에 연정의 얼굴 절반은 그늘 속에 있었다. 연정은 그 어느 때보다 차분해 보였다. 연정은 가방을 소파에 내려놓고 앉았다.

"선배, 그 사람 기억해요?"

"이지연 씨 말이니? 지금 그 사람 이야기 중이잖아. 너 왜 그렇게 말 돌려?"

"아뇨, 선배. 이지연 씨 말고요. 김춘희 씨. 구스미 에쿠레아 씨요."

· 제11장 ·

죽지 않는 마녀의 숲

*

김춘희. 구스미 에쿠레아. 1938년생. 이 병원 내원 환자 중 가장 고령이었던 사람. 인생의 마지막엔 자신이 원하는 모습으로 단 한 번만 살아보는 게 소원이라고 했던 사람이 었다. 그래서 수술을 진행했고, 사실 조금 난항이었다. 젊은 시절 춘희 씨는 강간당한 후 질과 대장 쪽에 큰 수술을 한 경험이 있었다. 수술을 하려면 중요한 부위였다. 질을 봉합 하고 팔의 피부조직과 신경 일부로 성기를 만들어야 했다. 다행히 수술 자체는 성공적이었지만 워낙 고령이어서 걱정 스러웠다. 하지만 진료 기록을 살피던 지윤이 순간 멈춰 섰 다. 그 사람은 연정이 이 병원에서 수술을 맡기 전의 환자 였다. 즉, 지윤의 환자였다.

"네가 그분을 어떻게 알아?"

그렇게 말하던 지윤이 문득 소파에 앉아 있는 연정 뒤 벽에 걸려 있는 마릴린 먼로 사진을 바라보았다. 저 사진은 김춘희 씨가 가지고 온 거였다.

'우리 다 마릴린 먼로 같지 않나요? 아름답다고 추앙하다가 거부하면 부숴버릴 듯 달려드는 사람들. 여자로서의 삶은 평생 어딘가에 전시되는 것만 같았어요. 내 몸은 마치 공공 기물 같은 느낌이었죠.'

지윤은 김춘희 씨가 했던 그 말을 기억하고 있었다. 김춘희 씨는 남성으로 전환하는 수술을 받았었다. 머릿속이 복잡한 지윤과 달리 연정은 조금은 홀가분해 보이기도 한 표정이었다.

"그렇게 되었어요. 그러게요. 왜 이렇게 된 건지 설명을 할 수 있을지는 모르겠지만. 선배, 김춘희 씨에 대해서, 제가 알게 되었어요."

의아함으로 커진 지윤의 눈을 바라보며 연정은 이지연을 마지막으로 본 5년 전 그가 해주었던 이야기를 떠올리고 있었다. 결국 정답은 기억 안에 있었다.

"선배, 이지연 씨 말이에요. 인터섹스여서 조금 더 기억에 남기도 하지만 또 다른 이유로 잊을 수가 없어요. 그 환자분, 직장 내 불법 촬영 피해자였어요."

지윤은 자신도 모르게 신음 같은 비명을 터뜨렸다. 인터섹스인 사람들은 자신의 몸이 외부에 알려지는 데 특히나 극도로 민감하다. 지정 성별이 여성으로 등록되어 있는데 남성의 성기를 가지고 있으면 사람들에게 시달릴 수밖에 없는 노릇이다. 특히 한국처럼 지정 성별이 절대적인 곳이라면 더욱 그랬다. 지윤은 짧은 시간 동안에도 머리가 하얗게 변하는 것처럼 아찔했다. 그러면서도 의아함은 남아 있었다. 이지연이 처음 병원을 방문한 건 6년 전이었지만, 실종된 건 5년 전이었다. 트랜스젠더나 인터섹스인 환자들은 사회가 정해놓은 외모의 틀에 자유로울 수 없어서 추가 성형을 하거나 시술을 받는 일이 많았다. 그래서 당시 지윤은 이지연이 실종 전 다시 병원을 방문했을 때 그런 이유겠거니 했었다. 게다가…… 지윤의 기억이 맞다면, 이지연이 실종되었을 때 경찰은 지윤의 병원에 사건 협조를 부탁했었다. 그렇지만 그때도 분명 불법 촬영물 유포 사건 같은 범죄에 관한 게 아니었다.

　"그때 경찰이 우리한테 그런 말 했었니? 내가 못 들은 거야?"

　연정은 지윤이 충분히 그런 생각을 할 수 있다는 듯 깊게 들이쉰 한숨만큼 고개를 크게 끄덕였다.

　"상식적인 사람이면 당연히 그런 생각 들 수 있어요, 선

배. 나도 처음엔 모든 게 의아했어요. 그런데 그게······ 지연
씨가 근무하던 연구소 내부의 일이었고 조직적 은폐가 있
었던 모양이에요. 그렇게 이지연 씨만 그곳에서 나오게 된
거예요."

'마치······ 우리 도영이처럼 말이에요.'

연정은 마지막 말을 겨우 삼키면서 도영이가 죽은 이후
자신의 모습을 되새겼다.

도영이 죽고 나서 연정은 온갖 아이들을 다 만나 사정했
었다. 처음에 연정은 도영의 휴대폰을 열어보았다. 사설 기
관에 거금을 들여서 겨우 암호를 풀었지만 남아 있는 게 별
로 없었다. 그 전에 쓰던 휴대폰까지 뒤지고 나서야 연정
은 도영이 수연과 이야기할 때는 카카오톡이 아닌 트위터
에 비밀 계정을 만들어놓고 대화했다는 걸 알게 되었다. 남
학생 몇이 조직적으로 도영과 수연을 괴롭혀왔고 그 애들
은 수연이와 도영이가 주고받은 메시지까지 훔쳐본 모양
이었다. 그 애들이 지속적으로 성적 모멸감을 주는 사진이
나 링크를 보내왔다는 증거도 정황적으로나마 겨우 찾아낼
수 있었다. 그리고 최종적으로 그날, 그러니까 도영이가 집
단 성폭행을 당한 그날. 도영이와 수연이의 휴대폰을 빼앗
은 애들이 도영이와 수연이를 사칭해서 둘을 각각 학교 옥

상으로 부른 것까지 찾아낼 수 있었다. 연정은 이걸 찾아낼 동안 몸무게가 10킬로가 넘게 줄었다. 하지만 연정은 그때까진 괜찮았다. 아니, 오히려 그 증거를 찾아내면서 연정은 좀 살 것 같기도 했다. 도영이가 살아 돌아오진 못할지언정 엄마로서 부끄럽지 않다고 스스로를 다잡을 수 있었다. 하지만 개인이 찾은 이 증거는 커다란 집단 앞에서 무력하다 못해 공기처럼 증발해버렸다. 학교의 명예라는 건 누군가에게는 인간의 목숨보다 존엄하고 귀했다. 가해자들에게는 소년법이 적용되었고 그와 동시에 학교에는 도영과 수연에 대한 이상한 소문이 퍼지기 시작했다.

"그럼, 연정이 너한테 부탁했다는 건…… 그 부탁은 이지연 씨가 한 거니?"

지윤의 말에 연정은 퍼뜩 진료실로 되돌아왔다. 연정은 잠시 자세를 고쳐 앉았다. 이제 누구도 도영이처럼 가게 두지 않겠다는 생각에 마음을 굳힌 건 이지연 씨를 만났을 때부터였다.

"이지연 씨의 박사논문이 김춘희 씨가 구술 증언한 내용을 기반으로 쓴 거예요. 슬픈 건, 이지연 씨 박사논문 표절 시비도 연구소 내부에서 흘러나왔던 거였어요. 이미 5년 전에 표절 건 없음으로 결론이 났는데도 그 누구도 그에 대해

선 언급하지 않은 것 같아요. 선배도 아시겠지만, 이지연 씨
는 6년 전 탑수술을 받으시고 5년 전쯤 다시 얼굴 성형 때
문에 저를 찾으셨죠. 얼굴도 성적 지향을 따르고 싶으셨을
것이고, 또 하나…… 아마 걷잡을 수 없이 불법 촬영물이
유포됐기 때문이었던 것 같아요. 이지연 씨가 수술 전에 그
러시더라고요. 그나마 논문을 지켜서 다행이라고 말이에
요. 그러면서 자신은 김춘희 씨와 이의선 씨를 다시 만나게
해주겠다고 약속했다고요."

"연정이 네가 그래서 김춘희 씨를 알게 된 거구나, 보호
자 레나 씨도."

"네, 실제 뵌 적은 없었지만요. 그러면서 그때 이지연 씨
가 그 일이 끝나면 윤설영이라는 사람을 찾아갈 거라고 그
랬거든요."

"윤설영 씨라면, 한 달 전에 너에게 셜록의 메일을 보내
셨다던…… 아니, 아니다. 그건 네가 윤설영 씨에게 먼저 전
한 거지, 타임라인 심각하게 어렵네."

지윤의 말에 연정은 입 모양으로 작게, 속여서 미안해요,
하고 말했다. 지윤은 됐다, 됐어 하더니 숨을 깊게 들이쉬었
다. 여전히 머릿속은 복잡한 모양이었다.

"그때 이지연 씨가 윤설영 씨를 찾는 이유도 말씀하셨
어?"

"사랑하는 사람이라고…… 그냥 그렇게만 말했어요. 그런데…… 갑자기 사라졌다고. 둘이 같이 살았는데, 연구소 불법 촬영 사건 이야기를 들은 윤설영 씨가 어느 날 밤 사라졌다고요."

"사라져? 이지연 씨가 버려졌다는 거야?"

"저도 처음엔 정황상 그렇다고 생각했거든요. 그런데 막상 윤설영 씨를 만나보니까……"

"만나보니까?"

"그게 아니었어요. 윤설영 씨는 이지연 씨를 버린 게 아니었어요. 잊은 것도, 아니었어요."

"그럼?"

"잠시 잃어버린 것 같았어요. 너무 괴로워서……"

*

도영이를 떠나보내고 연정은 한동안 목소리를 아예 잃었었다. 가해자들이 법원에서 불구속 처분되었다는 판결을 받은 날, 연정은 법정을 빠져나오지 못하고 그 자리에서 쓰러졌다. 가해자들의 얼굴을 볼 때마다 당장 달려 나가 목이라도 조르고 싶었다. 신경 하나하나에 분노가 치밀어서 살갗이 쓰릴 정도였다. 그리고 결국 숨을 쉴 수가 없을 정도의 분노에 쓰러져버렸다. 연정은 깨어나자마자 도영이부터 찾았다. 물론 아무도 듣지 못했다. 전남편도 연정의 목소리를 듣지 못했다. 병원에서는 안면신경 마비와 함께 찾아온 함구증이라고 했다. 충격으로 목소리를 잃어버리는 병. 연정의 담당 의사는 원인이 된 스트레스에서 멀어져야 한다고 당부했다. 전남편은 연정의 목소리가 돌아오도록 자신이 최선을 다하겠다고 말했다. 하지만 그건 불가능했다. 뉴스를 틀면 여성 대상 성범죄와 가벼운 처벌을 받은 가해자들의 기사가 연이어 보도됐다. 예능 프로그램을 틀면 유머랍시고 여성의 신체를 대상화하는 내용이 쏟아졌다. 전남편과 소파에 앉아 그걸 보던 연정은 담담한 표정으로 일어섰고 화분을 하나 들어 텔레비전 화면 속 웃고 있는 사람들을 향해 던졌다. 그렇게 집에서 텔레비전이 사라졌다. 하지만 그게 다가 아니었다. 포털 사이트의 댓글 창에는 성범죄 피해자를 조롱하는 글들이 있었다. 그렇게 인터넷도 끊어버렸다. 마트에 가려고 나서면 길거리 곳곳에서 빤히 웃는 얼굴들로 여성들에게 위협을 가하는 남성들이 있었다. 공중화장실에 들어가면 불법 촬영에 대한 경고문이 붙어 있었다. 연정은 미쳐버릴 것 같았다. 다른 말로는 표현이 안됐다. 정말 미쳐버릴 것만 같았다. 도망치고 싶었는데, 사람들 말처럼 다 잊고 살아가고 싶었는데. 세상이 전부 다 이런데 어디로 도망쳐야 하는 건지 모르겠다는 생각만 들었다. 그렇게 연정은 고립되었다. 가해자는 숨지 않았다. 사라진 건 도영이와 수연이였다. 그리고 이제 연정 차례였다. 연정은 그때 처음으로 의대를 가길 잘했다고 생각했다. 아는 인맥을 모두 동원해서 수면제를 모았다. 목소리가 아닌 기억을 잃기를 그렇게나 바랐는데, 그 마음은 이제 연정에게 삶을 잃으면 된다고 말하고 있었다. 그럼 이제, 평안해질 수 있다고 말이다. 이런 위험한 세상이 아닌 곳에서 도영이를 만날 수 있을 거라고. 수면제를 삼키기 전날, 연정은 전남편의 손을 잡았다가 이내 손바닥을 펼치게 했다. 연정의 전남편은 도영이가 죽고 연정이 자신에게 다가와 무언가 행동한 게 처음이었기 때문에 그 자체만으로 무척 기뻐했었다.

'미안해요.'

연정은 전남편의 손바닥 위에 손가락으로 그렇게 썼다. 연정은 그때도 지금도 전남편, 세상에서 유일하게 그 남자에게만은 미안했다. 아이를 잃은 아빠인데 그렇게 사랑했던 여자까지 잃을 줄 몰랐을 그 남자에게만은 미안했다. 이윽고 연정은 가만히 전남편의 손을 잡아주었다.

"내가 더 미안해. 이제 괜찮아질 거예요. 도영이 몫까지 우리 잘 사는 것으로 합시다."

전남편이 이렇게 말하며 조금 울먹였던 기억이 난다. 연정은 그때 고개를 끄덕이지도 않았고 당연히 대답을 하지도 않았다. 조금 웃어 보였고 전남편이 잠들 때까지 기다렸다가 모아둔 수면제를 가지고 도영이의 방으로 갔다. 그리고 수면제를 삼켰다. 도영이를 잃었으니 두려울 것이 없었다. 그러니 이번엔 제발 기억을 모두 잃어버리기를 바라면서, 영원히 삶을 잃어버리기를 기원하면서.

*

"그러니까, 연정이 네 말은. 윤설영 씨가 너무 괴로워서 기억을…… 잃고 싶었을 수도 있다는 거지?"

"네, 정작 이지연 씨는 윤설영이라는 사람은 자신을 기억해줄 거라고 여러 번 말했지만요."

수술을 받은 직후 연정에게 지연은 거듭 당부했다. 다시 병원에 오겠지만 혹 자신과 연락이 닿지 않으면 윤설영이라는 사람에게 대신 전해달라고 말이다. 그렇게 하겠다고는 했지만 지나고 보니 막상 지연은 갑작스러운 실종 전 윤설영의 연락처 하나 남기지 않은 채였다.

"그럼 너는 경찰이 찾아오고 나서 바로 윤설영 씨 찾기를 시작한 거야?"

"찾는 데 시간이 좀 많이 걸렸어요. 그 8개월 동안 윤설영 씨가 잠시 입원해 계시기도 했고 쓰시던 휴대폰도 분실한 상태였고요. 정말 오래 걸려서 찾았는데, 찾고 보니까 윤설영 씨가 일본에 계셨어요."

"그럼 왜 윤설영 씨 만나자마자 사실대로 말 안 한 거야? 윤설영 씨는 이지연 씨가 살아 있을 거라는 희망을 가지고 있을 텐데."

지윤은 정말 그게 의문이었다. 어떻게 보면 잔인한 일이었다. 연정에게 전해 듣기만 해도 지금 윤설영이라는 사람이 얼마나 이지연을 찾고 있는지 알 것 같았다. 그런데 누구보다 그런 마음을 잘 헤아릴 연정이 여태 진실을 숨기고 있다는 게 이해되지 않았다. 굳이 윤설영에게 자신의 진실을 힘겹게 찾아가라는 것 같기도 했다. 그러나 그것은 정말 어떤 면에서는 끔찍한 일이 될 수도 있었다.

"알아요. 말해줘야 맞는 거죠. 사실 처음엔 믿을 수가 없었어요. 내가 만난 윤설영은…… 처음엔 그저 임용 때문에 공동 저자였던 이지연을 찾으려고 하는 거 같았거든요. 이상한 기분이 드는 거예요, 이지연 씨는 그렇게 윤설영을 찾고 싶어 했는데 굳이 이 사람에게 알려야만 할까. 나 도영이 사건 때 알았어요. 어떤 사람들에게는 누군가의 고통도 그저 가십거리라는 걸요. 그래서 말을 처음엔 못 했어요."

"그럼 지금은? 지금에라도 말해줬어야지."

"네, 그런데 다시 만난 윤설영 씨는…… 서로 사랑했던, 그리고 이지연 씨가 너무 괴로워했던 마지막 8개월의 기억이 없는 채였어요. 아무리 좋은 의도라지만 굳이 그 아픈 기억을 말해줘야 하는 것인지 잘 모르겠는 거예요. 누군가를 기억한다는 게 가끔은 얼마나 힘든지 잘 아니까요."

지윤은 이제야 또 다른 퍼즐이 맞춰지는 기분이었다. 다른 사람도 아닌 연정이었다. 차라리 어떤 기억을 모두 잃고 싶었을 연정은 윤설영이 진실을 알았을 때 받을 충격을 헤아리지 않을 수 없었을 것이다. 게다가 이지연과 헤어지기 직전 8개월의 기억이 없는 윤설영에게 이지연은 그저 친한 친구 정도로만 남아 있을 수도 있다. 그게 아니라고 해도, 오히려 윤설영 입장에서는 이지연이 갑자기 자신을 버리고 사라졌다고 생각했을 수도 있다. 그리고 역시, 문제는 그거였다. 기억상실이라면 기억이 돌아올 수도 있지만 아예 돌아오지 않을 수도 있었다. 시기를 그 누구도 알지 못한다. 그것은 정말 신만이 알 수 있는 일이다. 기억이라는 건 의학계에서조차 아직 미지의 영역이었다. 누구도 지금 이 순간을 완벽하게 기억한다고 장담할 수는 없는 것처럼 말이다.

"사실 선배, 나는 이지연 씨에게 전달받은 내용만 윤설영 씨에게 메일로 보내고 빠지려고 했었어요. 그런데요, 이게 우리 도영이 때문인지 윤설영 씨 때문인지, 그게 아니면 김춘희 씨 때문인지 마음이 바뀌더라고요. 그래서 나도 뭐 좀 알아봤어요."

"뭐? 어떤 거? 윤설영 씨 기억 찾는 거 도울 수 있는 일이야?"

"선배 말대로 기억이라는 게 언제 돌아올지 모르는 거잖아요. 저 윤설영 씨를 찾으면서 이지연 씨 주변을 좀 찾아보게 되었거든요. 이지연 씨가 당한 불법 촬영 사건을 유일하게 학교 인권 센터에 신고한 사람이 있었어요."

"신고한 사람이 있었단 말이야?"

"네, 정윤아 씨라고. 이지연 씨보다 오히려 학교를 먼저 나가게 되었지만……"

"뭐? 그러니까 문제를 제기한 사람까지 내보냈다는 거야? 그것들 아주 조직적이었구나?"

"네, 그래서 그분도 이후에 아주 공부를 포기하고 학교 쪽 사람들과는 인연을 끊고 지냈더라고요. 그러다 보니 이지연 씨가 설마 이렇게까지 되었으리란 상상도 못 했고…… 그래서 당연히 윤설영 씨와도 연락이 닿지 않았고요."

지윤은 손부채질을 하며 연정 가까이에 와 앉았다. 지윤은 김춘희 씨의 사연을 잘 알고 있었다. 빨치산 활동을 접고 같이 하산하던 남자에게 성폭행을 당했다. 그 후유증으로 자궁과 대장이 약해졌다. 원치 않는 임신이었지만 그때는 낙태라는 걸 생각조차 할 수 없던 때였다. 남자는 임신을 빌미로 김춘희 씨를 옭아맸다. 김춘희 씨는 자신을 강간한 남자와 결혼했다. 지윤은 뭔가 자꾸만 반복된다는 생각을 지울 수가 없었다. 그제야 지윤은 연정이 왜 이 일에 더 깊게 관여했는지 알 것만 같았다. 처음엔 그저 사라진 환자 한 명에게 과한 감정 이입을 한 거라고 여겼는데 그게 아니었다. 지윤은 여태 무수한 경우를 보았다. 성범죄 사건에서 결국 사라지는 게 여자들이라는 것. 숨어버리고 마는 건 약한 사람들, 여자들과 성소수자들과 노인과 아이와…… 결국 우리.

"너, 그래서 이렇게 저 사람들을 돕고 있는 거야?"

"이렇게 속이고 있는데 돕고 있다,라고 하니 좀 말이 안 맞기는 하지만요. 마음만은 그래요."

"연정아, 내가 속인다고 한 건 미안해. 난 사정을 몰랐어. 넌 이제 윤설영 씨 기억도 찾아주고 싶은 거잖아?"

"저는요 선배, 도영이가 그래도 자신을 사랑하는 사람들 진심도 알고 갔으면 좋았을 거 같다고 늘 생각했거든요. 그렇게 그 애를 죽게 만든 사람들의 악랄함 말고, 도영이 그 아이를 사랑하는 나 같은 사람의 마음도요."

지윤은 연정의 옆에 앉았다. 가만히 연정의 어깨를 감싸 안아주었다. 연정 혼자 얼마나 힘들었을지, 지윤은 마음이 아팠다.

"내가 뭐 도와줄 건 없을까? 왜 진작 말 안 했니, 너."

"뭐 하러 선배한테까지 그래요. 이건 내 몫인데."

"연정아. 왠지 이건 내 일이기도 한 것 같아서 그래. 아니, 어쩌면 우리 모두의 일…… 확실히 모두의 일 같아서 그래."

*

설영은 몇 번의 전화에도 연정이 받지 않자 혼자 지리산으로 향했다. 평소라면 다시 전화가 오고 상황을 상의한 후에 나섰겠지만 마음이 조급했다. 레나를 만날 수 있을지 없을지 몰랐지만 일단 가만히 있을 순 없었다. 레나를 처음 봤을 때의 상황을 되짚을 때마다 마치 누군가 양손으로 자신의 머리를 꽉 쥐었다가 놓는 것처럼 통증의 감각이 전해져왔다. 하지만 의문들이 가라앉지는 않았다. 레나는 어째서 그날 설록에 대한 이야기를 바로 하지 않은 걸까.

지리산에 도착해서는 우선 문이 열려 있는 것에 안심했다. 9시면 문을 닫는 요즘이라 마음을 졸였는데 아직 한두 테이블 정도가 남아 있었다. 아르바이트생은 퇴근한 모양인지 카운터가 빈 채였는데 그게 설영에게는 행운처럼 느꺼졌다. 조금만 기다리면 레나가 나타날 거라는 뜻이니까. 아니나 다를까, 마지막 손님이 일어서자 레나가 내려왔다. 레나가 무언가를 말하기 전, 이번엔 설영이 먼저 레나에게 질문을 했다.

"이지연 씨 아시죠. 아니, 이건 앞서도 여쭤본 거니까. 이렇게 물어봐야겠네요. 레나 씨, 이의선 씨 아시죠? 김춘희 씨가 할머니 되시니까요."

설영은 레나의 대답을 잠자코 기다릴 수가 없었다. 이제 물어볼 말이 너무나 많았다.

"지연이 박사논문에 K라고만 실린 구술 증언자가 할머니 되시는 김춘희 씨 맞으시죠? 아니, 아니, 그리고 또…… 아니, 아니에요. 전부, 전부 다 됐어요. 미안해요, 김춘희 씨도 이의선 씨도 저는 다 됐어요. 저는…… 셜록, 아니 지연이는 지금 어디 있어요?"

레나는 처음 만났을 때와 조금 다른 표정이었다. 전혀 모른다는 표정 대신 이제는 조금 쓸쓸하고 어딘지 모르게 안타깝기까지 한 표정이었다. 레나는 가만히 설영에게 고개를 숙였다.

"부탁입니다, 윤설영 씨. 잠시만 제 이야기를 들어주시겠어요?"

· 제12장 ·

우리는 오래 그 마음에 남아

＊

　　레나는 따뜻한 커피를 내려 설영 앞에 두고 잠시 자리를
비웠다. 이윽고 사진 몇 장과 귀퉁이가 낡고 해진 노트 몇
권을 가지고 돌아왔다.

　　"처음에 저희 어머니는 자신의 진짜 아버지를 찾아 나섰
어요. 정말 이해가 안 되는 이야기죠? 그러니까 김춘희의
딸, 저희 엄마요. 할머니가 자꾸만 너희 아버지는 집에 있는
그 남자가 아니라고, 아버지는 따로 있다고 하셨으니까요."

　　레나는 자신 몫으로 가져온 차를 조금 마셨다. 설영은 그
런 레나를 가만히 바라보았다.

　　"후에 안 사실이지만, 할머니는 강간당해서 저희 엄마를
임신하셨어요. 기가 막힌 건 자신을 강간한 그 남자와 평생

을 사셔야 했다는 거죠. 그리고 어느 순간부터는 정말 진실된 표정으로 아버지가 따로 있다고 주장하신 거예요."

"어머니께서 내막을 모르셨을 땐 충격이 있으셨겠어요."

"네, 특히 자신의 아버지가 강간범이라는 사실을 몰랐을 때는…… 할머니가 바람을 피운 것이라고까지 생각하셨대요. 하긴, 어느 쪽이든 엄마는 참……"

설영은 레나의 어머니이자 김춘희 할머니의 딸이 겪었을 혼란에 마음이 무거웠다. 충분히 그럴 수 있었다. 아버지라고 한다면 거의 대부분 사람들은 남성을 떠올릴 것이다. 아니, 백 퍼센트 그럴 것이다.

"그런데 할머님은 왜 그렇게 돌려서 말씀하신 걸까요? 혹시 치매 증상 같은 것일까요?"

"글쎄요, 저는 아무래도 손녀다 보니 정확하게는 모르겠어요. 하지만 어머니 말씀에 의하면 병원에서도 치매는 아니라고 했다더군요. 기억을 왜곡하거나 망상하는 것도 아니고요."

"그러면……"

"정말 황당하게 들리시겠지만…… 세월이 흐를수록 할머니는 진심으로 그렇게 생각하셨던 모양이에요."

이제는 시간이 지나서 괜찮다며 말하는 레나의 표정은 꽤 담담했다. 실제로 김춘희 씨는 일상생활에서 실수를 하

거나 서툴게 행동하지 않았다고 한다. 오로지 그 부분에서
만 저렇게 행동했다.

"김춘희 씨는 그러면 지연이를 못 만나신 거예요?"

"네, 할머니는 돌아가셨어요. 이지연 씨가 찾아오기 1년
전에요. 그리고 요양병원에 가면 어쩔 수 없이 본인의 몸을
누군가에게 맡겨야 하는데 그런 것도 원치 않으셨어요. 누
군가에게 뭔가를 내색하지 않고 사는 게 몸에 익어서였는지
아프신 후로는 거의 음식을 안 드시더라고요. 저희에게 짐
되기 싫다시면서요. 음…… 저희 할머니, 정말 씩씩하셨거
든요? 흔히 어른들이 말하는 대장부 스타일이요. 할머니 외
모만 보고 접근하던 남자들 많이 혼쭐내시기도 하셨죠. 아
마 스스로를 지키셔야 해서 더 그렇게 사셨을 수도 있을 거
예요. 그래서 사실 엄마나 저나 할머니가 빨치산인 건 알았
어도 그곳에서 또 다른 일까지 겪었다는 건 몰랐던 거고요."

레나는 잠시 사진을 테이블에 두고 일기장처럼 보이는 노
트를 펼쳐 들었다. 레나는 자신도 어머니도 할머니가 남긴
이 일기장을 통해서 많은 진실을 알았다면서 입을 열었다.

"할머니는, 아시겠지만 일본인이었어요. 자발적으로 산
에 들어간 거고요. 사실 해방 후에 미국은 조선에 있던 일
본인들을 모두 무사 귀환시키겠다는 조건으로 항복을 받아
낸 것이기도 해요. 그런데…… 일본 정권에서 데리고 간 것

은 일본인 남성들뿐이었어요. 현지처로 보내진 일본 여성
들은 데려가지 않았죠."

설영은 재조 일본인에 대해서는 정확하게 몰랐다. 얼핏
신바에게 듣긴 했지만 안다고 할 수 없는 정도였다. 하지만
어떤 일을 알고 모르고를 떠나서 패전국에 자국민을 두고
가는 사람들이라니, 이해할 수가 없었다. 그것도 여성만을
말이다. 레나는 한숨을 내쉬었다.

"저희 할머니도 현지처의 자식이었는데 운이 좋아서 그
아버지란 사람이 데리고 간 모양이에요. 일본에서 그 시절
의대를 다닐 정도였으니 아예 푸대접을 받고 산 건 아니었
던 것도 같고요. 물론 그보다는 할머니 자체가 원체 나름
꿈도 목표도 있었던 모양이고요. 여자라는 게 항상 걸림돌
이었다고, 엄마에게 그러셨다더군요. 그런데 자신이 독립
적인 사람이 되고 보니 한국에 두고 온 자신의 어머니가 떠
오른 거죠. 저에게는 살아 계셨다면 증조외할머니가 되었
으려나요? 지리산에는…… 한국에 돌아갈 방법이 없으려
나 했다가, 일본 대학에서 만난 사람을 통해 그런 활동이
있다는 걸 알고 들어간 것이고요. 그 시절 북한은, 한편으로
는 꿈의 국가였대요. 왜냐면 모두가 평등하다고 선전을 했
으니까요. 게다가 워낙에 남한 우익들이 좌익 사범들을 악
질적으로 몰아붙일 때였기도 하고요. 오히려 일본에서 북

한으로 바로 들어간 사람도 많았다지요. 그걸, 뭐라고 한다
더라."

"아, 조선적 재일이요? 재일 조선인도 있고요."

"아, 네. 들어봤어요. 그런 분위기 속에서 할머니는 우선
은 두고 온 어머니를 찾아 자신이 책임지기 위해서 한국행
을 택했어요. 그 후에는 여자도 남자와 똑같은 대접을 누린
다는 그곳에 들어가고 싶으셨대요. 그런데 들어가서 아신
거 같아요. 그곳도 한편으로는…… 계급 사회라는 것을요.
남자도 여자도 그 누구든 평등하다고 해서 갔는데 말이에
요. 평등은커녕, 여자들의 입지는 어떤 면에서는 더 고된 측
면이 있었던 것 같아요."

설영은 의선 할머니가 했던 말들을 떠올렸다. 레나가 김
춘희 씨의 일기장에서 봤다는 내용은 의선 할머니가 했던
말과 거의 일치했다. 다만 새롭게 안 게 있다면 이거였다.
자신을 강간한 남자와 결혼할 수밖에 없었던 김춘희 씨가
어느 순간부터 맹렬한 살인 충동에 시달렸다는 것 말이다.
김춘희 씨의 일기장엔 온갖 살인 방법이 적혀 있었다. 의대
를 다녔기 때문일까, 정말 다양한 약물을 활용한 방법이었
다. 그리고 할머니가 이 약물을 실험할 수 있는 방식은 하
나였다. 바로 음식에 조금씩 넣는 것, 법적인 남편으로 되어
있는, 자신을 강간한 남자의 밥에 약물을 넣는 거였다.

"그러면, 할아버님께서…… 설마…… 아니시죠?"

설영의 말에 레나는 싱긋 웃었고 곧 눈물을 보였다.

"네, 할아버지께서는 아직도 살아 계세요. 요양원에 계시지만요. 심지어 엄마가 극진하게 보살피세요. 엄마도 저도 사실 그러고 싶진 않았는데, 정말 어쩔 수 없었어요. 그것도 전 정말 받아들이고 싶지 않지만 말이에요."

레나와 레나의 어머니 모두 할머니인 김춘희 씨가 죽고 난 다음에야 일기장을 볼 수 있었다. 레나는 이 일기장을 보며 울기도 했지만 그만큼 많이 웃기도 했다. 김춘희 할머니는 일생 동안 남편을 극렬히 증오하는 데 온 마음을 쏟았으나, 또 다른 이들에겐 그만큼의 애정과 인정을 나눠주기도 했다. 빨치산에서의 기록에도 읽는 사람이 미소를 짓게 하는 내용이 꽤 있었다. 일기에는 그곳엔 좋은 사람도 많았다고 적혀 있었다. 이 좋은 사람들은 아무것도 모른 채 잡혀 온 사람들이거나 신념을 따라온 사람들이었다. 당시 남한 정부가 과도하리만큼 끔찍하게 빨치산을 토벌하면서, 그리고 이미 이들을 버린 북한 당국의 말을 제대로 전하지 않은 채 빨치산 대장들이 침묵하고 다른 사람들을 동조하게 만들면서 이들은 살기 위해 점점 폭력적으로 변하거나 어떤 신념을 맹목적으로 따라야만 했다. 그리고 행여나, 그 신념과 어긋나서 조직의 치부를 드러내야 하는 상황에는 관련된 사람들의 입을 다물게 해야 했다. 그것이 누군가의 인생을 파괴할 만큼 커다란 성범죄 사건이어도 말이다.

"여자들은 전향하든 그곳에 남든 마찬가지였을 거예요. 자수하면 끌려가서 한국 정보기관의 성범죄 위협에 노출되었을 거고 물론 그곳에 남아도 똑같았을 테고요."

"레나 씨, 저는…… 전 연구자예요. 하지만 이런 기록을 상세하게 본 적이 없는 거 같아요. 물론 저에게는 없는 세계나 다름없었으니 그럴 수도 있지만요. 하지만 아무리 그래도요, 과거의 사건은 역사로 종결되었을지 몰라도 말이에요, 우리가 겪는 일들은 지금도 너무나 비슷해요. 아무것도 끝나지 않은 것 같아요."

설영의 말에 레나는 고개를 끄덕였다. 그럴 수밖에 없었다.

"네, 기록에도 못 남았죠, 그건. 그래서 이지연 씨께서 찾아오신다고 하셨을 때 조금은 비관적이었고 한편으로는 반가웠습니다. 그리고 윤설영 씨를 보고는…… 기다린 보람이 있다고 생각했고요."

"네?"

"이지연 씨가 그러셨어요. 윤설영 씨라면 어떻게든 이걸 기록으로 남길 사람이라고 했어요. 잊지 않고요."

레나의 말에 설영은 눈물을 참기 위해 이를 악물었다.

'셜록, 너 내가 지난 6년간 어떻게 산 줄 아니? 나는 내 욕

심대로 살았어. 아니, 이 세상에 보란 듯 살아내고 싶어서
악착같이 내 앞길만 생각했어. 이제 나 네가 기억하는 그런
사람 아니야.'

마음속에서는 지난 몇 년간 설영이 스스로에게도 하지
못한 말들이 셜록을 향해 쏟아져 나오고 있었다. 누군가에
게 말하면 동정 받을까 봐, 자신조차 외면하던 고됨들이었
다. 그런데 아주 오랜만에 마주하게 된 셜록 앞에서는 그
모든 것이 어렵지 않게 흘러나오는 것만 같았다. 셜록, 너는
나를 아니까. 너는 나를 아니까. 설영은 눈물을 보이고 싶지
않아 잠시 고개를 젖혔다. 하지만 설영이 다시 입을 열었을
땐 이미 설영의 눈에서 눈물이 떨어지고 있었다. 그런 설영
을 보던 레나가 사진 한 장을 꺼냈다. 설영은 그 사진 속 소
녀 중 한 명을 이미 알고 있었다. 이의선 할머니였다. 곁에
서 있는 여성의 손을 잡고 웃고 있는 소녀. 설영은 단번에
어린 이의선을 알아봤다. 그렇다면 곁에 있는 여성이 김춘
희 씨일까? 셜록이 가져갔다는 사진은 주인을 제대로 찾아
간 것 같았다.

"레나 씨, 김춘희 할머님 이렇게 환하게 웃는 시절이 있
으셨네요."

레나도 함께 고개를 끄덕였다.

"저도, 이렇게 웃는 걸 처음 봤어요."

설영은 이제 자신이 두서없는 말들을 하고 있다는 걸 느꼈다. 레나는 티슈를 가져와 설영에게 조심스레 건넸다.

"이곳에 오셨을 때 이지연 씨는 성별 지정 수술을 하신 상태였어요. 다음엔 다른 수술을 한 번 더 받으려고 한다고 하셨거든요."

"무슨, 수술이요?"

"성형수술, 얼굴이요."

"얼굴이요? 하지만 셜록, 아니 지연이는 외모에는 관심이 별로 없었어요."

"그게…… 미용 때문은 아니었고요. 아마 이지연 씨가 겪었던 그 일 때문 아니었을까요."

"그, 일이요?"

"네, 연구소에서 일어났던 그 일이요. 6년 8개월쯤 전의 일이요."

그때라면, 설영의 사고 즈음이었다. 설영은 바로 병원으로 옮겨졌고 한참 만에 깨어났다. 그리고 기억은 없었다. 설영이 일어나 정신을 차렸을 때 이미 셜록은 연락이 두절된 상태였다. 둘은 함께 살았지만 법적으로 부부도 가족도 아니었기에 당연히 셜록에게 연락이 가진 않았을 것이다. 설영은 다 잊고 살아가려고 했지만 가끔 그날로 돌아가서 그런 생각을 했다. 셜록은 내가 갑자기 사라져서 슬펐을까?

그런데 어째서 연락조차 하지 않았을까? 물론 그때는 몰랐다. 셜록과의 8개월이 사라진 후였으니까. 설영의 눈에서 다시 눈물이 흘러내렸다. 울고 싶지 않았지만 설영은 어떤 뿌연 기억 앞에 서면 자신도 모르게 눈물을 흘리곤 했다. "몸이 기억하는 반응일 수도요." 설영의 담당 주치의는 그런 말을 했었다. 그래도 지난 몇 년간 설영은 먹고살기 위해 셜록의 기억을 애써 묻어뒀었다. 설영의 눈물은 문득 옅은 울음으로 변했다.

"레나 씨, 지연이에게 무슨 일이 있었던 거예요? 저, 이제 들을 수 있을 거 같아요."

"설영 씨, 사실 이 이야기는 제가 시작한 게 아니에요. 전 그 정도로 용기 있는 사람은 아니거든요. 용기를 내준 분은 따로 계세요."

"그분이라고 하신다면……"

"네, 구연정 선생님이요. 이지연 씨의 이야기를 다시 시작해주신 분이에요."

*

"설영 씨, 저에게 실망하셨죠? 다 말씀드릴게요, 이제."

설영은 연정의 말에 아니라는 듯 고개를 가볍게 저었다.

확실히 설영은 연정에게 실망하지 않았다. 레나 말이 맞았다. 셜록의 이야기를 다시 시작해준 사람은 연정이었다. 누군가는 연정이 설영을 속였다고 말할까? 하지만 연정이 아니라면 설영은 영영 이 이야기를 모르고 살았을 것이다. 연정이라면 설영에게 곧장 말하지 않은 이유가 분명 있었을 것이다. 그러니 설영은 이제 그저 셜록에 대해 듣고 싶을 뿐이었다. 연정이 모든 걸 알고 있다면, 그렇다면 셜록의 행방도 잘 알 테니까.

"그래요, 5년 정도 된 일이에요. 6년 전 탑수술 받고 다시 얼굴 성형 때문에 이지연 씨가 절 찾아온 날이죠. 의례적인 상담은 아니었어요. 물론, 이쪽 수술은 서로의 속내를 말하는 경우가 많긴 해요. 그렇긴 해도 이지연 씨의 경우는 조금 더, 뭐랄까요, 음."

"지연이의 몸 상태가 좋지 않았나요?"

설영의 말에 연정은 고개를 저었다. 그때 이지연은 몸에는 문제가 없었다.

"그것보다는, 너무 걱정스러웠어요, 왜냐면…… 큰 수술을 앞둔 환자들이 보이는 반응과 달랐거든요. 무서운 게 없어 보였어요, 그러니까…… 잃을 것 없는 사람처럼 보였어요."

연정은 그날 지연의 모습을 기억한다. 수술에 대한 주의

사항과 스케줄에 대해 이야기를 나누고 상담이 거의 끝날 무렵이었다. 가방을 들던 지연이 잠시 머뭇거리다 이내 다시 의자에 앉았고 연정은 무슨 할 말이 있나 싶어서 지연에게 집중했었다.

"선생님, 저는 이제 한국에서는 살 수 없을 거 같아요. 아니, 인터넷이 있는 곳이라면 어디든요."

"네? 이지연 환자님, 이제 수술하시면 더 좋을 날만 남았어요. 왜 그런 말씀을 하셔요?"

지연은 그날 말없이 휴대폰을 열어 영상 하나를 보여줬다. 처음엔 너무 각도가 이상하고 초점이 제대로 맞춰져 있지 않아서 무엇을 찍었나 싶었던 그 영상엔 여자 화장실 모습이 담겨 있었다. 연정은 자신도 모르게 인상을 찌푸리다 이내 자신 앞에 있는 한 사람이 그 영상에 찍혔다는 것을 깨달았다. 연정은 신음 같은 비명이 나올까 봐 자신의 입을 막아야 했다. 지연은 예상했다는 듯 연정에게 그다음 영상도 보여줬다. 이제는 지연만을 찍은 영상이었다. 아마도 책상 다리나 캐비닛 위 같은 곳에 설치된 카메라일 확률이 높았다. 연정은 손이 다 떨렸다. 이걸 왜 찍은 거죠? 누가요? 우리 같이 경찰서 가요. 연정이 일어나면서 앞에 놓아두었던 커피 잔이 떨어졌던 기억이 난다. 셜록의 얼굴에는 핏기가 없었다.

"저는 인터섹스로 태어났지만…… 그게 범죄는 아니잖아요, 그죠?"

"이지연 씨, 그게 무슨 말이에요. 당연하죠. 엄연히 의학적으로 설명할 수 있는 부분이에요. 세상에 남자와 여자만 있다는 이상한 이분법적인 사고는 적어도 의학에서는 함부로 말할 사항이 아니에요. 가장 잘 아실 만한 분이 어째서요."

연정은 그 말을 한 직후 자신의 경솔함을 후회했다. 지연이 무엇을 제대로 안다고 해도 타인의 몸을 몰래 찍는 사람들에게 그건 중요한 사실이 아니었을 것이다.

"어마어마하더라고요. 이 세계 말이에요. 이름은 '불법' 촬영인데, 모두가 여성의 몸을 공공연히 공유하는 이 세계요. 너무나 많은 여자가, 여자들의 신체가 그곳에 있었어요."

지연도 신고하지 않은 건 아니었다. 곧장 사이버수사대에 신고했고 해당 영상을 삭제만 하면 된다고 생각했다. 그러나 시간이 지날수록 무수한 복제품들이 반복적으로 양산되고 있었다. 지연은 어느 순간 막막한 기분이 들었다.

"선생님, 제 영상에 달린 제목이 뭔 줄 아세요?"

연정은 연정대로 아득한 기분이었다. 도영이, 우리 도영이도 그렇게 죽었어요. 연정은 숨이 막혀왔다.

"제 거는 되게 비싸더라고요? '주작 아님, 남자 성기 달린 여자 사진, 괴물 충격 보장', 이게 제목이었어요."

연정은 그런 영상물을 보는 사람들의 특징을 알고 있었다. 사실 그들은 그냥 자신보다 약한 사람이 무방비 상태로 노출된 모습을 보는 것이다. 그게 그냥 좋은 거다. 가해자에게는 '그냥' 좋은 그것은 피해자에게는 죽음과 같은 것이었다. 죽지 않으면 끝나지 않을 것 같은 반복. 아니, 죽어도 그 영상은 그곳에 영원히 박제되었다.

"원래 수술할 생각이긴 했어요. 그런데 이런 식은 아니었는데……"

연정은 아무 말도 하지 못했다. 여러 이유에서였다. 솔직히 드라마에서처럼, 이런 식으로 도망치면 안 돼요, 같은 말은 절대 할 수 없었다. 병원에 찾아오는 사람들은 정말 절박해서 온 거였다. 도망친다는 건 누구의 기준일까. 게다가 지금 지연의 사정은 더욱더 피해 당사자가 아닌 사람이 함부로 말할 수 없었다. 연정은 자주 생각했다. 연정이 도영의 엄마라고 해도 도영이의 고통을 다 알 수는 없었다. 다만, 그때 연정이 이 정도만이라도 알았더라면, 그러니까 적어도 이런 고통에 대해 함부로 말할 수 없다는 것 정도만이라도 연정이 알았더라면. 도영이가 죽지 않았을지도 모른다. 연정은 책상 밑에서 주먹을 한 번 쥐었다가 폈다. 연정은 최대한 지연의 이야기를 들어야겠다고 생각했다.

"이 영상 때문에 결정한 것만은 아니에요. 제 곁에 있던 사람이 사라졌거든요. 그런데…… 제가 찾을 방법이 없더라고요. 물론 제가 싫어서 떠난 것일수도 있지만요. 설사 그 사람이 잘못되어도 저는 법적으로 그 사람을 찾을 수가 없더라고요."

지연은 용기를 내보고 싶다고 했다. 그 사람, 지연 씨를 못 알아보면 어떻게 해요? 원래의 모습이 사라질 거예요. 다시 돌이킬 수 없을지도요. 연정의 말에 지연, 아니 셜록은 미소를 띠었다.

"그 애는 왓슨이거든요. 네, 바로 그 왓슨이요. 셜록이 죽어도 셜록을 끝까지 기억하는 사람이요. 그 애는 내가 어떤 모습을 해도 날 알아볼 거예요."

연정은 그때 지연의 손을 꽉 한 번 쥐어주었다. 저도 최선을 다할게요. 연정의 말에 함께 미소 짓던 지연이 무언가 생각난 듯 그런 이야기를 했다. 방금보다는 훨씬 홀가분한 듯한 말투여서 연정도 조금은 안심이 되었다.

"저, 그런데 구연정 선생님. 의학사 전공하셨다고 하셨잖아요."

"아, 그 이야기 나오면 되게 숨고 싶어져요. 저 중간에 도망친 걸요?"

"에이, 그 사이 누굴 그렇게 사랑하셨으면서 무슨 도망이에요. 전 공부만 했지, 사랑은 사 자도 못 꺼내봤는데요. 어쨌거나 저의 의학사 선배님, 선배님은 한국 최초의 성형수술이 뭔지 아시죠?"

"음, 나는 미군에 의한 언청이 수술이라고 들었어요. 맞으려나요? 사실 제국 시기 거치면서 한국에는 외부에서 들어온 것들이 많아서 뭐가 원조다, 처음이다, 원본이다 하고 말하기 애매한 지점이 있잖아요. 아, 근데 말하고 보니 되게 웃기네요? 한국이야말로 근본, 원본, 원판 되게 따지는 나라인데요."

연정이 웃어 보이자 지연도 엇 하는 표정을 짓다가 따라 웃었다. 웃음을 멈춘 후 지연은 말을 이었다.

"네, 저도 흔히 최초의 성형수술 하면 언청이 수술이라고 많이 들었는데 그건 또 미국 쪽 자료 기반이더라고요."

"그럼 다른 의견도 있는 거예요?"

"네, 1940년대 초반에 세브란스에서 남성과 여성이 동시에 있는 사람을 성형수술해서 성을 되찾아줬다는 기사가 있더라고요."

"어, 왜 몰랐죠, 제가? 그게 공식 문서가 아니라서 그런 걸까요?"

"그럴 수도 있죠. 언제나 역사의 기록은 승자의 몫이었으니까요. 그리고 한국전쟁 이후 가장 중요한 우방은 미국이니까요."

"맞아요. 언제나 선택과 배제는 그런 식으로 이뤄졌죠…… 저도 대학원 시절에 자료가 다 미국에 있어서 애를 먹었네요. 공부마저도 돈 있어야 하다니, 더러운 세상, 이러면서요. 아, 지연 씨랑 이야기하니까 다시 의학사 공부하고 싶네요. 나 뜬금없죠? 주치의가 되어가지고 이런 넋두리나 하고요."

"다시 하시면 되죠. 저는 인생 다시 살려고 하는데요?"

"지연 씨는 정말 강한 사람이에요."

"연정 선생님도 충분히 강하시거든요? 주저앉지 않으셨잖아요."

연정은 그때 지연을 향해 뭐라고 말했던가. 그래요. 나도 다시 시작해볼까요? 우리 도영이도 항상 내가 다시 공부하길 바랐는데요. 내가 사랑했던 그 남자도 그랬고요. 아마 그런 말은 못 했을 것이다. 지금이라면 연정은 용기를 내서 그런 말을 했을 텐데. 그럴 거라고 연정은 생각했다. 그리고 그게 연정이 기억하는 이지연, 그러니까 셜록의 마지막 모습이었다.

"그게, 제가 기억하는 이지연 씨의 마지막이에요."

말하지 못해서 미안해요. 연정은 그렇게 이야기하며 가방에서 무언가를 꺼내 보였다. 설영은 사진을 보자마자 눈물이 흘렀다. 역시 그랬다. 두 번, 세 번을 봐도.

　셜록……

"만약 이지연 씨가 수술을 받았으면 이런 얼굴이 되었을 거예요. 지난번에도 잠깐 보셨지요? 그런데 수술 당일에 나타나지 않으셨어요. 워낙 그 직전 상담에 결심이 확고하신 상태여서 무언가 이상하다 느꼈어요. 그래서 이지연 씨 연락처로 전화를 걸었는데…… 연결이 안 되었어요. 실종 신고도 사실 제가 했어요. 그렇게 지윤 선배 병원까지 경찰들이 오게 된 거고요."

　설영은 아무 말 없이 고개만 끄덕였다. 어쩐지 입을 열어 말을 하면 목이 멜 것 같아서였다. 세상이 정한 원본이라는 건 의미가 없었다. 이게 정말 셜록 네가 원하던 모습이라면 그것이야말로 셜록 너 자체일 것이다. 그 순간을 함께하지 못해서 미안해. 설영은 마음속으로 셜록에게 여러 번 미안하다고 말했다. 겨우 마음을 추스른 설영은 연정에게 오래 궁금하던 것을 물었다.

"네, 그러면 셜록은, 아니, 지연이는…… 확실히……"

"사실 정확하게 말할 수 있는 건 아닌 것 같아요. 경찰에서는 사망 추정이라고 했지만 정확하게는 장기 실종 상태예요. 지리산 부근에서 실종되었다고 하더라고요. 하지만 포기하고 싶지 않았어요. 왜냐하면 제가 아는 이지연 씨

348

는…… 설영 씨를 기다리고 있었거든요."

마주 잡고 있던 설영의 손등으로 눈물이 툭툭 떨어졌다. 설영은 고개를 끄덕이며 애써 미소 지어 보였다. 연정은 이윽고 사과해야 할 일이 하나 더 있다며 설영에게 진심으로 미안해하며 말했다.

"그리고 윤아 씨를 찾는 데도 시간이 좀 걸렸어요. 미안해요. 저도 윤아 씨의 존재는 모르고 있었어서."

"연정 선생님, 제게 사과하지 마세요. 저 정말 감사드려요."

설영은 연정이 자꾸만 자신에게 미안하다고 하는 것이 마음에 걸렸다. 아마 연정은 모든 사실을 알게 되면 설영이 누구보다 충격받을 거라는 걸 알았을 것이다. 그러므로 연정은 아마도, 윤설영 당신이 이지연 씨를 버린 게 아니라는 말을 꼭 해주고 싶었을 것이다. 물론 그건 지연에게도 해주고 싶은 말일 수도 있었다. "설영 씨나 지연 씨의 잘못이 아니에요." 연정이 오랫동안 준비한 말은 아마 저것이었겠지. 그래서 연정은 윤아를 찾아냈던 것이다. 추리소설에는 항상 제3의 목격자가 있으니까. 연구소 사람 중 누군가가 학교 측을 고발했다는 그 한마디를 단서로 오래 윤아를 찾아왔다. 연정은 설영에게 윤아의 메일 주소와 연락처가 담긴 메모를 주었다. 윤아의 연락처는 한국이 아니었다.

설영에게

　오랜만이네, 이렇게 설영이 이름을 떠올리는 거…… 설영아, 잘 지냈니? 너무 오랜만이지. 아니다. 잘 지냈냐는 말은 별로다. 이미 들었겠지만, 나 한참 전에 연구소 그만두고 공부 다 접었어. 한국은 여자 나이 엄청 따지잖아. 그래서 박사까지 했지만 할 일 없더라고. 지금은 홍콩에서 한국어 학원 운영해. 여기도 정권 때문에 상황이 안 좋지만.

　본론으로 들어가기가 이렇게 힘들다. 그때 나도 조금만 더 용기를 내면 좋았겠지. 나, 7년쯤 전엔가…… 그때 너랑 지연이가 전화로 하는 이야기 들었어. 지연이가 얼핏 너에게 '설영아, 나 그 휴대폰 옛날 집 화단 검정 화분 속에 넣어놨어'라고 하는 거. 단지 그 문장뿐이었는데 난 단박에 알았지. 왜냐면 연구소 그 선배가 여자 화장실에서, 그리고 연구소 내에서 불법 촬영한 거…… 학교 측에 고발한 사람이 나였으니까. 물론 소장님도 나를 불러 협박하더라. 회유 같은 말이었지만 분명 협박이었어. 이 바닥 다 연결되어 있다느니, 그 남자 선배 이제 막 아이가 돌을 지났다느니…… 그래도 난 지연이가 너한테 그 말을 하는 걸 보고 실낱같은 희망을 품기도 했었는데 결국…… 내가 그때 경

350

찰에 바로 신고하고 증거를 넘겼어야 돼. 나 그걸 너무 후회해. 지연이에게 너무 미안해. 난 그때 도망친 거야.

메일일 뿐이었지만 윤아는 여전히 자신을 자책하고 있다는 걸 느낄 수 있었다. 설영은 윤아에게 말하듯 중얼거렸다. 선배 잘못이 아니에요.

그리고 이제는 볼 수 있을지 확신할 수 없는 한 사람에게, 설영은 7년 만에 답장을 보냈다. 수신인은 셜록이었다.

셜록, 나 추리에 성공한 것 같아.

네가 돌아오길 바라는 내 유일한 소망은 아직 이뤄지지 않았지만, 그래도 너에게 자신 있게 할 수 있는 말 하나는 있어.

진실은, 이렇게 너 하나뿐이었다는 것 말이야.

*

"셜록, 이제 셜록 행세하는 것 좀 그만해."

설영의 기억에서 셜록이 사라지기 얼마 전, 설영은 윤아에게서 알 수 없는 이야기 하나를 전해 들었다. 셜록의 셜록 행세에 이유가 있다는 윤아의 말, 그게 무슨 뜻이냐 물으니

이지연으로는 이제 살아갈 수 없을지도 모른다는 대답이 돌아왔다. 그날 설영은 끔찍한 소리를 들었다. 불법 촬영이라니. 셜록이 연구소 여자 화장실에서 그런 걸 발견했다고 한다. 설영은 어찌할 바를 몰랐다. 설영은 우선 그 지옥 같은 곳에서 셜록을 빼내는 것만이 살길이라는 생각에 다짜고짜 셜록에게 연구소를 그만두라고 했었다.

"셜록, 이제 그냥 너로 살아, 누가 너를 싫어하든 말든."

설영의 말에 셜록은 아무것도 모르겠다는 듯 고개를 갸웃거렸다. 셜록의 모르는 척, 그러니까 셜록 행세는 설영을 마음 아프게 하지 않으려고 했던 것이다.

"사람들은 가끔 자신들이 정해놓은 것만 원본이라고, 진짜라고 믿는 경향이 있는 거 같지?"

"셜록, 난 지금 네가 그냥 어떤 상황에서도 너로 살았으면 좋겠다고 하는 거야."

설영은 그러면서 뒤돌아 눈물을 참았다. 경찰서에 다 고소해버릴 거야. 그 새끼들 다 죽여버릴 거야. 설영은 그 말만을 되뇌었다.

"셜록, 나는 네가 어떤 모습이라도 상관없어. 너는 너야."

진심이었다. 설영은 셜록이 그동안 얼마나 괴롭힘을 당해왔는지 누구보다 잘 알았다. 이번 일이 아니더라도 셜록은 너무나 많은 괴롭힘을 당해왔다. 하루는 이런 일까지 있었다. 셜록의 자리에는 배송된 책을 더는 둘 곳이 없었다. 결국 다른 연구원들이 그를 고립시키기 위해 만든 파티션 위에 잠깐 책을 올려두었다. 다음 날 연구실에 갔을 때 셜록은 누군가 자신이 잠깐 올려둔 책을 몽땅 연구실 밖 분리수거함에 내놓은 걸 보았다. 설영은 그날 셜록의 책을 함께 다시 연구소로 옮겨주었다. 몇몇 선배가 설영을 불러 셜록과 가깝게 지내지 말라고 경고하기도 했다. 걔는 여자애가 말이야, 선배 중 한 명이 그렇게 말했을 때 설영은 화를 냈었다.

"남자 여자가 무슨 상관이에요, 여기서!"

그러게, 지나고 보니 설영에겐 상관없는 그게 그 사람들에겐 상관있나 보다. 그리고 그런 게 유독 상관있는 사람들은 혐오를 품고 있는 사람들이지, 경계를 나누고 구분 짓는 그런 혐오. 자신과 다르거나 자신보다 약한 사람들은 깨끗하게 배제시키고 지워버리는 사람들. 그들에게 자신과 같은 사람은 여자 화장실에 카메라를 설치한 사람이었을 것이고 자신들과 다른 셜록은 피해자가 아니라 그저 없애버려야 할 목격자였을 것이다. 불법 촬영한 사람을 감싸주려 피해자인 셜록을 괴물로 만들었으니까.

"그까짓 곳 나와버려. 나는 네 편이야."

그때까지 웃는 표정이었던 셜록은 잠시 생각에 잠기더니

설영을 보고 이렇게 말했었다.

"밖에서는 나와 가깝게 지내지 마."

"그게 무슨 말이야?"

"너까지 표적이 되면 나는 더 견디기 힘들 거야, 설영아."

설영은 그때 좀 울었던 것 같다. 경찰서를 가서 해결될까. 사실 설영에게도 그런 불안감이 엄습했다. 두려움도 들었다. 그 누구도 믿을 수 없을 것 같았다. 한편으로 설영은, 이미 너무나 무서울 셜록 앞에서 자신이 그런 생각이나 하고 있다는 게 한심했다. 그때까지 설영이 학교에 있었던 건 셜록과 조금이라도 더 대화하기 위해서였다. 연구에 관련된 수업을 들은 것도 다 셜록 때문이었다. 셜록이 아니었으면 논문 한 글자도 쓸 생각이 없었다. 설영은 셜록을 위해 뭐라도 하고 싶었다. 그런 설영의 마음을 읽었던 걸까. 셜록은 가만히 설영의 얼굴을 쓸어내주었다.

"설영아, 너 드라마 〈셜록〉 봤잖아. 나한테 권해주면서 말이야. 그러면 이 질문에 대답할 수 있겠네."

설영은 무슨 소리냐는 표정으로 셜록을 바라봤다. 지금 설영에게 중요한 건 셜록의 신체가 고스란히 담긴 불법 촬영물이었다. 다른 생각이 들어올 틈이 없을 것 같았다. 하지만 셜록은 무언가 결심이 선 표정이었다.

"설영아, 거기서 왓슨이 그런 말을 하잖아. 셜록의 형이 셜록을 죽이려고 했던 아이린의 근황을 셜록에게 전해달라고 하니까 의아해하면서 물어보잖아. 왜 셜록이 아이린을 궁금해하겠냐면서. 기억나지?"

설영도 그 대사를 알고 있다. 드라마 〈셜록〉 시즌 2의 첫 번째 에피소드에서 나오는 대사였다. 원작에서 셜록이 유일하게 사랑했던 여자인 아이린 캐릭터가 등장하는 에피소드이기도 했다. 물론 드라마와 원작이 완벽하게 일치하진 않아서, 드라마 〈셜록〉에서는 아이린이 셜록을 해치기 위해 접근한 스파이로 나온다. 그럼 드라마의 아이린은 셜록을 사랑하지 않는 걸까? 설영은 그런 생각을 하며 그 에피소드의 마지막 부분까지 봤다. 아니나 다를까, 스파이였던 아이린이 모아놓은 기밀들을 숨겨놓았던 휴대폰 비밀번호는 바로 셜록의 이니셜이었다. 하지만 그때 셜록은 난처해하는 아이린을 내버려둔 채 떠난다. 심지어 아이린을 잘 붙잡아두라는 당부까지 하면서 말이다. 물론 드라마의 쿠키 영상에서 아이린을 구하는 셜록의 모습이 나오기는 하지만 그건 정말 드라마의 맨 마지막을 보고 난 이후에나 알 수 있는 거였다. 그랬기에 당시 아이린을 두고 떠나버리는 셜록의 모습을 보면서 설영은 이번엔 또 다른 질문을 떠올렸다. 셜록이야말로 아이린을 조금도 사랑하지 않은 거였나? 그러나 설영은 곧 그 질문에 대한 답을 찾을 수 있었다.

그때 왓슨의 질문에 셜록의 형은 이렇게 대답했다,

"난 내 동생 셜록이 과학자나 철학자가 될 줄 알았어. 그런데 탐정이 됐지. 왜 그랬을까?"

그때, 셜록의 형이 되물은 질문에 더욱 의아해하던 왓슨은 잠시 후 뭔가 알 것 같다는 표정을 짓는다. 어쩌면 사랑이라는 게 그런 것일지도 모른다. 그 어떤 천재 탐정도 완벽하게 추리해낼 수 없고, 가끔은 그 누구도 이해시킬 수 없는 것, 그런 속성을 가진 게 어쩌면 사랑일지도 모른다. 왓슨은 얼핏 그걸 느꼈을 것이다. 그리고 현실 속 왓슨인 설영은 그걸 좀더 명확히 알고 있었다. 설영은 잠시 눈을 감고 눈물을 삼켰다. 설영은 여태까지 셜록의 곁에 있으면서도 단한 번도 셜록에게 자신의 마음을 고백하지 않았었다. 설영은 셜록을 좋아하는 자신의 마음이 무서웠다. 셜록을 위해 무엇이든 해줄 수 있지만…… 아니, 다 해줄 수 있고 모든 걸 다 지켜주고 싶었기에 자신의 마음을 숨겨야 한다고 생각했다. 아주 조금 더 솔직히 말하자면 두려운 마음도 있었다. 셜록과 설영이 아무리 절절해도 세상에서 이들의 사랑은 받아들여지지 못할 거였다. 설영은 할머니와 살아온 어린 시절이 좋았지만 다시 그렇게 사회의 경계에서 힘들게 살고 싶지 않았다. 어떻게든 벗어나고 싶었다. 자신의 마음만 잘 숨기면 셜록은 지금보다 더 뛰어난 연구자로 살아갈 것이라고, 설영은 그렇게 생각했다. 바라는 건 셜록의 행복이지, 셜록과의 관계를 세상에 인정받고 소유하는 게 아니니까. 설영은 잠시 후 그렇게 대답했었다.

"미안해, 셜록. 나 그 이유를 알지만 대답할 수 없어."

셜록은 잠시 설영을 보았고 곧 웃어 보였다. 설영은 도리어 입술을 깨물고 셜록에게 이어 말했다.

"셜록, 아니, 지연아, 이지연. 네가 해야 하는 건 지금 나에게 수수께끼나 내면서 추리하라고 말하는 게 아니야. 죽은 사람의 기억을 소환하는 것도 아니야. 지금 살아 있는 네 자신을 위협하는 것들로부터 널 보호해야 하는 거야. 그러려면 살아 있는 네 자신 그대로 살아야 하는 거야, 셜록이 아니라 너 자신, 그 자체로."

설영은 그렇게 말하고 셜록을 밀치고 지나갔다. 그리고 얼마 후 설영은 그렇게 셜록과 이전에 함께 살던 집으로 갔다. 설영은 셜록과 나눴던 통화를 떠올리고 있었다. 그날 셜록은 근무 시간 중에 설영에게 전화를 했었다. 연구소 사람들의 눈에 띄는 게 싫어서 최대한 사적인 통화를 자제하던 셜록이었기에 기억에 남는 전화였다. 그때 셜록은 방 안에서 자기가 쓰던 예전 휴대폰이 있는지 찾아달라고 했었다. "없는데? 우리 이사 오다가 흘렸으려나?" 설영의 말에 셜록은 나지막이 "아 맞다. 그 집 화단……"이라고 중얼거렸었다. 혼잣말이었기에 흐릿했지만 그런 말이었다. 처음에 설영은 공기계를 왜 화단에 묻어놨나 싶어서 의아했는데 생각해보니 거기에 증거가 될 만한 무언가 있는 게 틀림없었다. 설영은 자신이 나서야겠다고 결심했다. 항상 자신은 셜록에게 받기만 했으니까 이번에는 뭐라도 더 해주고 싶었다. 설영은 그날 밤 보광동 집으로 향했다. 그 집에 도착할 즈음 하늘에서는 빗방울이 조금씩 떨어지고 있었다. 우산도 챙기지 못해 설영은 약간 망설였다. 신발 바닥은 너무 얇고 미끄러운 재질이었다. 보광동 집은 아주 가파른 언덕에 있었다. 하지만 익숙한 길이고 조금 무리하면 걸어서도 돌아갈 수 있는 길이었다. 일단 시간이 없었다. 그곳에서 중요한 증거인 게 분명한 셜록의 휴대폰 공기계를 찾는 게 급선무였다. 보광동 집에 도착할 무렵에는 앞이 잘 안 보일 정도로 비가 왔다. 그랬다. 설영이 사고가 난 바로 그날 밤이었다. 설영은 휴대폰을 찾으며 여태 굳게 마음먹었던 것에서 조금은 벗어나고 있었다. 이토록 셜록을 괴롭히는 게 세상이라면, 단지 셜록이 남들과 조금 다르기 때문에 이렇게까지 괴롭힘을 당해야 하는 것이라면…… 설영은 이제 셜록 곁에 당당히 서서 함께해줘야겠다고 생각했다. 물론 내일 아침이 되고, 또 살면서 부딪히는 여러 현실 앞에 결심이 무뎌지는 날이 올지도 모르겠지만 적어도 그때 설영은 그런 마음이 들었다. 그리고 그 결심이 설영을 그 밤 그 곳으로 가게 했다. 설영은 휴대폰을 찾으며 마음속으로 중얼거렸다.

'셜록, 대답은 돌아가서 할게. 이거 찾아서 너 살리고 나서 말할게.'

네 질문의 답이 사랑,

그 두 글자라고 말이야.

설영은 그날 밤 셜록에게 돌아가지 못했다. 셜록 또한 설영의 답을 듣지 못했다. 사랑,이라는 그 말 한마디 말이다.

*

"설영아."

"어? 오늘은 왜 왓슨이라고 안 불러?"

"설영아, 나는 네가 꼭 날 찾아 나타날 줄 알았어. 넌 그럴 줄 알았어."

"뭐? 무슨 소리야, 그게? 지연이 너 어디 가? 이번엔 뉴욕이라도 가는 거야?"

"설영아."

"응, 왜 이래, 자꾸."

"네가 예전에 그랬잖아. 내가 만약 갑자기 사라지거나 하면 나에 대해 알지 못한 게 많아서 아쉬울 것 같다고. 그때 나도 생각해봤는데 네가 갑자기……"

"나 안 죽을 건데? 너보다 오래 살 건데?"

"아주 훌륭해. 좋은 삶의 태도야. 그리고 내가 만약 너보다 먼저 죽어도,"

"그래, 네가 먼저 죽어도 나는 장수 노인 될 거야. 멋지게 살아낼 테니까 걱정하지 마."

"안심되는군, 아주 든든해. 드라마의 왓슨처럼 내 무덤에 찾아와 맨날 눈물이나 흘리면 아주 피곤할 듯하니까."

"당연하지. 끝까지 살아내야지. 만약 그런 일이 있어도 난 살아갈 거야. 나, 가끔 우리의 삶이 추리소설에서 탐정이 하는 가장 긴 추리 같아. 진실이 쉽게 밝혀지지 않아서 절망도 하고 실망도 많이 하지만 포기하지 않으면 그 끝엔 답도 있고 진실도 있고 보고 싶은 사람도 있는…… 설사 그게 세상이 정한 답하고는 다를지라도 말이야. 그러니까 우리, 서로에게 그런 일이 일어나도 살아내자. 살아내서 저기 인간의 시간을 벗어난 세상에서 만나서 말하자. 행복하게 살았다고, 누군가 이 기나긴 삶의 끝에 기다리고 있어서 더 행복하게 살았다고. 그 누군가에게 내가 통과한 시간을 말해주고 싶어서 더 열심히 기억하고 더 열심히 두리번거렸다고."

초대장

＊

　"누가 보면 사건 해결하러 가는 탐정이라도 되는 줄 알겠
어요."

　토요일 오전, 지하철역을 향해 뛸 준비를 하는 설영을 보
며 신바가 놀리듯 중얼거렸다. 토요일에는 그냥 좀 쉬겠다
고 하면 안 되나요? 꺾어 신었던 신발의 뒤축이 제대로 접
힌 바람에 허둥대는 설영을 보면서 신바는 이윽고 못 말리
겠다는 표정으로 보온병을 건넸다. 설영이 술 마신 다음 날
이면 번번이 찾는 레몬티를 담은 것이다. 설영은 아리가또,
굳이 일본어를 처음 배우는 사람인 양 그렇게 말했고 신바
는 어깨를 으쓱해 보였다. 겨우 신발을 꿰어 신고 현관문을
열던 설영이 다시금 신바를 향했다.

"신바, 나 이따가 사격장 잠깐 들렀다 올지도 몰라!"

신바는 어느새 주방에 서서 반쯤 깎은 오이를 씹으며 고개를 끄덕였다. 설영은 현관문 사이로 손을 흔들다 이내 지하철을 향해 뛰었다. 주오선 급행을 타면 정신을 바짝 차려야 한다. 얼마 전에는 오랜만에 타서 그런지 갈아타는 역을 깜박하고 그대로 위쪽까지 거슬러 올라갔다가 다시 내려와야 했다. 한국에서 얼마나 있었다고 그러냐고, 너무 후추시 촌사람 같네요,라는 신바에게 약이 올라서라도 다시 실수는 말아야지 했다. 게다가 오늘 세미나에는 헨리 제임스가 참여한다고 한다. 한국에서의 임기를 마치고 미국으로 돌아가는 길에 도쿄에서 약 1주간 스톱오버를 하면서 세미나에 한 번 나오겠다는 거였다. 설영 님 덕분에 사람을 새로 구하느라고요. 이렇게 너스레를 빙자한 압박을 해오는 헨리 제임스와 이케다의 말이 생각나서라도 이번 세미나는 꼭 늦지 않게 참석하고 싶었다.

서두른다고 서둘렀는데 막상 도착해보니 세미나는 막 시작한 참이었다. 얼핏 화면과 자료집을 보니 동아시아 국가폭력 사태와 퀴어의 기록에 대한 것이었다. 헨리 제임스의 발표 자료였다. 헨리 제임스 곁에서 발표를 듣던 이케다가 안경을 반쯤 내리고 설영에게 눈짓으로 인사를 했고 몇몇 동기가 가방을 치우고 자리를 마련해줬다. 나 진짜 집에 왔나 보네. 설영은 자신도 모르게 그런 생각을 하면서 헨리 제임스의 발표 자료를 뒤적였고 마지막 장에서 잠시 멈춰 섰다. 레퍼런스에 이지연·윤설영 공저 논문과 이지연의 박사논문이 있었다. 설영은 손으로 이지연의 이름을 쓰다듬듯 만져보았다.

"자, 그러면 헨리 제임스 발표를 들었으니 그만큼이나 이 세미나에 진심이어서 돌아온 세츠에 선생의 이야기도 좀 들어볼까."

이케다 선생의 말에 설영과 사람들이 모두 웃음을 터뜨렸다. 그러게, 누가 보면 세미나가 너무나 소중해서 임용도 마다하고 돌아온 사람이 설영이었다.

물론 언제나 진심에는 이면이 있기 마련이었지만……

*

한국에서 셜록에 대한 기억을 되찾은 뒤 설영은 연구소 면접 전까지 많은 일을 했다. 우선 셜록 실종 사건의 재수사를 요청했다. 더불어 연구소에서 있었던 불법 촬영 사건에 대한 고소를 했다. 이후에는 윤아가 멀리서나마 참고인으로 진술해주었다. 윤아는 연구소 관계자들에게서 받았던 메시지들을 되살리고 싶다면서 당시 쓰던 휴대폰을 포렌식으로 수사해줄 것을 요청하며 공기계를 보내왔다. **이게 왜 이 렇게 어려웠을까? 지연이한테 너무 미안해.** 설영은 윤아의 메시 지에서 진심을 느꼈다. 설영이 경찰서에서 진술을 하고 온 날에는 길길이 날뛰는 호준의 문자를 받았고 말 그대로 싹 무시해버렸다. 몇 번을 그렇게 답을 안 하니 직접 전화를 해왔다. 설영은 호준의 전화도 받지 않았다. 혹여나 수사가 시작되었을 때 꼬투리가 잡힐 만한 일은 하고 싶지 않아서 였다.

경찰서에 다녀온 주 주말에는 연남동에 있는 책방에서 소규모로 진행하는 북토크에도 다녀왔다. 추리소설만을 번 역하는 번역가의 북토크였는데 주제는 여성 작가의 추리소 설 번역이었다. 설영은 그 번역가가 번역한 추리소설에 서 명을 받기 위해 마지막까지 기다렸다.

"이름 써드릴까요? 책에요."

"네, 이도영이라고 써주세요. 아. 최고의 추리소설가 이 도영 님,이라고요."

"이도영 님, 추리소설 좋아하시나 봐요?"

"네, 주변 사람들까지 추리소설 마니아를 만들 정도로 좋 아해요."

"번역가로서 가슴 뛰는 말이네요. 감사합니다."

그 책은 그날 연정에게 배달되었다. 설영은 연정에게 무얼 해주면 좋을지 오랫동안 생각했었다. 아니나 다를까, 설영이 내민 책에 연정은 활짝 웃어 보였다.

"설영 씨, 이제 곧 임용 면접이네요. 긴장되시죠?"

"사실 경찰서 갈 때가 더 긴장되었어요. 이상하네요. 그렇게 어딘가에 소속되길 바랐는데 왜 이렇게 긴장이 안 될까요?"

"어떻게 보면 짧은 사이에 워낙 여러 일이 일어나서 그런 게 아닐까요?"

"그런 걸까요? 전 왜인지 자꾸만 의선 할머니가 생각나기도 해요."

"이의선 할머님이요? 왜요? 아, 혹시 그 도쿄에서 할머니 처음 뵈었을 때 '빨치산 안 좋아하는 거 같으신데' 이런 느낌 들었던 것 말씀하시는 건가요?"

연정의 의아한 표정에 설영은 그저 어깨를 으쓱해 보였다. 그러게, 오랫동안 바라던 취직인데 왜 이렇게 연구원으로 가는 게 내키지 않는 건지. 셜록이 다니던 연구소도 아닌데 말이다. 혹시 마음에 걸리는 일이라도 있냐는 연정의 말에 설영은 잠시 생각에 잠겼고 도쿄에 있는 누군가를 떠올렸다. 그러니까 도쿄에 아직 남아 있는 파루치잔을. 어쩌면 아직 그 누군가의 대답을 아직 못 들어서 그런 게 아닐까요? 설영은 그 말을 하는 대신 연정의 계획을 묻기로 했다. 사실 셜록의 사건에 대한 재수사를 요청한 날, 연정은 설영과 걸으며 그런 말을 했었다.

"설영 씨, 설영 씨가 총 쏘는 법을 알려줬잖아요. 그날 문득 그런 생각을 했어요."

"무슨 생각이요?"

"제가 무언가를 배우기 좋아하고 시도하길 좋아했던 사람이라는 생각이요."

"연정 선생님은 강한 분이세요. 용기 있고 에너지 있는 분이요."

"고마워요, 설영 씨. 그래서…… 한 번 더 용기를 좀 내볼까 해요. 저, 미국에 공부하러 가는 거 다시 추진해보려고요."

"의학사 공부 다시 하시는 거예요?"

"아뇨, 저 성형학 공부하러 가려고요. 미국은 트랜스젠더, 인터섹스 관련 수술은 보험 처리도 되고 여러 가지 보장이 된다고 하네요. 그런 시스템부터 배우면 좋을 것 같아서요. 물론 그 나라가 완벽한 대안은 못 되겠지만요."

도영이도, 그리고 한때 제가 정말 사랑했던 그 사람도 제가 다시 공부하는 걸 정말 바랐거든요. 좋아할 거 같아요. 이렇게 말하며 웃는 연정은 이미 결심이 선 표정이었다. 설영은 가만히 고개를 끄덕이다 무언가 생각난 듯 이내 미소를 지었다. 그날 설영과 헤어지기 전 연정은 그런 말을 했다.

"예전에요. 도영이가 어릴 때였어요. 한 일곱 살 때였나. 저랑은 겨우 친해졌던 때이기도 하고요. 정말 그때도 책만 좋아하고 바깥에서 누구랑 노는 거 안 좋아하는 애였는데 집 뒤편에 산이 있어서 올라갔거든요, 그날. 저 관악구 살 때여서 관악산이었어요. 도영이가 저랑 좀 걷더니 산길을 따라 좀더 가보고 싶다는 거예요. 그 말이 얼마나 좋던지…… 더운 날이었는데도 계속 걸었죠."

둘 다 멈추자는 말을 하지 않았고, 도영과 연정은 그날 길을 잘못 들어서 그만 과천 쪽으로 빠져버렸다. 거기까지 걷고 나서야 연정은 자신이 실수했다는 사실을 깨달았는데 어린아이가 걷기엔 너무나 먼 길이었다. 아이를 키워본 적이 없어서 아이를 어른인 자신과 똑같이 생각했다는 걸 그제야 알게 된 것이다. 뒤꿈치가 까진 아이의 발을 보고 연정은 돌아오는 길에 아이를 일단 업었다. 산길을 되돌아 걷는데 여름답게 짧은 소나기가 내렸고 연정은 도영이가 비를 맞을까 봐 이번엔 아이를 품에 꼭 안고 뛰듯이 걸었다. 산에서 내려왔을 때 소나기는 그쳤지만 연정은 푹 젖었고 나뭇가지에 긁혀서 다리 곳곳에 핏자국이 맺혀 있었다. 문제는 집에 도착해서였다. 그날 연정은 전남편 앞에서 미안함에 고개를 들지 못하고 있었다. 아이가 낳아준 엄마와 만나기 하루 전날이기도 했는데 열이 끓고 있으니 전남편을 볼 면목이 없을 지경이었다. 밤새 도영이 머리에 수건을 갈아주다 잠들었는데 얼핏 인기척을 느껴서 깨보니 도영이가 작은 손으로 후시딘을 가져와 연정의 다리에 난 상처에 바르고 있었다. 엄마, 도영이가 잘못했어요. 아프지 마세요. 그렇게 말하면서 울먹이는 도영이를 끌어안고 연정은 같이 울었다. 처음으로 도영이가 엄마라고 한 날이었다. 연정은 아마 도영이보다 더 울었을 것이다. 엄마가 미안해, 도영아.

한참 만에 울음을 그친 도영이가 갑자기 유치원 가방을 가지고 오더니 전래동화 이야기를 해주겠다고 했다.

"엄마. 옛날에 무서운 호랑이가 강아지를 잡아먹었대요. 강아지는 힘이 없으니까 잡아먹혀서 그대로 배 속으로 쑥 들어갔는데 나쁜 호랑이가 또 다른 강아지도 잡아먹은 거예요. 그러니까 처음 잡아먹힌 강아지가 똥구멍으로 쑥 나왔대요. 욕심쟁이 호랑이는 그러고도 또 다른 강아지를 잡아먹었어요. 그렇게 강아지를 계속 잡아먹었고 강아지들은 그때마다 똥으로 하나씩 나왔대요. 힘센 욕심쟁이 호랑이는 강아지를 엄청 많이 먹고 싼 거예요. 그래서 어떻게 되었게요?"

연정은 가만히 생각했다. 호랑이는 배탈에 걸렸어? 본인이 생각해도 너무 재미없다 싶었는데 도영이는 그 말이 재밌었는지, 아니면 울다가 자신의 말에 집중하는 연정이 재

있었는지 까르르 웃음을 터뜨렸다.

"엄마는 의사라서 그런가 봐. 엄마, 강아지가 한 마리일 때는 힘이 약하잖아요. 근데 호랑이가 욕심껏 먹어서 강아지들이 오히려 더 많아지게 되었어요. 그래서 강아지들이 힘을 합칠 수가 있었대요. 강아지들이 힘을 합쳐서 호랑이를 물리쳤대요!"

연정은 그때 자신도 모르게 어머, 하고 입을 가렸다. 그러고는 언제 울었냐는 듯 우리 도영이 천재인가 봐요, 하며 전남편에게 뛰어나갔다. 전남편은 잠에 덜 깬 얼굴로, 나도 어릴 땐 우리 엄마가 나 천재라고 했었어, 웅얼거리더니 다시 코를 골며 잠들었었다. 하지만 연정은 도영이가 해준 그 이야기를 계속 생각했다. 혼자면 힘이 없는 강아지 한 마리지만 힘을 합치면 호랑이도 무찌를 수 있어요,라고 말하던 도영이. 호랑이가 욕심이 많아서 오히려 강아지들끼리 뭉칠 수 있었잖아요, 하고 웃던 도영이. 정말 좋은 말이다, 도영아. 너를 키우지 않았다면 내가 어떻게 이걸 알 수 있었겠니? 연정은 그런 생각을 정말 오래 했었다. 전남편을 보면서도 그런 생각을 했다. 내가 도영이 엄마가 될 수 있게 해줘서 고마워요.

"설영 씨. 저는 이번에도 그때 생각을 많이 했어요. 아직 우리 인생에 많은 과정이 남아 있겠지만…… 힘내라고 말하고 싶어요. 또 다른 강아지들이 있다고 말이에요."

설영은 어쩐지 눈물이 날 것 같다고 생각하며, 그러나 웃어 보이고 싶었기에 밝게 웃음 지으며 연정에게 이렇게 답했다.

"역시, 강아지와 고양이는 사랑이죠. 맞죠?"

설영과 연정은 마주 보며 함께 웃었다. 호랑이들이 아닌 강아지들이라니, 역시 우린 주인공 셜록이 아닌 왓슨들 맞는 거 같네요,라면서.

"이제 설영 씨는 곧 출근하겠네요? 면접 거의 의례적인 거라고 하셨잖아요."

"업계마다 그렇겠지만, 뭔가 의례적이라는 게 붙는 건 좀 별로인 거 같아요. 법 때문에 분명히 공고가 난 거고 성심성의껏 지원한 사람들도 있을 텐데요."

"많이 없어지겠죠, 앞으로 그런 관행들이요. 아, 근데 저희 업계는 돈이라서. 뭐 돈 안 되는 사람은 일단 의례고 뭐고 없을 거 같은데요?"

"어느 편이 나은 건가 모르겠네요. 이 내키지 않는 기분은 뭘까요. 예전의 저라면 배부른 소리라고 하겠죠?"

"아무리 좋은 자리도 본인이 아니면 아닌 거죠, 뭐. 그러고 보니 부르주아가 할 소리는 아니죠?"

"왜요, 저는 연예인 걱정도, 부르주아 걱정도 가끔은 하고 싶은데요? 연정 선생님 같은 분들이라면요. 한국 사회는 너무 남 걱정을 이상하게만 하는 거 같아요."

"실제 저희 업계에 이상한 사람 많은 것도 사실이에요. 그래도 고맙습니다."

"아니에요, 제가 감사드리죠. 아 참, 연정 선생님."

"네?"

"우리 그 왓슨들 계정 그냥 없애지 말고 두면 어때요?"

"왜요?"

"그냥요, 그냥 두면 좋겠어요."

연정은 설영을 가만 보다가 좋아요, 하고 손을 내밀었다. 하긴, 이럴 땐 백 마디 말보다 악수 한 번이 낫다. 다시 만나요, 하고 말하지만 언제부터인가 그 말을 지키기 어렵게 됐으니까. 그것은 서로의 마음이 부족해서만은 아닌 경우도 많았다. 설영은 그래도 연정과 꼭 다시 만나면 좋겠다는 생각을 하며 먼저 뒤돌아 지하철역으로 걸어 내려갔다. 여전히 헤어지는 건 뭐랄까, 슬프고 애틋한 걸 넘어서 약간 어색한 일이었다. 물론 그건 오랜만에 누군가를 다시 만날 때도 마찬가지였다. 특히나 헤어짐의 인사를 딱히 하지 않고 오래 못 본 사람을 만날 때 말이다.

*

비록 표면적이긴 하지만 도쿄는 설영이 떠나던 시점보다
는 안정되어 보였다. 그러나 아직은 코로나19 이전과 완벽
하게 같아지기는 어려운 것 같았다. 물론 달라져서 좋은 것
도 분명히 있었다. 늦은 회식은 아직 재개되지 않았다. 지
하철역을 향해 맹렬히 뛰지 않고 급행을 타고 여유롭게 내
려서 천천히 걸을 수도 있었다. 하지만 역시 자영업을 하는
사람들에게 코로나는 좋은 면이랄 게 없었다. 사격장은 이
제 주말 단축 영업이 일상이 되어가는 듯했다. 집으로 갈까
하던 설영은 아직 잠긴 사격장 문 안쪽으로 불이 켜져 있는
걸 보았다. 뭔가 보이는 게 아닌데도 설영은 고개를 빼고
안을 이리저리 기웃거렸다. 내일 올까, 싶다가도 꼭 그렇게
라도 해보게 되는 거였다.

"돌아오셨군요, 세츠에 상."

막상 메이와 마주치자 설영은 살짝 놀랐다. 놀란 건 메이
도 마찬가지였을 텐데 무조건 자신에게 사과부터 하는 걸
보면서 설영은 다시 한번 일본으로 돌아온 걸 실감했다.

"그나저나 세츠에 상, 한동안 안 보이셔서 이사 가셨나
했습니다."

"네, 저 잠깐 한국에 다녀왔거든요."

"아, 그러셨군요. 한국은 코로나 상황이 그래도 안정적이지요?"

"잘 관리되는 편이죠. 저 백신도 맞고 왔어요. 여기 있을 땐 놓쳐서요."

"저도 한여름에 맞았습니다. 여름인데 몸이 으슬거리는 체험을 했지만 실제 코로나에 걸렸다면 나 같은 중년은 견디기 힘들었겠다 싶어서 역시 맞기를 다행이라고 안도했지요. 아, 그리고 묻고 싶은 게 있었는데 갑작스럽긴 하지만 이렇게 뵈었으니 여쭤봐야겠습니다."

"네? 저에게요?"

"네, 세츠에 상, 그때 왜 총을 가져가지 않았나요?"

메이가 설영에게 열쇠를 맡겼던 그날 밤, 설영은 정말 아무것도 가져가지 않았었다. 열쇠는 문 뒤편의 우유 통에 메이가 평소 즐겨 먹던 도넛과 함께 두고 갔었다. 메이는 설영이 총에 손대지 않아서 반가웠지만 한편으로는 궁금하기도 했다고 한다. 그렇게 자신을 찾아온 사람치고 분노를 스스로 다스린 사람들이 없었기 때문이었다. 물론 메이 본인도 그랬다는 것 또한 순순히 시인했다.

"메이 선생님이 저를 믿어주셨으니까요."

메이는 아? 제가 그렇게 좋은 일을! 하며 박수까지 쳤다. 속내는 함부로 묻지 않는 일본인, 확실히 메이는 본인의 주장대로 이제 북한 사람이 아닌 일본 사람에 가까웠다. 그리고 일본인들의 이런 면이 설영에겐 무조건 가식으로 느껴지는 게 아니라 적당한 거리감으로 느껴져 편할 때가 많았다. 설영은 괜히 장난기가 발동해서 이렇게 덧붙였다.

"원래 어설프게 권력 지향적인 사람들은 유사 권력만 봐도 잘 졸아붙잖아요. 뭐 하러 진짜를 가지고 가겠어요? 폭력에 폭력으로 대항하는 건 하수나 하는 일이죠."

"역시, 세츠에 상은 선수감이십니다."

설영은 푸하하 웃음을 터뜨리다 한국에서 가져온 선물을 가방에서 꺼내어 건넸다. 메이는 편지 봉투에 들어 있는 그 선물을 보더니 고개를 갸웃했다. 한국에서 돌아온 여행객이 준 선물이 이것이라니, 메이의 중얼거림엔 이유가 있었다. 그것은 마릴린 먼로 사진이 인쇄된 엽서였다. 엽서를 유심히 보던 메이가 꽤나 멋지네요, 하며 말을 이었다.

"세츠에 상, 저희 때 정말 마릴린 먼로가 여신 그 자체였습니다. 그래서인지 이상한 농담의 대상이 되기도 했어요. 하긴, 말하고 보니 또 그렇습니다. 미디어의 영향인지, 기성세대의 잘못된 농담 때문인지 요즘에도 마릴린 먼로의 그 이미지는 두고두고 남은 것 같으니까요. 이상하게 여성들은 변화된 점이 꽤나 있는 것도 같은데 남성들은 확실히 변화하는 면이 적은 것 같고요. 그나마 지금은 이런 말이라도 하는데 그땐 저도 인지가 부족한 때라서 여자인 제 앞에서 그런 이상한 농담을 하는 것도 묵묵히 참기만 했지요. 지나고 나서 가끔 그런 생각이 들긴 했어요. 그 자식들, 본인들 말대로 정말 이 여자가 너무 아름다워서였을까, 아니면 만만해서였을까. 아마 후자겠지요."

설영은 그런 메이에게 씩 웃어 보이며 이렇게 말했다.

"뭐, 원래 혁명은 배부른 자들이 아닌 배고픈 자들이 원하는 것이고 그래서 항상 실패했지만…… 실패해서 다시 도전할 수 있는 것이기도 하고요. 저 너무 공부하는 애처럼 말하고 있나요?"

"세츠에 상, 아닙니다. 공감합니다. 북한 사회나 일본 사회나 정치인들이 개방하지 않고 사과하지 않는 이유는 지금의 세상에 만족해서이고 자신들의 자리를 위협받고 싶지 않기 때문이겠지요. 상대를 인정해달라는 것을 자기 자리를 넘보는 것으로 생각하니까요. 뭐, 어떤 남자들의 성향과 비슷하네요."

백인 남성들이 흑인과 아시안, 이슬람, 여성과 소수자들을 혐오하는 것과 유사한 논리 아닐까요. 설영은 집에 오는 길에 유튜브에서 보았던 뉴욕의 혐오 범죄 영상을 곰곰이 생각했다. 아, 뉴욕! 그렇지, 설영은 원래 메이에게 하려던 말이 떠올랐다.

"메이 선생님, 제가 말이에요. 한국에서 편집숍에 들어갔는데 마릴린 먼로가 참 많이 보이더라고요. 한 장도 아니고 정말 여러 장이 있었는데 왜였을까요. 복사본일 뿐인데도 저는 그 얼굴들이 다 다르게 보이더라고요. 정말 매력적이었고요. 그렇게 웃고 있는 걸 보니 기분이 좋아져서 한 장 드리고 싶었어요."

"세츠에 상은 전자 쪽이로군요, 아름다움 쪽."

설영의 말에 그렇게 화답하는 메이에게 설영은 다음 주부터 다시 사격장에 나오겠다고 말했다. 이제 세츠에 상은 다섯 시간 쏘세요, 선수감이시니까요. 이렇게 맞장구쳐주는 메이에게 설영은 인사를 하며 뒤돌아섰다. 다시 설영이 돌아봤을 때 메이의 사격장엔 불이 꺼지고 있었다. 신바는 저녁 먹었을까, 설영은 그런 생각을 하며 다시 발걸음을 재촉했다.

*

"그러니까, 여행 선물로 마릴린 먼로 엽서를 드렸다는 거지요?"

신바는 역시 설영은 고단수입니다, 하면서 짜파게티 위에 얹을 계란프라이를 하고 있었다. 설영이 기웃대자 잠시

보더니 계란 하나를 더 꺼내 왔다. 짜파게티에 얹을 계란프
라이는 반숙이 생명이라는 걸 알게 된 일본인 신바에 대해
서 설영은 깨어나기 전보다 명석해졌다며 칭찬했고 신바는
두 번 살게 되었더니 지혜가 늘었다고 너스레를 떨었다.

"응, 마릴린 먼로 아름답잖아, 그냥."

"설영은, 그럼 저한테는 왜 논문 쓰라는 압박용 자료만
주셨어요? 저도 아름다움 좀 주시지."

"뭐? 신바 님, 싫으면 춘희 할머니 일기장 다시 주든가.
사진도 내놔."

"아, 아닙니다. 이미 받았으니 예의가 아니죠. 할머님들
제사상도 차려드릴 겁니다."

"어, 그럼 다음 논문 투고일까지 소논문 하나 완고해서
보여줘. 너 이제 학교에 남아서 수업해야 하는 거 아니니까
그 시간까지 쥐어짜도록 해. 아, 이게 바로 K-스타일이야.
난 기다려주지 않아. 그리고 또 하나, 할머님들 제사상엔 불
닭이랑 짜파게티도 올려줘. 그게 자료 제공자에 대한 예의
지. 분명히 말하지만 내가 먹고 싶어서 그런 건 아니야."

신바는 그럼 오늘 짜파게티는 없는 걸로, 하면서 거실로
들고 나갔고 설영은 치사하다는 듯 얼른 젓가락을 들고 따
라 나왔다. 저녁을 먹어도 어째서 짜파게티는 맛있는 걸까.
아니, 짜파게티는 역시 저녁 먹고 밤에 먹어야 맛있었다. 신

바는 파김치를 좀더 꺼내어 들고 왔다.

"설영 씨의 이런 절박한 모습, 오랜만이네요."

"신바 네가 한국에 있는 나한테 전화해서 보고 싶어요, 할 때만큼 절박하겠니."

"아니…… 잠깐 사이에 한국 남자처럼 말씀하시게 되었군요, 설영 씨?"

"아니,라고 말 시작하는 것부터가 되게 한국인 같아, 신바야. 이제 와 절교하긴 좀 그러니까 우리 조용히 먹자?"

설영과 신바는 동시에 마지막 남은 파김치를 집었고 잠시간의 침묵이 흐른 후 둘이 동시에 젓가락을 뗐다. 그러다 다시 동시에 집었고 웃음을 터뜨렸다.

아직 설영이 한국에 있었을 때, 그러니까 면접일을 앞둔 주말 설영은 한 통의 전화를 받았었다. 신바에게서 걸려온 전화였다. 꼭 신바 때문만은 아니었지만 설영이 면접을 포기하도록 신바가 도와준 건 맞았다. 다시 주말마다 세미나를 나가게 되었고 온갖 지원 사업에 심혈을 기울이게 되었지만 그래도 한밤에 손 하나 까딱 않고 짜파게티를 먹게 되었으니 나쁜 인생이라고 할 순 없었다. 설영은 그렇게 생각했다, 아마도 그 짜파게티를 끓여준 사람이 신바였기 때문이겠지만.

"그러고 보니 설영 씨, 낮에 소포가 하나 왔어요. 가져다

드릴게요. 깜박할 뻔했네요."

소포? 설영은 자신에게 소포를 보낼 사람이 누굴까 싶었다. 소포 위의 운송장을 보고 더 의아한 마음이 되었다. 설영은 신바가 가져다준 칼로 조심스레 소포의 테이프를 뜯었다. 왜 이름을 안 적은 걸까,라는 마음은 소포 안에 들어 있던 조그만 얼굴을 마주하고 자연스레 멈춰 섰다. 찰흙으로 빚은 얼굴. 들고 있는 각도를 조금만 틀어도 조금씩 다른 표정을 짓는 얼굴이 그 안에 들어 있었다. 설영은 웃음을 지었다. 지금 설영에겐 적어도 그 얼굴이 편안해 보였다.

아? 설영 씨랑 닮았는데요? 신바의 말을 듣고 보니 그런 것 같기도 했다. 아니, 또 어떻게 보면 설영과 비슷하면서도 다른 누군가의 얼굴인 듯도 했다. 이 얼굴을 누가 보낸 건지 알 것 같았다. 설영은 얼굴 밑에 동봉된 편지 봉투를 꺼내어 그 안에 든 카드를 읽기 시작했다. 내용은 아주 간단하고 정확했다.

"왓슨, 새로운 사건의 시작이에요."

카드의 뒷면은 마릴린 먼로의 뒷모습이었다. 설영은 그제야 소포의 운송장에 있는 보낸 이의 주소를 확인해보았다. 뉴욕이었다. 곧 휴대폰이 진동했다. 왓슨들에 오랜만에 새 글이 올라왔다는 알림이었다.

도쿄와 서울의 파루치잔,
퀴어 가족의 탐정소설

김건형
(문학평론가)

역사를 비트는 퀴어 탐정-기억 기록자

빨치산에 가담했던 트랜스젠더라니. 그간 거의 겹쳐진 적 없는 이 조합이 무모한 상상이라는 생각은 당연할지 모른다. 하지만 한정현을 따라 읽어온 독자에게, 역사의 빈틈을 우연한 결합에 관한 이야기로 채우는 작업은 익숙하다. 이 책에서 작가는 소설에 필요한 그 빈틈을 아예 창안하기 위해 역사를 헤집고 있다. 사회사나 문화사 연구가 비교적 일찍 일궈온 한국 퀴어사 발굴 작업을 충실히 따라가던 한국 문학은 이제 그 속도를 앞지르고자 하는 것 같다. 박차민정이 지적했듯 (공식적/대문자) 역사에서 퀴어는 '변태'

라는 비사회적인 반(半/反) - 주체로 주목될 때만 가까스로 기록되어 흔적을 남겼다.[1] 그럴 때 한정현은 기성의 역사 서술의 무게와 싸우며, 인물에게 역사적 실재감을 부여하려 한다. (식민주의적 제국몽이나 구국의 영웅에 대한 향수가 아닌) 대안 역사 속에서 퀴어와 여성 인물을 창안하는 작업은 기실 지금의 절실한 고민에 공간과 계보를 마련하려는 전략이다.

이 싸움에서 '탐정 - 기록자' 되기는 중요한 전략이다. 식민지 조선에서 추리소설을 쓴 여성 작가 김명순의 팬인 도영과, 도둑신부처럼 어디론가 감쪽같이 사라진 셜록을 찾는 과정은 추리소설의 구도처럼 전개된다. 근대 초기, 자본주의적 생산력이 급증하고 기성의 사회적 체계가 붕괴하여 당대의 제도와 행정력이 사회의 균열을 감당하지 못할 때, 무능한 법과 경찰을 대신해 사립 탐정이 등장했다. 탐정은 전체 시스템의 유지 · 관리에 주목하는 공적 제도 대신 개인의 범죄에 숨겨진 세계의 진실을 파악하고 인간 각자의 추하고 폭력적인 면까지 냉정하게 관찰한다. 공적 제도가 해결하지 못하거나 아예 공적 사건으로 인정조차 하지 않는

1   박차민정, 『조선의 퀴어: 근대의 틈새에 숨은 변태들의 초상』, 현실문화, 2018.

불가해한 사건을 합리적 이성으로 설명하고 사적인 균열을 공론화하는 장치인 셈이다. 소설은 불법 촬영의 피해자가 되어 사라져버린 한 인물을 추적하며 탐정소설의 모티프를 적극적으로 활용한다. 그 과정에서 공식적 역사로 기록되지 못한 트랜스젠더 혁명가와, 공적 제도가 구하지 못한 여성 퀴어 청소년의 사연 역시 드러낸다. 이들이 겪은 '비공식적' 죽음을 공적인 것으로 말하려는 사람들의 방법이다.

그런데 설영과 연정 두 화자는 자신들을 탐정 셜록이 아닌 기록자 왓슨이라고 부른다. 물론 뛰어난 추리를 통해 누가 범인인지 지목하는 전형적인 탐정은 아니지만, 흔적을 수집하고 자료를 축적하면서 피해자가 먼저 겪어야만 했던 세계의 아픈 진실을 추적하는 여정임에도 그들은 굳이 기록자라고 자칭하는 것이다.

왓슨은 어떤 그럴듯한 추리를 해내거나 사건을 해결하진 못하지만 기록하고 보관한다. 물론 사실 그대로를 베껴 쓰는 게 아니라 왓슨 나름대로의 재구성물로. 그게 아마 소설이었을 것이다. 코넌 도일이 만든 진실을 추적하는 방법으로의 탐정소설. (p. 153)

도영은 코넌 도일의 자아는 홈스가 아니라 기록자 왓슨

이라고 말한다. 도영이 되고자 했던 추리소설가는 '사실'이 아니라 나름으로 재구성한 '진실'을 남기는 사람이다. 사건을 해결하면 끝인 탐정이 아니라, 그에 얽힌 억울함과 원한이라는 감정이 돌연 물리적 행동으로 변하게 된 경과를 잊지 않도록 남기는 기록자의 일. 셜록을 추적하는 설영도 실종 사건의 논리적인 해결이나 사건 자체에 대한 정보보다는, 셜록의 경험과 감정을 수집하고 기록하는 데 집중함으로써 폭력의 근원을 향한다. 그래서 역사와 범죄에 숨겨진 진실을 수소문하면서도, 개별 사건의 확실성이나 개연성에는 관심이 덜하다. 오히려 중요한 것은 사후적으로 그 진실의 패턴을 보는 마음이다. 폭력이 사람에게 영향을 미치는 순간을 다시 발견할 때 생겨나고 달라붙는 마음들. 그래서 사건의 심층이 아니라 감정의 구조를 발굴하는 작업에 몰입한다.

그렇게 폭력의 패턴을 해명하고 망각에서 빼내는 기록은 사람을 되살려내는 일이기도 하다. 자신을 살려내라며 힌트를 보내오는 셜록의 기록을 추적하면서부터 역사 속의 삶을 다시 찾아내듯이. 의선이 그랬듯 "인생의 주인공으로 만들어주"는 좋은 기억은 그 "기억 하나로 평생을 버티며 살아가게도 하니까"(p. 298). 역사를 비틀어 만들어낸 이 틈에서는 역사적 비극을 고증하거나 슬픔을 재확인하는 작업만이 아닌, 기쁨의 서사로의 다시 쓰기도 가능해진다.

그래서 『나를 마릴린 먼로라고 하자』의 탐정은 피해자의 사연이나 비밀을 극적으로 밝혀내는, 항상 우월한 인식론적 지위를 가진 탐정이 아니다. 통상적인 역사/추리소설처럼 폭력이나 범죄의 경과 자체를 재현하기보다는 이를 읽는 자신의 변화를 그려낸다. 그러니 프롤로그와 에필로그에서 두 번 보낸 이 소설의 초대장은, 역사소설로의 초대이기도 하고, 추리소설로의 초대이기도 하고, 그 모두이기도 하며 둘 모두가 아니기도 하다.

가장 아름답고 가장 혐오받는 얼굴

두 왓슨은 역사적 폭력의 반복 구조를 찾아낸다. 어느 시대건 "성범죄 사건에서 결국 사라지는 게 여자들이라는 것. 숨어버리고 마는 건 약한 사람들, 여자들과 성소수자들과 노인과 아이와…… 결국 우리"(p. 326)다. 함께 빨치산 활동을 하던 혁명 동지들에게 성폭력을 당하고 자신에게 고통을 준 남자와 강제로 결혼했던 춘희, 임금을 달라는 정당한 요구만으로도 구금되고 성폭행 위협을 당했던 영옥 (설영의 할머니), 레즈비언이라는 이유만으로 동급생들에게 성폭력을 당했고 이후로 친구들에게 고립됐던 도영, 불법 촬영의 피해자이면서도 도리어 동료들에게 협박받는 셜록…… 이 폭력의 계보는 정상과 비정상을 자의적으로 선택하고 배제하는 국가·의료·교육·치안 시스템을, 그리고 젠더/섹슈얼리티가 그 분할에 있어 강력한 기준의 하나임을 드러낸다. 셜록과 설영이 서로 다른 분야에서 연구하고자 했던 것은 이 사회 시스템의 계보였다.

그 '선택'과 '배제'는 역사적 격동기나 국가 제도에서뿐만 아니라 일상에서도 작동해왔다. 셜록을 찾는 힌트가 "가장 아름답고 가장 혐오받는 얼굴, 마릴린 먼로"(p. 213)인 것은 우연이 아니다. 여성에 대한 추앙과 멸시는 일상적으로 작동하는 선택과 배제 현상이다. "여자들이 자신의 삶을 찾아가려 했을 때 쏟아졌을 세상의 손가락질"과 "비난"은 "외모와 자주 결합되었다"(p. 212). 이 선택과 배제는 여성이 주체화되는 방식과 그들이 관계 맺는 방식에도 영향을 미친다. "가지고 싶은 여자들한테는 예쁘다 사랑한다 말했다가 자기 맘대로 안 되는 것 같으면 죽여버리는"(p. 185) 범죄에서부터, 도스토옙스키의 스펠링은 쓸 줄 아냐며 비아냥거리는 일상 속 '농담'에 이르기까지. 지적인 면이나 주도적인 면은 직간접적으로 선별된다. 남성에게 인정을 받는 무대 위가 아닌 곳에서 남성과 같은 방식으로 주체가 돼선 안 되기 때문이다. "아름답다고 추앙하다가 거부하면 부 쉬버릴 듯 달려드는 사람들"(p. 314)의 모순적인 명령이, 다 른 "여자들을 마릴린 먼로에 비교하면서 여자들조차 마릴 린 먼로를 비난하게 만들었다. 권력자가 만들어낸, 권력 없 는 사람들끼리 물어뜯는 구조"(p. 183)인 것이다.

한국 사회의 경제적 자원이 집중되고 모두가 선망하는 공간인 강남에서 성형외과의로 일하는 연정이 화자인 것도 이와 관련이 깊다. "어차피 다 여자들로 먹고살면서"도, 우 습게도 "여자한테 더 가혹한 동네"라는 상담실장의 말은 자 본이 여성의 신체를 지배하는 원리를 집약한다(p. 12). 여성 을 욕망하면서도 비하하는 양가적인 남성의 젠더 권력은, 자신의 욕망은 자연화하지만 여성 노동자의 존재는 수치로 만든다. 외모에 따른 계급이 "가장" "분명한 곳"(p. 156)인 강남을 유지하는 것은, 아버지의 빚을 갚는 착한 딸의 희생 과 의무를 장려하고 이를 위해서 여성 스스로 신체를 자원 으로 삼도록 유도하는 '칭찬'이다.

"한국인들 정말 무례하고 별로지만 얼굴은 참 예뻐요."
연세가 지긋해 보이던 일본인 남성 환자가 그런 말을 한 적이 있었다. 한국인 여성 의사인 연정에게 그는 1980년대 엔 기생 관광을 하러 한국에 왔었다는 말을 하기도 했었다.

연정이야말로 무례하던 그 환자를 쫓아낼 수 없었던 건 그가 VIP 시술만 골라 받았기 때문이었다. 연정은 그 일본인 남성이 본인이 갖고 있는 무기를 잘 알고 있는 사람이라고 생각했다. (p. 156)

연정은 뷰티 산업의 복판에서 젠더적·국가적·경제적 위계를 확인하는 권력을 계속해서 마주하고 있다. 국적에 따른 (남성 간의) 경제적 위계는 여성의 신체를 소비하고 착취하는 젠더 권력과 긴밀하게 연결된다. 일본인 남성 고객은 뷰티 산업이나 성매매의 중요 소비자인 자신의 위치는 무화하고 자기 균열을 보수함으로써, 소비자-제국-남성의 위계를 유지한다. 물론 비단 특정 시기 한국의 '기생 관광'에서만 제국주의와 성 착취가 결합하진 않는다. 설영이 짚듯 "1920년대부터 1970년대까지 일본 남성들의 온갖 성 관광 행태"(p. 55)에는 1970년대 "일본 게이들의 한국으로의 남창 관광"(p. 42)도 있었다. 게다가 이제 유사 제국에 도달했다는 자신감으로 무장한 한국 남성들은 성 관광을 하러 원정을 나서는 구매자가 되지 않았나.

소비의 영역뿐만 아니라, 더 나은 세계를 꿈꾸기 위해 목숨을 건 정치적 담론/운동에서도, 여성에 대한 미학적 찬사는 남성이 마련한 무대 위에서 남성의 욕망을 충족시켜주는 재현일 때만 주어진다. 의선이 겪었듯, 욕망과 배제의 원리는 아름다운 신생 국가를 만들겠다는 이념에 내재한 균열을 보수하여 남성 - 제도 - 국가의 일체성을 재확인하고 권력을 재생산했다. 그런 욕망의 무대 뒤편에서 근대적 남성 지식인의 질서에 거슬리는 존재는 인간의 범주 밖으로 내쳐진다. 인간이 아니니 죽거나 다쳐도 되는 것이다.

그곳 남자들 중 일부는 무대 위의 아름다운 여자들을 보고 환호하면서도 뒤에서 손가락질을 하더군요. 그런 남자들은 계급 순서대로 여자들을 차지하곤 했어요. 그렇게 아름다운 연극을 보고 훌륭한 시를 지으면서도요. 물론…… 사실 지금과 세상이 달라서 그때 조선인이라면 남자고 여자고 힘들었다는 거 다 압니다. 하지만 설영 씨도 알 거예요. 세월이 아무리 지나도 바뀌지 않는 힘듦을 짊어지고 사는 사람들도 있어요. 주로 약한 사람들이에요, 여자나 노인이나 어린아이들. 그리고 내 기억엔 일제가 들어온 후 유독 동성끼리 사랑하는 걸 강하게 금했어요. 여자가 아파도 낙태하지 못하게 했고요. […] 그런데 말이에요, 그 산 위에서조차 약한 사람들은 그렇게 늘 아무렇게나 건드려도 된다는 식의 취급을 당했어요. (p. 74)

북한에 버림받고 남한에 토벌당하는 빨치산 역시 그렇게 죽여도 좋은 비 – 인간이었다. 그런데 의선은 그 내부에서조차 다시 아무렇게나 건드려도 되는 비 – 남성이 있었음을 증언한다. 남성 주체들은 인간 바깥의 존재들을 마음껏 처벌함으로써 자신의 우위를 확인하는 성적 쾌락뿐만 아니라 기존의 질서를 회복한다는 정의감을 취한다. 이러한 젠더적 감정 구조는 시간이 흘러도 여전히 계승되고 있다. 누군가의 신체를 '정상적인' 질서를 위협하는 "괴물"(p. 344)로 함부로 규정하고, 그러므로 자신에게 처벌할 권리가 있다고 여기는 사이버 성폭력물 구매자들이나, 도영과 수연이 "레즈 페미인 척하고 다녀서"(p. 270) '처벌'한 것이라는 남성 청소년들 모두 같은 감정 원칙 위에 있다. 자신의 질서를 위협하는 사람들, "자신보다 약한 사람이 무방비 상태로 노출된 모습을 보"(p. 344)면, 그런 그들을 처벌하는 것이 남성적 주체의 당연한 권리이자 책임이라는 전제가 깔린 것이다. 국가와 제도의 주인을 '정상 인간'으로 간주하는 한, 남성은 자신의 명예를 공동체 자체와 같은 것으로 취급한다. 그 역사적 반복을 소설은 주목한다.

　물론 '빨치산'에 대한 당대의 조직적 국가폭력과 "피해자의 복권 문제"(p. 299)는 중요하다. 그런데 신바가 짚듯이 제도적으로 배제된 사람들 내부에서도 이질적인 존재는 더욱 침묵을 강요당한다는 점은 중요한 패턴이다. 피해의 순정함과 균일성을 입증하여 역사적 주체의 자리를 회복하려는 '선의'는, 국가폭력과 저항의 역사를 다시 남성 – 조선인 위주로 재편하는 것이다. 이것은 소외당한 사람들의 역사를 재조명하는 기록자에겐 특히 중요한 문제다. '선한 소수자'가 되기 위해 내부의 폭력을 은폐하고, 조직을 대표하는 남성 간부에게 증언 자격을 주는 기록은, 더 중요한 사람들과 더 중요한 이야기를 선별하는 대의를 계속해서 전승한다. 연정이 직접 겪듯이 공동체나 집단의 명예, "학교의 명예라는 건 누군가에게는 인간의 목숨보다 존엄하고 귀"하게 다뤄지는 세계의 원리다(p. 317). 그런 폭력의 재생산 메커니즘을 심문해야 할 대학, 연구소 역시 셜록이 당한 성범죄에 대해서는 조직의 안위를 위해 침묵하라고 요구했다. 그 은폐의 명령에 순응하지 않고, 자신에 대해 말하고자 하면 곧바로 이상한 사람으로 낙인찍히는 것이다.

어쨌거나 사연 있는 사람은
이상한 사람이 되기 쉬워서

사라진 셜록이 보낸 이상한 힌트를 따라, 이상한 사연을 파던 기록자들은 또 다른 사람의 이상한 사연을 연달아 만난다. 연정과 설영이 이상한 사연을 연결해가는 작업은 고독한 사람을 연결하는 일과 같다. "사연 있는 사람이란 어디서나" 외롭기 마련이고, "대부분의 구성원이 안정적인 사회에서 연정처럼 사연 있는 사람은 얼핏 이상한 사람이 되기 쉬"운 탓이다(pp. 168~69). 체제의 안정이라는 당위를 굳이 거슬러가며 자신의 자리를 지키려는 사람은 그 '멈춤'만으로도 이상한 사람이 된다. 사연을 추적하다 보면 이들이 국가폭력이나 젠더폭력, 혐오 범죄의 피해자 혹은 생존자라서 이상하게 여겨진다는 점이 드러난다.

그런데 이 만남은 피해를 더 발굴하거나 숨겨진 비극을 재현하거나 애도하는 방향으로 향하지 않는다. 연정과 설영이 만나는 사람들은 이미 각자의 방식으로 견디고 말하는 법을 가진 사람들이기 때문이다. 각자의 방식으로 폭력 이후의 시간을 감당하는 법을 보면서, 도리어 이를 추적하는 연정과 설영이 가장 큰 영향을 받는다. 너무 큰 폭력을 감당해내지 못하고 기억을 잃었던 설영은 이를 감당하는 방법을, 도영의 사정을 미리 알지 못했다고 자책을 반복하던 연정도 이를 멈추는 방법을 알아가는 것이다. 사건을 명쾌하게 밝혀내고 피해자의 한을 풀어주는 주인공 셜록은 아니지만, 그런 셜록을 따라다니면서 왓슨들은 폭력의 원리를 관찰하고 이에 대응하는 다른 방법을 찾는다.

마릴린 먼로가 한국전쟁 중에 위문 공연을 했던 사진은 남자들의 전쟁을 증언하는 자료로 유명하지만, 먼로가 도둑신부였다는 점이나 남편의 반대에도 불구하고 홀로 한국을 찾았다는 점은 잘 기억되지 않는다. 소설은 남성 중심, 국가 단위의 역사 속에서 누락된 마릴린 먼로의 이야기를 빌려 역사 기록의 젠더/섹슈얼리티적 편향에 도전한다. 대개 피해자의 지위로만 가까스로 공적 역사에 기록되는 대상이 아닌 역사의 주체로서 여성/퀴어를 재독하는 것이다.

김춘희·구스미 에쿠레아의 일대기를 추적하는 과정 역시 공식적 기록으로 남지 못한 해방 후 재조 일본인, 여성 의사, 퀴어 혁명가의 삶을 재구성하는 작업이다. 여성/퀴어로서 춘희의 삶은 다만 국가폭력의 피해자로만 축약되지 않는다. 설영이 전해 듣는 춘희는, 젠더적 차별을 넘은 시민성을 구축하려는 열망을 품고 퀴어에게 더 나은 국가를 만들려는 역사적 주체이기도 했다. 편히 일본에서 의사로서 살 수 있었을 텐데도, 지리산으로 들어가 모두가 평등하고 성별로 구분하지 않는 국가를 건설하려고 했던 춘희의 뜨거운 결단을 상상하게 한다. 1917년 혁명 직후, 가부장제와 동성애 차별을 시민 스스로 철폐해가던 모스크바로 전 유럽의 퀴어들이 모여들었던 것처럼.

그래서 의선은 "그 산속에도 멋있는 사람은 있었"(p. 75)다고 기억한다. 춘희는 국가폭력과 성폭력 이후에도 생존과 복수를 위해 끊임없이 움직였고 생의 마지막까지 자신이 원하는 성별로 살고자 했던 사람이었다. "물론, 그분에게 성별은 아무것도 아니었겠지"(p. 76)만. 춘희가 의선에게, 그리고 다시 셜록과 설영과 연정 모두에게 물려주려는 것은, 성별이 제약하는 삶의 경로에 갇히지 않는 사람, 성별이 실은 아무것도 아니라고 앞서 말했던 사람에 대한 기억이다. 유한하고 짧은 한 사람의 시간을 넘어, 세대와 국경을 넘어, 춘희의 삶을 무한한 후대의 기억으로 전수하는 것이다.

청소년, 청년, 노년에 이르는 다양한 나이대의 여성/퀴어들을 연속선상에 두는 소설의 시선은 이들이 공통적으로 겪게 되는 젠더적 폭력과 혐오의 역사를 도출한다. 그러나 또한 그 폭력보다 강렬한 사랑이 동시에 이어진다는 점을 놓치지 않는다. 의선은 국가폭력과 젠더폭력의 한복판에서 생존했으며 그 잔인한 메커니즘을 여전히 기억하고 있다. 그러나 동시에 의선은 사랑하는 사람을 기억하고, 그 기억을 바탕으로 폭력에 응대하는 방법으로 봉사와 나눔을 택했다. 그럴 때의 의선은 폭력의 피해자 혹은 생존자이기만 한 것이 아니라, 먼저 상처를 응시하고 폭력의 구조를 파악하기도 하고, 스스로 치유하기도 하고, 다른 누군가를 구하기도 한다. 셜록은 역사 연구가 실은 의선들과 춘희들이 다시 만나게 해주는 작업임을 고심한다. 의선을 만나면서 설영은 사랑하는 사람이지만 용기 있게 말하지 못하고 잃어버린 셜록에 대한 진심을 생각하게 된다. 그렇게 선행하는 삶에 대한 기억은 "셜록이 죽어도 셜록을 끝까지 기억하는 사람"(p. 345)을 만든다.

젠더 테크놀로지로서의 의학,
퀴어 테크놀로지로서의 사학

연구자에게는 중요할 법한 조교수 임용을 받기 직전, 셜록은 갑자기 빨치산 내 여성 생존자에 대한 공중보건 사례에 맹렬하게 빠져든다. 그런 셜록의 돌발적인 행동은 역사적 자원에 대한 발견과 연관이 깊다. 공중보건 분야에서 '선택'되지 못하고 '배제'된 사람들의 역사를 알고 싶다는 학문적 동기는 자기 자신에 대한 이해를 향한 것이기도 하다. 그 배제된 사람들의 퀴어한 역사의 발견은, 김춘희라는 인물로부터 바로 자기 자신에게로 이어지는 계보를 마련하고 싶다는 열망으로 이어진다. 그래서 셜록은 "왓슨, 이 이야기를 소설로 쓰면 좋을 것 같기도 해. 하지만 난 재주가 없으니"(p. 289)라며 대신 써보면 어떻겠냐고 묻는다. 빨치산 피해자의 명예 회복을 위해 내부 폭력의 기록을 묻으려는 상황에 대해 전하려는 것이다. "셜록의 넋두리 같은 말이 모두 셜록 자신의 일에 대한 것" 같다는 설영의 짐작은 정확하다. "놀랍도록 셜록과 비슷한 일을 겪었던 과거 누군가의 일"이자 "반복될 수 있는 미래의 일일 수도 있"기 때문이다(p. 291).

한국 최초의 성형수술이 무엇인지 아느냐는 셜록의 질문은, 자신의 계보를 알고자 하는 사람이기에 하는 질문이다. 셜록은 "한국전쟁 직후 미군이 들여온 언청이 수술"(p. 253)이 최초라는 공식적 역사가 아니라 "1940년대 초반에 세브란스에서 남성과 여성이 동시에 있는 사람을 성형수술해서 성을 되찾아줬다는 기사"(p. 346)에 관심을 갖는다. 셜록이 이렇게 의학사 탐정이 된 이유는, 비슷한 과거의 일을 자기 시대의 담론을 통해 전환하고, 조금쯤 달라진 자신을 미래의 누군가에게 전하고 싶기 때문이다. 이는 비단 한국 인터섹스의 역사나 성형의학사에 대한 정보를 추가하는 것이 아니다. 연정이 계속해서 고민하듯, 성형을 속물적인 여성이 스스로 대상화하는 것이라고 낙인찍는 여성 혐오적 담론에서 벗어나는 하나의 방법이기도 하다. 공식적 언어는 신기술을 도입하는 엘리트와 이를 제공하는 국가를 중심으로 역사를 기술하지만, 셜록은 어떤 의술/기술을 원하는 사람들의 맥락으로, 병원에 온 사람들이 무엇을 얻고자 했는지를 따라 역사 기술의 방향을 바꾼다. 인터섹스의 시술 사례와 빨치산 여성 생존자의 FTM 수술 사례 모두 의술을 필요로 했던 사람들로부터 출발한다. 셜록의 새로운 논문은 국가 제도와 개인, 과학과 신체가 관계 맺는 방향을 모두 역전시켜 몸으로부터 역사를 써보려는 기획이었던 것이다. 역사를 퀴어적, 젠더적 모멘텀으로 다시 쓰려는 기획이다. 그렇게 소설은 문화사의 방법론을 빌려 역사적 기록의 주인을 묻고, 구술사적 방법론을 빌려 지금의 세대에게 필요한 앞선 세대의 서사를 채워 넣는다. 그런 역사적 기술(記述/技術)은 여성/퀴어 인물의 삶을 지금과 연속하는 앞선 시공간 속에 기록하여, 후대의 여성/퀴어 독자가 각자의 시공간에 맞설 수 있는 자원을 얻게 하는 방법이다.

한국 퀴어 문화사를 연구하는 헨리 제임스와 그의 저서 『코리아 퀴어』 역시 적극적으로 지금의 현실을 환기한다. 이는 실제로 토드 헨리가 엮은 *Queer Korea*[2]를 참조한다. 이 책 역시 근대사 서술에서 누락된 한국 사회의 퀴어 문화사

---

2   Todd A. Henry, *Queer Korea*, Duke University Press Books, 2020.

를 발굴하는 작업이며, 서울대학교 방문 교수로 왔던 토드 헨리 교수에게 학교 당국이 가족생활동 제공을 거부했던 사례가 기사화되기도 했다.[3] 이러한 소설적 변용은 한국 사회에 실존하는 배제와 혐오가 실제로 많은 작가와 연구자들에게, 여성/퀴어의 삶을 연구하고 기술하는 작업을 이어가게 하는 동력이라는 점을, 그것이 지금 움직이는 현실의 에너지라는 점을 놓치지 않는다. 헨리 제임스의 기사를 "자신이 당한 일 같은 기분이 되어 몰입"(p. 88)하여 읽고 그와 연구적 교감을 나누는 설영은, 자신이 공부하고 체감하는 역사를 한국 사회의 현실과 유리된 지적 유희나 가상으로 국한하지 않으려는 연결감을 보여준다. 이는 역사 기술의 전유라는 싸움의 전략에 대한 굳은 믿음이기도 하다.

그런 맥락에서 연정이 의학사를 공부하면서 가졌던 불만, "미국 중심의 자료 해석과 연구 방향"(p. 261)도 단지 자료의 국적 문제만은 아닌 것이다. 셜록이 퀴어적, 젠더적으로 역사를 다시 읽고자 했다면, 연정은 신체를 직접 다루는 기술로써 몸과 마음이 맺는 관계를 다시 설정하면서 지금을 새로운 역사로 만들고 있다. 여성에게 지적으로, 기술

---

3   이주현, 「서울대 방문교수 지낸 미국 역사학자 "서울대, 차별적 기숙사 정책 재고를"」, 『한겨레』 2020년 2월 9일 자.

적으로 한계를 설정하는 의학계의 분위기에 진저리를 내던 연정은, 성형의학이 신체 테크놀로지로 작동한다는 점을 정확하게 포착한다. 연정과 선배 지윤이 트랜스젠더와 인터섹스를 위한 외과병원을 꾸린다는 소설적 설정이 구체적으로 그 규모나 분과를 보여주진 않았지만, 한국에 조금씩 늘고 있는 젠더 클리닉을 상기시키기에는 충분하다.[4] 연정은 미국에서 트랜스젠더와 인터섹스를 위한 성형학을 더 배우려면 이를 위한 의료 시스템부터 먼저 배워야겠다고 계획한다. 시술이 다만 신체적 부담뿐만 아니라 경제적·심리적 부담과 밀접하며, 이를 담당할 사회보장 제도가 필수적이라는 것을 상기시킨다. 연정은 주로 성기 시술에 집중된 한국의 퀴어 의학 담론을 좀더 다층적인 관계망과 다양한 테크놀로지로 확장함으로써 자신의 세계에 개입하려는

---

4   국내에서도 고려대학교 안암병원 '젠더 클리닉', 강동성심병원 'LGBTQ+
     센터' 등의 종합병원에서 협진 체계를 갖추고 있고 일부 의원에서도 트랜
     스젠더와 관련된 외과적 시술을 시행한다. 한편 전혜은은 '성별확정수술'
     이 이분법을 강화하고 젠더의 유동성/연속성을 표현하지 못하므로 '젠더
     긍정'으로 표현하자고 제안한다. "수술 및 호르몬 치료 등의 트랜지션 과
     정뿐만 아니라, 자신의 젠더 감각을 병리화하지 않고 받아들이고 이해하
     고 발전시켜나가는 데 필요한 모든 도움"을 '젠더를 긍정하는 케어gender
     affirming care'로 볼 수 있다. 에반 T. 테일러·메리 K. 브라이슨, 「암의 가
     장자리: 트랜스 및 젠더 비순응자의 지식 접근과 암 건강 경험, 의사결정」,
     전혜은 옮김, 『여/성이론』 36호, pp. 62~65.

것이다.

한편 (증언을 통한 사후적인 기록이고, 트랜스 당사자의 시선은 아니기에) 춘희가 느낀 젠더 디스포리아[5]의 양상이 상세히 제시되진 않지만, 모든 트랜스젠더가 성/젠더 확정 시술을 통해 자기 정체화를 하는 것은 아니라는 점은 짚을 필요가 있다. 사회문화적 수행을 지향하기도 하고, 호르몬 요법을 통해서 충분히 자기 정체화를 달성하기도 하고, 이 모든 방향이 중첩되기도 한다. 물론 이분화된 성을 확정하지 않고 유동적인 상태를 긍정하는 젠더퀴어도 있다. 인터섹스 역시 마찬가지다. 지연의 경우 디지털 성폭력 피해 경험이나 이로 인한 연구소의 혐오와 낙인이라는 문제적 상황을 경유하면서 시술을 결심하지만, 모든 인터섹스가 하나의 성을 택하거나 지정 성별과 일치시키는 시술을 택하는 것은 아니다. 어느 한 성을 택하는 경우에도 각자의 선택과 상황에 따라 시술의 방향과 규모 역시 다르다. 사실 누구에게나 자기 정체화는 단번에 끝나지 않고 일생에 걸친 지속적인 작업이며, 사회 전체의 규범적 신체 담론과의 상시적 경합일 수밖에 없다.

5   지정 성별과 자신의 젠더 정체성이 일치하지 않아서 느끼는 불편함, 불쾌
     감을 통칭한다.

그런 점에서 연정은 (젠더 정체화의 최종적인 목표가 아니며 미적 획일화를 지양한다는 전제에서) '타고난 몸'이라는 원본의 지배력을 해체하는 성형의학의 잠재성을 생각한다. 성형이 주류 규범적 욕망의 대상이 되고자 원본을 파괴하는 비주체적인 속물성으로 자주 폄하되지만, 이는 동시에 '타고난 몸'과 자신이 맺는 관계를 내버려두지 않고 적극적으로 변형하고 가공하는 능동적인 일이기도 하다. 선천적으로 타고나 변형 불가능한 몸에 그치지 않고, 자신이 원하는 자신을 만드는 일은 신체의 전형이나 원본이 갖는 지배력을 무화한다. 그 지점에서 연정은 성형의학이 원본 없는 패러디를 실현하는 기술이라고 생각한다.[6] 애초에 "그 원본이라는 것도 결국엔, 세상 사람들이 정해놓은 진짜 같은 무언가"(p. 186)일 뿐임을 드러내는 일이다. 얼굴의 "원본이라는 것은 없고 고정된 것 또한 존재하지 않는다"(p. 9)면

6 헬스(보디 빌딩)의 경우에도 전문가의 도움을 받아 획일화된 신체를 만든다는 점에서 크게 다르지 않지만 비주체적 속물성으로 평가받진 않는다. 사랑이나 우정보다는 외적 체형(즉, '근손실')을 걱정하는 남성 이미지는 경탄 어린 유머로 활용될 뿐이다. (신체발부 수지부모 정도의 전근대적 도리가 아닌) 성형에 대한 혐오는 대개 젠더적 패턴을 보인다. 주로 연애와 혼인이 '사기'일지 모른다는 남성의 두려움 혹은 아름다움을 찬양/질투했던 자신의 감정적 투자가 허위 매물을 향했다는 분노를 동반한다. '여성 거래'라는 맥락을 전제하기 때문에 어떤 '신체 변형'은 공정한 계약의 위반으로 선별되는 것이다.

실은 젠더/몸의 원본이라는 것도, 고정된 사랑/관계의 형태도 존재하지 않는다. 원본 없는 패러디를 매일 반복하면서 우리 각자의 젠더는 늘 연출된다. 백만 종이 넘는 각자의 얼굴만큼이나 다양한 형태의 얼굴과 몸이 존재할 뿐이다. 그럴 때 여성 혐오적 규범의 내면화나 훈육을 의미했던 마릴린 먼로는, '나를 마릴린 먼로라고 하자'는 자기 호명으로 전환된다. 타인의 명명에서 출발했을지 몰라도, 이제부터는 나의 언어인 것이다.

다른 건 몰라도 가족을 알아보는
재주는 있는 사람들

어떤 면에서 설영과 연정은 폭력을 당한 퀴어 당사자가 내지 못한 목소리를 대변하는 것처럼 보이기도 한다. 그러나 신바와 설영, 도영과 연정, 셜록과 왓슨들의 관계를 타자를 향한 연민이나 연대라고만 축약하면 어쩐지 조금 단순해지는 것 같다. 설영과 신바는 별달리 우정 어린 다정함으로 시작하지 않았다. 선하고 착한 피억압자에 대한 죄책감이나 책임감에서 출발한 관계가 아니다. 오히려 첫 만남부터 상대가 무례하다고 생각하면서 서로 얼굴에 야채를 던

지며 다툰다. 신바가 자국민 남성이라서 갖는 모종의 힘을 감지하면서도, 반대로 헤테로 여성인 자신이 신바보다 모종의 우위를 갖고 있기에 신바에 대한 불만을 더 쉽게 표출하는 것인가 면밀히 고민한다. 여성 후배만 골라서 인종주의적 혐오 발화를 일삼는 선배를 제지하는 신바에게 고마움을 느끼면서도, 그와 별개로 소수자라도 저런 표현을 쓰면 안 된다고 생각하기도 한다. 설영은 자신과 신바의 몸위로 교차하는 권력을 적극적으로 생각하고, 그것이 서로의 관계에 미치는 영향을 생각하고, 또 이를 생각하는 자신의 위치를 겹쳐 생각한다. 무작위적이고 무의식적으로 작용하는 그 권력을 의식하면서 관계 맺는 것이다. "자신에게 왜놈이라고 말하는 설영을 보고 단번에 '사랑'에 빠"져서 "가족으로 삼아야겠다고 생각"(p. 82)했다는 신바의 말을 통해서, 신바 역시 이를 인지하고 있다는 것을 확인한다. 그 뒤에서야 "자신의 가족은 이제 정말 신바가 아닐까"라고 생각할 수 있다. 신바와 설영은 각자의 권력을 성찰하고 서로의 권력에 대해 가감 없이 이야기 나누고 경합하고 협상함으로써 서로를 미화하거나 무력화하지 않고 온전하게 보고자 한다. 도영과 연정 역시 모녀 관계를 스스로 재명명했다. 그것이 "가족을 알아보는 재주"다(p. 83). 타고난 권력 관계에 갇히지 않고 평등한 관계를 맺는 "진정한 고단수"(p. 59)가 되면 "도쿄의 파루치잔"들이 될 수 있다. 연민과 동정같이 "약한 사람을 자신에게 종속시킨다는 의미에서가 아닌" 대등하고 "소중한 사람들과 같은 의미에서의 파루치잔"(pp. 78~79)이. 그렇기에 신바는 독립 연구자로 노동할 수 있게 된 설영의 성취를 축하해줄 수 있고, 설영에게 소중했던 소설이라는 언어를 잊지 않게 해준다.

그 과정에서 설영이 신바에게 "아무리 소수자라도 저런 여성 혐오 표현을 쓰는 게 옳은 거야?"(p. 55)라는 의문을 갖는 것은 두 사람의 관계에 있어 중요하다. 게이 남성의 여성 혐오적 자기 비하가 불쾌하다는 감각은 "전형적인 타입이 되어서라도" 공적 공간에서 "자신의 정체성을 그렇게라도 드러내고 싶"은 신바의 절박함에 대한 사후적인 이해로 보충된다. "'남들과 달라서 공격받는' 사람들에게 그건 정말 중요할 수밖에 없는 문제"(p. 55)인 이유는, 섹슈얼리티와 젠더 사이의 긴밀하고 중층적인 작동 원리 때문이다. 게이라는 섹슈얼리티에 대한 혐오는 '정상적(=이성애적) 남성성'이라는 남성 젠더에 대한 명령과 불가분의 관계이기 때문이다. 스스로를 비-이성애적 주체로 표현하는 순간부터 (반)자동적으로 '비(非)-남성'의 지위에 놓인다. 여러 문화권에서 게이를 하필이면 여성 혐오적 언어로 모욕하는 공통적인 경향은, 비-이성애 남성의 표현은 곧바로 남성성에 대한 배신으로, 그런 비-남성은 곧바로 (이성애적) 여성성으로 치환하는 이분법이 강고하기 때문이다. 여성 혐오적 언어로 비-남성에게 젠더적 수치와 모욕을 내면화하려는 규범에 맞서, 신바는 젠더 이분법적 언어가 강요하는 자기 혐오를 전유하려 했던 셈이다. 신바가 자신을 인정하(리라 믿)는 설영에게 애정 섞인 욕설로 비밀스럽게 전하려는 것은, 그런 혐오의 언어를 자긍과 사적 친밀감의 언어로 바꾸는 맥락과 관계성을 알아채주길 바라는 기대다. 물론 동의와 합의 없이 그런 열망을 설영에게 일방적으로 기대하면서 욕설을 던질 때, 그것은 여성 혐오적 언어 관습의 재확인으로 체감되기에 설영은 당연히 불쾌할 수밖에 없었다. 그러나 이내 그런 서로에 대한 기대와 실망을 드러내고 싸우면서 두 사람은 젠더, 민족, 국적, 섹슈얼리티적 위계를 견주며 속내를 털어놓고 새로운 관계를 형성한다. 소수자의 연대는 당연히 전제되는 것이 아니라 협상과 조율이 필요하다.

도영 역시도 레즈비언 섹슈얼리티에 대한 억압과 "세상이 정해놓은 남자상, 여자상"(p. 184)에 대한 강압을 동시적으로 경험할 수밖에 없었다. 이성애적 남성성을 갈구하는 청소년들이 도영에게 교정 강간이라는 무참한 폭력을 통해 확인하고자 했던 것 역시, 비-이성애적 성적 실천 때문에 (자신의 상상 속에서) 위협받는 남성성이었다. "세대마다 집단마다 퀴어들이 하는 말과 행동이 있"는 것은 퀴어를 낙인찍는 이성애 규범과 젠더 규범의 패턴 때문에 그에 대한 반작용에도 전형적 타입이 생기기 때문이다. 그래서 연정은 도영이 섹슈얼리티에 대해서 자신과 자유롭게 이야기를 나눌 수 있었다면, 어쩌면 "정해놓은 틀에 자신을 맞추려고 하지 않았을지도 모른다는" 생각을 자주 하게 된 것이다(p. 185).

"친엄마의 의미"(p. 172)도, '가족'이라는 범주도 선험적인 것이 아니라고 말하는 이 인물들은 협상을 통해 새롭고 퀴어한 관계를 스스로 선택했다. 폭력을 겪는 사람들끼리는 말하지 않아도 아는 유사성이 있다는 신화적 믿음에서 벗어나, 각자가 폭력을 감각하고 대응하는 다른 양상, 그 차이의 경험에 관심을 기울일 때 우정과 연대의 근간이 생겨난다. 여간해서는 서로 말을 잘 놓지 않는 한정현 소설 속의 인물들이 차이를 통해 서로에게 배우는 점이 이것이다.

폭력에 폭력으로 대항하는 건 하수나 하는 일이죠

폭력의 구조는 언제나 제 나름의 명분을 가지고 있다. 그

명분이 무너지는 순간, 폭력의 구조는 의외로 재빠르고 매끄럽게 균열을 보완하여 자기를 보존한다. 도영과 연정이 법의 정당한 심판을 얻지 못하도록 학교는 학생들의 안위를 내세우고, 의선이 빨치산의 기억을 충분히 말하지 못하도록 국가폭력 피해자들의 명예 회복을 내세우는 식이다. 그런 '법'의 폭력이 유지될 수 있는 것은, 그 법이 정의롭고 당연하다는 공동체의 믿음 때문이다. 그러니 그 믿음을 멈춰 세울 필요가 있다.

"그래서 추리소설이 좋더라. 탐정도 좋고. 현실에서는 맨날 나쁜 놈만 이기잖아요"(p. 152). 현실의 질서와 기존의 체계를 유지하고 보존하는 장치인 법을 마냥 믿지 않고 직접 추리해보기로 한 코넌 도일처럼, 설영도 법의 판결을 마냥 기다리지 않고 폭력의 구조를 심문하러 간다. "법을 지키며 살아왔을 뿐"(p. 140)이라고 자부하는 '그 남자'는 사건의 진실을 드러내면 아내와 신바 모두에게 피해가 발생할 것이라고 협박한다. 그런 그의 태도야말로 약한 자들에게 배제의 공포를 유발하고, 서로 치고받게 하여 문제를 상대의 탓으로 여기게 하는 폭력의 원리임을 설영은 간파하고 있다. 폭력의 구조로 이득을 얻는 자신의 정체는 드러내지 않은 채, 공적인 체계/언어로 말할 수 없는 이들을 착취하는 지배 규범의 가스라이팅이다. 그는 소수자를 "용납 못

하는 사회는 탓하지 않고 왜 내 탓만을 하"(p. 133)냐며 자신 역시 구조의 피해자라고 변명한다. 유불리에 따라 타자성을 선별하고 타인의 생존을 위해 문제를 덮어두자는 논리는 익숙한 '법'의 자기 보존 방식이다.

그런 비겁한 합리화의 한복판으로 뛰어든 탐정 설영은 "위험에 대항할 수 있는 사람"(p. 129)이 되려 한다. 완전무결한 윤리적인 대의를 가진 순수한 피해자로서 말하기를 거부하고, 폭력을 향한 분노와 복수의 열망을 자원으로 삼는다. 그 결심을 할 때 설영은, 폭력의 구조 속에서 폭력을 감당하는 사람은 "누구든 그럴 수 있지만 모두 다 그러고 사는 건 아"니므로 "절대 그러면 안 됐다"(p. 75)는 의선의 말을 생각했을 것이다. 소설은 실패나 죽음을 통해서 절박함을 증명하는 방식으로 가까스로 규범의 동정을 받아 발언권을 얻던 패턴을 반복하길 거부한다. 신바를 죽이지 않고, 설영을 비극적 범죄자로 만들지 않는다. 대신 가짜 권력에 가짜 권력의 그림자를 보여 스스로 그 내적 균열을 폭발하게 한다. "원래 어설프게 권력 지향적인 사람들은 유사 권력만 봐도 잘 졸아붙잖아요. 뭐 하러 진짜를 가지고 가겠어요? 폭력에 폭력으로 대항하는 건 하수나 하는 일이죠"(p. 376).

그러니 하수가 아닌 사람들은 폭력에 맞서 사랑으로 대

항한다. 소설 속 폭력의 희생자/생존자들은 본인도 모르게 흐르는 사랑의 흐름을 예민하게 감지해낸다. 이들은 폭력의 한가운데서 사랑에 대해서 가장 많이 말한다. 폭력에 대한 기억보다는 사랑의 기억을 보존하려 한다. 설영에게 셜록을 좋아하냐고 묻는 의선이나, 연정에게 아빠를 좋아하냐고 묻는 도영처럼. 설영도 연정도 그 질문에 곧바로 대답하진 못한다. 규범과 제도의 기준에 비춰봤을 때, 자신의 감정이 충분히 부합하는지, 사랑의 형상에 해당하는지 확신하지 못했기 때문이다. 그러나 도영과 의선이 겪은 폭력을 추적하는 과정에서 그때 자신에게 사랑이 충만했음을 뒤늦게 알게 된다. 가장 큰 폭력은 사랑을 사랑이라고 확신하지 못하게 하는 것이었다. 이제 두 탐정은 곁에 있는 사랑의 아름다움을 보는 자신을 굳게 믿는다.

그렇게 사랑이라는 새로운 사건으로의 초대장이 아주 간단하게 그리고 정확하게 도착했다.

410

메일이 왔다고 한다. 아빠가 그랬다, 어떤 사람에게 메일
이 왔다고.

무슨 메일인지 물으니 주희의 가족 중 산에서 죽은 그분
과 관련 있는 내용이라고 했다.

아, 빨치산 관련된 분들이야? 내 말에 아빠가 답했다. 어,
그분들 말고…… 뭐라고 해야 하나, 그러니까……

"그분을 사랑하신 분의 따님이 메일을 보내셨어."

그분. 주희의 형제/남매. 하지만 사실 나는 고사하고 아
빠 또한 한 번도 그분을 뵌 적이 없다. 정작 그분보다 많이
마주한 건 그분을 기억하는 사람들이었다. 어릴 적뿐 아니
라 내가 어른이 된 이후에도 많은 사람이 그분과 관련하여

우리 집에 찾아왔었다. 내가 태어난 1985년에 주희와 아빠로 이어지는 연좌제가 해제되었기 때문에 나는 형사들은 못 봤는데, 특이한 건 주희의 반응이었다. 형사든 누구든 주희는 낯선 사람이라면 절대 아는 척을 안 했다. 나는 주희를 이해한다. 대학 시절 이후 고향으로 잡히듯 돌아와서 한 걸음 대문 밖도 마음대로 나가지 못하고, 그렇게 산 채로 갇혀 지냈던 사람에게는 그저 그 기억을 들추는 것 자체가 공포였을 것이다. 주변으로 그 고통이 이어지느니 정의고, 진실이고 그저 모르는 척하며 책 속에 숨어버리는 것이 최선의 선택이었을 것이다. 사실 소설 속 의선 할머니의 모티브가 된 인물은 두 사람으로, 임흥순 감독의 영화 「우리를 갈라놓는 것들」에 등장하는 할머님과 바로 주희다. 비슷한 지점이 있었는데, 남들이 보기엔 정말 별것이 아닌 물건을 모아두길 좋아했다는 것이다. 나는 주희가 그 물건을 건넨 사람들이 그 순간만큼은 자신을 기억해준다고 생각했던 게 아닐까 싶어서 소설 속에 그렇게 썼다(당연하지만 영화 속 할머님의 자제분은 다르게 생각하신다). 어쨌거나 영화를 보며 나는 주희의 평소 행동들에 대해 또다시 생각해보게 되었다. 생전 주희의 행동에서 이상함을 느꼈던 많은 부분은 국가폭력 피해자의 트라우마와 유사했다. 공부를 하지 않았다면 나 또한 몰랐을 것으로, 아마 '기이한 주희' 정도로 생각했을 것이다. 그런 주희가 단 한 번 나에게 그분과 함께 있는 사진을 보여주었는데, 옷 차림새라든가 이런 것이 세련되어서, "오 요즘 드라마 세트장에서 찍은 것 같은데?" 하니까 주희는 "그러냐?" 하며 씩 웃더니 별말 없이 사진을 도로 집어넣었다. 그게 다였다. 그러고 나서 나는 홀로 생각에 잠겼었다. 사진 속 대학 교복을 입고 있던 사람. 나중에 자료들을 보니 대학생들이 빨치산에 참여하게 된 여러 이유가 있던데 그분은 어떤 이유에서였을까? 혹 나중에 후회는 하지 않았을까……

아, 참고로 주희는 내 할아버지 이름이다. 할아버지라고 해야겠지만 그러면 그 이름을 부를 일이 더욱더 없어질 것이 슬프고, 그래서 그냥 주희로 계속 쓰겠다.

그런데 그분을 사랑하신 분의 따님이 어째서?
일반적으로는 이런 생각을 할까? 그분과 그 따님의 친자 관계를 생각해보는, 그런 이야기. 하지만 그분은 당연히 그럴 수가 없다.
그분이 먼저 지리산에서 죽고, 메일을 보내신 분의 어머님 또한 그곳에 남아 있을 이유를 찾지 못해 슬픔에 잠겨 하산했다고 한다. 그리고,

내 시선이 오래 머물러 있던 마지막 문단에는 여성으로서 겪은 엄청난 폭력 사실이 담겨 있었다.

자신과도 연결된 그 모든 말을 담담하게 써 내려가셨던 따님은, 평생 어머니에게서 그분의 이야기를 듣고 자랐다고 했다. 어머니가 이야기를 많이 해서 마치 자신의 아버지가 그분처럼 느껴진다고 하셨다. 의학적으로 생물학적으로 절대 그럴 수가 없는데도. 그래서 그냥, 그분의 가족인 우리에게 연락을 해보고 싶었다고, 엄마가 그다지도 사랑한 사람의 가족과 이야기를 해보고 싶었다고…… 그렇게 그곳엔 많은 이야기가 맺혀 있었다.

나는 그저 눈물이 많이 났던 것 같다.

그리고 그렇기에 지금 여기에 다 쓰지 못한 많은 이야기를 소설에 그대로 쓸 순 없었다. 괜찮다고 하셔도, 누군가 쓴다면 그게 나였으면 좋겠다고 하셔도 차마 지금은 쓸 수 없었다. 시간이 더 흘러서 저 이야기를 쓸 수 있을 때, 생각하고 더 생각하고…… 다시 또 생각했을 때에도 내가 겨우 자격이 된다는 생각이 든다면 모르겠지만.

다만 그때 무엇보다 확실하게 결심한 것이 있었다.

우리 집을 찾아온 많은 분의 말도 다 맞다. 여전히 규명

되지 않은 많은 국가폭력 희생자들의 피해 규명과 그에 따른 복권이 시급한 것은 너무나도 명백한 사실이다.

그러나 분명 당시 그곳에서 일어난 성범죄 사건과 같은, '작은 문제'라고 취급되어온 이야기도 함께 말해져야만 한다. 그것은 국가폭력 사건을 규명하는 것, 그리고 그에 따른 피해자들의 복권 문제와 전혀 별개가 아니다. 오히려 커다란 틀에서 이야기되면서 누락된, 혹은 누락시켰던 여성/소수자들의 이야기가 활발하게 진행되어야 한다. 언제나 폭력은 가장 약한 사람을 파괴하는 방식으로 그 힘을 키우니까, 종내는 그 약한 이들끼리 서로를 물어뜯게 하는 것으로 그 힘을 공고하게 하니까. 그리고 그것은 국가폭력 사건에만 국한되는 게 아니고 우리 사회 전반의 혐오와 폭력으로 반복되고 있기 때문이다.

나는 그때부터 빨치산 내 성폭행 문제를 찾아보았다.

예상했지만, 이 문제에 접근한 자료들은 많지 않았다. 빨치산에 대한 연구 자체도 부족한 현실이다. 나는 나대로 어린 시절부터 가까이서 보고 들은 바들을 떠올리기도 하고 그와 관련해 자료를 찾아보았다. 조금 더 알게 된 사실이라면, 사람들은 빨치산을 남성들만의 공간이라고 생각하겠지만 그곳엔 정말 다양한 사람들이 있었다. 여성, 외국인, 노인, 아이, 성소수자…… 그러므로 확실히 깨달을 수 있었다. 그 당시 그곳의 문제는 여전히 지금 이곳, 이 사회에서 반복되는 문제라는 것. 많은 피해자가 피해자라는 이유로 오히려 숨을 죽이고 사회의 바깥에서 없는 사람처럼 살고 있다는 것 말이다.

이 소설은 그렇게 완성되었다.

어떤 사람들의 삶은 참 단순하다. 기이할 정도로 투명하다. 믿기 어렵겠지만 무수한 폭력을 겪고도 그런 삶이 가능하다. 낙관이라는 단어조차 순진하다 말하는 사람들이 있겠지만 폭력 속에서 최대한 인간의 존엄을 지켜나가는 그런 '순진한' 삶들도 분명 있다.

'사랑'이라는 마음 한 자락 붙들고 사는, 그래서 오래전 가족조차 잊어가던 한 사람을 살려내기도 하는, 그리하여 그 순간에야말로 오히려 단지 '빨치산'이 아닌 한 인간으로서의 그 사람을 복원해내게 하는 그런 사람들의 삶 말이다.

두 분의 명복을 빈다.

2022년 2월
한정현

부록

소설을 쓰며 참고한 것들

신문 · 잡지 기사

「남자 생활 팔 년에 수술하여 여자로 환생」, 『동아일보』 1940년 6월 14일 자.

「女性美容(여성미용)과 成形手術(성형수술)」, 『동아일보』 1959년 6월 11일 자.

「大法(대법)판시 無免許醫(무면허의) 成形(성형)수술은 醫療法(의료법) 위반」, 『동아일보』 1974년 11월 27일 자.

「미용사로, 식모로 여자 행세 15년—의학상 반음양(半陰陽)‒성전환(性轉換) 수술이 소원」, 『선데이서울』 1973년 8월 12일 자.

「서울驛(역) 周邊(주변)에 가짜醫師群(의사군)」, 『조선일보』 1967년 4월 1일 자.

「時流(시류)따라 古態(세태)따라 人造(인조)미인 量産(양산)」, 『경향신문』 1981년 5월 12일 자.

「안짱다리와 수중다리를 고칠 수 있다」, 『조선일보』 1929년 7월 14일 자.

417

「暗賣(암매) 手法(수법) 돌팔이盛業(성업)」, 『동아일보』 1969년 6월
    17일 자.

「지상이동좌담회, 해학 속에 실정(實情)」, 『별건곤』 1930년 5월호.

「첨단을 걷는 젖의 미용술」, 『조선일보』 1938년 6월 19일 자.

「60년 전 방한한 마릴린 먼로 "한국이 가장 인상깊은 나라"」, 『스포
    츠경향』 2012년 2월 16일 자.

논문

김종군, 「지리산 인근 여성 생애담에 나타난 빨치산에 대한 기억」,
    『통일인문학논총』 제47집.

이영미, 「전쟁과 성폭력 피해여성들의 추방경험과 해방을 위한 기
    억들—일본군 '위안부' 피해여성과 사사기 19-21장의 성폭력
    피해여성을 사례로」, 『Canon&Culture』 제9권 제2호.

최기자, 「여성빨치산의 경험과 기억을 통한 여성주의 역사쓰기의
    시도」, 『여성과 평화』 제4호.

최현실, 「20~21세기 한반도에서 국가적 성폭력과 그 희생제의로서
    여성의 몸—일본군위안부, 여성빨치산, 그리고 여성탈북자의
    삶을 중심으로」, 『한국민족문화』 제46호.

Giulio Garaffa, Nim A. Christopher, David J. Ralph, "Total Phallic
    Reconstruction in Female-to-Male Transsexuals", *EUROPEAN
    UROLOGY 57*, St. Peter's Andrology Centre and the Institute of

Urology, London, UK.

단행본

도널드 바셀미, 『죽은 아버지』, 김선형 옮김, 펭귄클래식코리아, 2011,

르네 도말, 『마운트 아날로그』, 오종은 옮김, 이모션북스, 2014.

레이먼드 챈들러, 『기나긴 이별』, 박현주 옮김, 북하우스, 2005.

막스 프리쉬, 『나를 간텐바인이라고 하자 1·2』, 이문기 옮김, 책세상, 2005.

마거릿 애트우드, 『도둑 신부 1·2』, 이은선 옮김, 민음사, 2011.

맬컴 라우리, 『화산 아래서』, 권수미 옮김, 문학과지성사, 2011.

Charles Casillo, *Marilyn Monroe: The Private Life of a Public Icon*, St. Martin's Press, 2018.

Dessie Mudger, *Things About Marilyn Monroe: What A Life And Death Experts Don't Want You To Know: How Did Marilyn Monroe Die*, Independently Published, 2021.

Ed. Anne Verlhac, David Thomson(Foreword), *Marilyn Monroe: Life in Pictures*, Chronicle Books, 2007.

Hourly History, *Marilyn Monroe: A Life From Beginning to End*, CreateSpace Independent Publishing Platform, 2017.

John Gilmore, *Inside Marilyn Monroe: A Memoir*, Ferine Book, 2007.

Michelle Morgan, *Marilyn Monroe: Private and Undisclosed: New edition: revised and expanded*, Little, Brown Book Group, 2012.

영화
구로사와 기요시, 「해안가로의 여행」, 2015.
임흥순, 「우리를 갈라놓는 것들」, 2019.
크리스티안 페촐드, 「피닉스」, 2014.

이 책에 도움을 주신 분들

많은 이야기를 들려주신 모 성형외과 K 원장님, 자문 감사합니다.
제 원고를 가장 먼저 읽고 답해주신 이민희 편집자님, 저는 상상도 하지 못했던 제 소설의 모습을 디자인해주신 유자경 디자이너님 감사드립니다.
저의 불안을 덜어주신, 너무나 멋진 해설을 써주신 김건형 평론가님과 아름다운 추천사를 써주신 김초엽 작가님께도 깊은 감사를 드립니다.